新潮文庫

沙林　偽りの王国

下　巻

帚木蓬生著

新潮社版

11795

沙林　偽りの王国　下巻　目次

解説　國松孝次

沙林　偽りの王国　下巻

第六章　地下鉄日比谷線と千代田線の被害届

八月中旬、今《こん》警部補から被害届が四通送付されてきた。いずれも、病状についての意見を求めていた。被害届は警視庁築地警察署に宛《あ》てられており、入院先での診療録のコピーも添えられている。一読して、重要な内容に驚く。被害者がどういう状況下にあったか、そしてどういう治療を受けたのか、詳細に分かる点で、この上なく貴重だった。

第一例の五十五歳の男性は、事件当日、午前七時四十六分頃、北千住駅で通勤のため、同駅始発の地下鉄日比谷線中目黒行きの電車に乗った。前から三両目の最後方のドア近く、進行方向に向かって右側の席に坐《すわ》り、本を読み出す。いくつかの駅を過ぎた頃、前の方で多くの乗客が咳込《せきこ》みはじめた。程なく自分も鼻にツンとする強烈な臭《にお》いを感じた。

電車が次の駅に停まり、大勢の乗客が乗って来た。しかしみんなは、車両の中央ドア付近を避けるように立ち、そこに空間ができていた。見ると、床が直径一メートルくらいの円形状に透明な液体で濡《ぬ》れ、中央に透明な袋があった。シンナーか何かと思い、そのまま坐っていた。

するとと次第に胸が詰まり、息苦しくなった。頭がボーッとしてきて、しばらくすると、全身がビリビリとしびれ、腰の力が抜けてきた。目的の築地駅で、朦朧《もうろう》とした意識のまま何とか下車し、ホームのベンチに坐った。そのまま気を失い、気がついたときは病院のベッドに横になっていた。

この男性が救急車で搬入されたのは、日本医科大学付属病院である。病院では最初、肺炎を疑われて挿管され、すぐに点滴が始まる。結膜の充血があったので洗浄された。縮瞳《しゅくどう》があり、十時頃には意識が戻りはじめた。入院時のコリンエステラーゼ値は五九と低値だった。

午前十時半には意識が半ば正常になり、午後一時半に硫酸アトロピンの投与が開始される。午後十時縮瞳はほぼなくなり、対光反射も見られるようになった。

翌日の朝、挿管は抜管され、代わりに酸素マスクを装着、意識は完全に回復したものの、頭重感があり、漢字が思い出せなかった。入院三日目の三月二十二日、コリンエステラーゼ値は一四一まで回復、硫酸アトロピンは二時間毎《ごと》に投与された。コリンエステラーゼの値は二十三日には二二〇、二十五日には二六七と順調に改善し、二十八日に一般病棟に移った。

三月三十日には、コリンエステラーゼ値が三八九とさらに上昇したものの、視力の異常が多少残っていた。コリンエステラーゼ値は、四月三日には四三六になり、四月八日に退院する。外来治療は、会社近くの聖路加国際病院で受けるため、紹介状を貰《もら》った。

退院後も、頭がボーッとする症状が続き、四月二十一日になっても、外出すると眩《まぶ》しく、身体《からだ》全体が指先までしびれを感じるようになり、病前の健康を取り戻すには程遠かった。

以上の経過をもとにして、以下の意見書を提出した。

本症例は、七時四十六分発の電車に乗り、しばらくして鼻にツンとするシンナーのような、胸にむっとくるような重い臭いを感じ、咳が出てきた。眼の前に流れている液体を見ているうちに、胸が詰まり、息苦しく、頭もボーッとしてきた。全身がビリビリしびれ、腰の力が抜けてきた。意識が少しずつ薄らぎ、このまま倒れてしまうかなど思った。その後、意識がなくなる。九時十七分、日本医科大学付属病院に搬入された。直ちに挿管され、酸素吸入を受けた。

救急センターに入院時、高度の意識障害があり、刺激に対しても全く反応しない昏《こん》睡《すい》状態にあった。著明な縮瞳が認められ、両側とも直径は一ミリであった。血圧は一三〇／九〇mmHg、脈拍九十一／分、体温三六・四度Cであった。血液ガス分析では、pHは七・三、$PaCO_2$は五一・一で、呼吸性アシドーシスがみられた。血液生化学検査では、血漿《けっしょう》コリンエステラーゼ値（院内正常値五四〇～一三〇〇）が五九IU／Lと著しく低下していた。

入院後、意識レベルは徐々に改善した。十時には呼びかけに容易に開眼するようになっていた。しかし瞳孔は両側とも一ミリのままだった。十時三十分には、意識はほぼ清明となり、誰かに名前を呼ばれて気づいたという。開眼すると、黒色の膜をかけたように前が見えた。胸が痛く、息苦しく、悶《もだ》えていた。両手はベッドに結ばれており、その後頭痛と吐き気がしたと述べた。十三時三十分、硫酸アトロピン一アンプル（〇・五ミリグラム）を静注、以後も三十分毎に一アンプル静注し、十七時には五アンプル、以後三十分毎に二アンプルずつ静注する。二十一時、さらに五アンプル静注し、二十二時には、瞳孔は両側とも直径二・五ミリになった。

三月二十一日、意識は清明で、抜管される。呼吸困難はなく、「頭が変に重たいです。漢字が思い出せません。お腹が痛く、便が出ません」と訴えた。二十二日、意識は清明、血液生化学検査で血漿コリンエステラーゼは一四一になり、改善傾向にあった。その他の異常は認められなかった。二十三日、血漿コリンエステラーゼが二二〇とやや上昇、この日まで点滴と酸素吸入を受けた。二十五日、血漿コリンエステラーゼは二六七に上昇、二十七日には三〇一に上がった。

三月二十八日に一般病棟に移った。三十日、血漿コリンエステラーゼは三八九に上昇する。しかし「視力が合わない、入院後に合わなくなった」と訴えた。四月三日、血漿コリンエステラーゼは四三六になる。五日、「日に日によくなっています」と言い、血漿コリンエステラーゼは四一六だった。

四月八日に退院、サリン中毒との診断を受けた。その後は聖路加国際病院に通院する。退院後、体重が減少しており、頭がボーッとした感じが続いた。二十一日、「外出すると眩しく、身体全体が指先までしびれることがある」と訴えた。

まとめ：本症例は三月二十日、サリンの曝露《ばくろ》を受けたあと、急に咳と息苦しさを覚え、意識障害が加わり、病院に搬送された。そのとき呼吸困難は明らかで、挿管されて酸素吸入を受けた。入院時には、昏睡状態にあり、著明な縮瞳が観察された。血漿コリンエステラーゼも著しく低下していた。入院後、意識レベルは急速に改善し、曝露後三時間足らずで意識は清明になっている。しかし眼の前が暗い感じと息苦しさ、頭痛、吐き気を訴えた。その後、硫酸アトロピン治療を受け、同日夜には縮瞳は改善した。三月二十一日朝に抜管されても呼吸困難はなかった。その後、血漿コリンエステラーゼは日毎に改善した。反面、眼症状は残っていた。四月八日に退院した。

この北千住発中目黒行日比谷線での実行犯は、〝科学技術省次官〟の林泰男であり、運転手は〝自治省次官〟の杉本繁郎だった。林泰男こそは実行犯のまとめ役で、各実行犯が乗る地下鉄車線の時刻を決めている。各実行犯が渋谷のアジトに戻って来たとき、着ていた服を回収したのも林泰男である。ゴミ袋は河川敷で焼却された。この林泰男の犯行で、七人が死亡、二千四百七十五人がサリン中毒の障害を負った。

第二例は、五十八歳の男性で、通勤のため中目黒駅で、東急東横線から日比谷線東武動物公園行に乗り換えた。ドアが三つある一両目の車両の真ん中のドアから乗車し、進行方向の左側に坐り、読書を始めた。電車は午前八時少し前に発車し、座席はほぼ埋まり、何人かが立っていた。出発して間もなく、革製品のような臭いが感じられた。

恵比寿、広尾を通過した頃、薬用アルコールのような刺激臭がしてきた。そのまま読書を続けていると、広尾から乗った女性が右隣りに坐り、すぐに立って反対側の座席に坐り直した。おかしいと思って右側を見ると誰も坐っておらず、三人分の席が空いていた。そのとき、三番目のドアの左側床付近に、透明な感じの緑色のビニール袋があり、その周囲に、サラッとした感じの液体が一メートル×二メートルの範囲で流れていた。ビニール袋の大きさは二〇センチ×二五センチくらいだった。なるほど、この液体が臭いの源であり、そのため乗客が近くに坐っていないのだと気がついた。さらに読書中、次第に気分が悪くなった。神谷町駅でやっとの思いで下車し、ホームの壁に手をついて身体を支えているうちに意識を失った。

救急隊によって東邦大学大森病院救命救急センターに搬送された。意識低下があり、全身に紅潮があり、発汗を呈し、硬直気味で痙攣《けいれん》も見られた。瞳孔は縮瞳で、両側とも直径一ミリだった。血圧は一八〇／九四mmHg、脈拍百十二／分、呼吸数三十／分だった。すぐに挿管され、静脈ラインが確保された。

薬物中毒が疑われ、青酸化合物の可能性もあるとみて、初め亜硝酸ナトリウムが投与され、後に薬物はサリンである旨《むね》が伝わり、硫酸アトロピンが投与された。夕方になって信州大学病院から松本サリン事件での資料と情報の提供があった。二十二時半、呼吸循環ともに問題がなくなったため、抜管される。二十一日、瞳孔は三ミリになり、対光反射も（十）になる。二十二日、下肢のしびれと、頭がしめつけられる感じがあり、物が赤く見えた。二十三日、吐き気と頭の絞扼感《こうやくかん》がある。食欲は出てきた。その後は順調に回復し、三月三十日に退院した。

以上の経過から次の意見書を今警部補に提出した。


この被害者は一九九五年三月二十日午前八時前に電車に乗った。発車して間もなく、薬用アルコールに似た刺激臭がするのに気がつく。ドアの左側の床に透明な感じの緑色のビニール袋があり、周囲にはサラッとして光った感じの液体が一×二メートルくらい流れていた。坐ったまま読書をしているうちに次第に気分が悪くなり、神谷町駅で降りた。意識が薄れていくので、ホームの壁に手をついて身体を支えていたことまでは、かすかに記憶している。あとで聞くと、意識不明のままホームで仰向けに倒れており、担架で地上まで運ばれ、救急車で東邦大学医学部付属大森病院に搬送されていた。

救急隊から電話があったのは八時二十九分であり、病院に到着時、意識の低下があり、痛み刺激に対して払いのける動作は見られた。全身発汗が著明であり、顔面は紅潮し、全身の硬直とけいれんが見られた。瞳孔は著明に縮瞳し、直径は両側とも一ミリで、対光反射はなかった。血圧は一八〇／九四mmHg、脈拍は百十二／分、呼吸数は三十／分だった。直ちに気管内挿管が行われ、中心静脈が確保された。治療として、「硫酸アトロピン（毎時十アンプル）をポンプで持続的に投与し、縮瞳の改善、臨床症状を見て中止の時期を決める」という方針がとられた。

　意識障害と呼吸障害があるため人工呼吸器が装着された。十時の血液生化学検査で、血漿コリンエステラーゼは〇であり（院内正常値二一〇～四三二）著しく低下していた。末梢血《まっしょうけつ》では、白血球が二万一四〇〇と増加している以外は異常がなかった。十五時の血液生化学検査では、血漿コリンエステラーゼが二〇に改善している反面、白血球は二万二三〇〇と高値のままだった。呼吸と循環状態が良くなったため、二十二時三十分抜管された。

　三月二十一日、自覚症状は両足のしびれであり、抜管後の血液ガス検査ではpH七・四三六、PCO_2三五・七であった。胸部聴診にてラ音なく、呼吸困難もなく、心音でも雑音はなかった。血圧は一二〇／七〇mmHg、脈拍は九十台、瞳孔は左右同大で、直径は三ミリ、対光反射は（＋）だった。意識は清明で、胸部X線検査でも異常はなかった。血液生化学検査では、血漿コリンエステラーゼは四〇とまだ低値であり、ＣＲＰは六・九と上昇、白血球もまだ二万九〇〇と高値だった。

三月二十二日、下肢のしびれ、体幹と頭部の締めつけられるような感じ、ものが赤く見え、飛蚊症《ひぶんしょう》があった。色々のものが見える幻視様の症状と喉《のど》の痛みを訴えた。肺音は鈍であり、血圧は一一六／七〇㎜Hg、脈拍七十台、心音鈍だった。瞳孔は左右同大、直径四・五ミリ、対光反射（＋）で、複視はない。眼球運動の可動制限はない。顔面筋は左右対称、深部反射は左右差なく、正常だった。血液生化学検査では、コリンエステラーゼは六八と上昇し、CRPは三・七と正常化、白血球は二万三〇〇と高値のままである。発熱があり、中心静脈カテーテルを抜去し、末梢からの静注に変えられた。咳と痰《たん》の排出があり、痰が培養に出された。

三月二十三日、悪心《おしん》と頭の絞扼感があり、血圧一二〇／六〇㎜Hg、脈拍七十／分である。呼吸音に雑音なくラ音もない。瞳孔は左右同大で、直径三・五ミリ、対光反射（＋）である。四肢のしびれなく、絞扼感は続く。血漿コリンエステラーゼは九八と上昇し改善傾向にあり、白血球は一万三九〇〇となおも高値だった。二十四日に一般病棟に移り、三十日退院した。

四月三日と十日に通院し、眼の前の暗さと吐き気があると訴え、まだ自宅での静養を続けていた。

まとめ：本症例はサリン曝露後、気分が悪くなり、意識障害をきたし、入院時、意識障害のレベルは軽度ないし中等度であり、痙攣と呼吸困難が見られた。瞳孔は著明な縮瞳を呈し、呼吸管理のため気管内挿管が施行され、レスピレーターが装着された。中心静脈から硫酸アトロピンを一時間五ミリグラムの割合で持続注射された。入院時の血漿コリンエステラーゼは○IU／Lと低下していた。同日の夜二十二時三十分には呼吸と循環は正常化し、レスピレーターと挿管ははずされた。三月二十二日には幻視が出現、これは硫酸アトロピンの大量投与によるものと考えられ、サリンの影響である可能性は低い。縮瞳は、硫酸アトロピン大量療法のため、早期に改善している。低かった血漿コリンエステラーゼは徐々に回復している。PAMは使用されていない。

本症例は意識障害と呼吸異常があり、かなりの重症例であったが、比較的急速に改善している。診療録が完全でないため、情報には不明の部分がある。

第三例の四十九歳の女性は、中目黒駅で日比谷線に乗るためにホームに降りた。時計の表示は七時五十八分だった。女性はホームを先頭車両の位置まで歩いた。一分後に電車が来て、先頭車両の真ん中のドアから乗車した。

車内の座席はほとんど埋まり、吊革《つりかわ》にもひとりずつつかまり、中程には吊革にも手すりにもつかまらず立ったままの人もいた。女性は席がなかったので、進行方向の左側の乗ったドア付近に立っていた。しばらくすると、同じ車両の後方に坐っていた三、四人の女子高生たちが「喉が痛い」と言いながら、女性が立っている方に移動して来た。他の客も同様で、自分の周囲が窮屈になってきた女性は、車両の後方で何か起ったのだと思い、その付近に眼をやった。

すると先頭車両の最後尾の、進行方向左側のドアをはいってすぐの座席の足元に、新聞紙包みが置かれていた。台形をしていたので、女性はセカンドバッグを包んでいるのかなと一瞬思った。しかし包みの周辺には透明の液体が、車内中央の通路に向かって広がっていた。臭いはなく、誰かが悪質ないたずらをしたのだなと、女性は感じた。

電車が神谷町に着く頃、自分が立っている周囲が混んできたので、女性は移動して一番後ろのドアからホームに出、二両目に乗り移ろうとした。このとき、透明の液体の脇を通り、ドアから出るときは、液体を跨《また》いだりした。何だか甘ったるい、かすかな臭いがした。包みは普通のセカンドバッグくらいの大きさで、新聞紙にきちんと包まれ、その角も見えた。

ホームを歩いていたとき、目がぼんやりしてきて、二両目に移る頃は、物がすべて夕方のように暗く見えた。横にいた若い女性が「喉が痛い」と言ったので、「わたしは目の前が暗いんですよ」と言葉を交わした。

ところが電車はなかなか発車せず、やがて「八丁堀駅で爆発事故があったので、運転中止にします」というアナウンスがあった。

八丁堀駅は自分が降車する駅なので、これからどうしたものかと思いつつ、女性はホームに降りた。するとホーム隅の壁付近に、坐り込んでいる男性がいて、駅員が介抱していた。貧血か何かで気分が悪くなったのかなと、女性は思いながら立っていると、すぐに第二のアナウンスがあった。霞ケ関駅までは運行すると言うので、再び二両目に乗り込んだ。目の暗さは少しひどくなっていたものの、その他は何ともなかった。

霞ケ関駅では全乗客が降ろされた。女性はどのあたりに改札口があるのか分からず、人の流れについて行くと、千代田線の方に出た。とにかく会社に連絡をしなければと思い、駅構内で電話をしようとした。しかし頭がボーッとして、手足に力がはいらず、目も見えなくなってきた。とりあえず駅事務室で休ませてもらおうと思い、はいったとたん、吐き気がして気分が悪くなり、手足が硬直してきた。駅事務室で休んでいても症状は一向に良くならず、女性はこのまま死んでしまうかもしれないと思う。それ以後の記憶はところどころしかない。通産省の人が車で虎の門病院に運んでくれたのは、何故《なぜ》かよく覚えている。

結局、女性は虎の門病院で七日間の入院治療を受けた。入院中、病院で出される食事のすべてに、表面にうぶ毛が生えているように見えた。病院に駆けつけた身内の話では、ひとりで誰かと対話している様子だったり、訳の分からないことを口にしていたという。

入院時の主訴は、吐き気と全身倦怠感《けんたいかん》、目が見えないであり、主要な所見は著明な縮瞳で、対光反射がなかった。すぐさま硫酸アトロピンとＰＡＭの投与、コリンエステラーゼ値の検査が決定された。コリンエステラーゼ値は、入院直後が〇・三であり、翌日が〇・五、三月二十三日が〇・六と、低値が続いた。

入院翌日の三月二十一日には、幻聴のような症状が出現、これは硫酸アトロピンの中毒症状と判断され、以後は漸減される。ＰＡＭは続行された。三月二十二日、硫酸アトロピンが中止された。この日、つくばの日本中毒情報センターに連絡し、ＰＡＭは二回目以後はあまり効果なく、コリンエステラーゼ値も、すぐには回復しないと助言を受けた。

三月二十三日、この日PAMが中止される。食欲が出てきて、縮瞳もなくなり、対光反射も戻った。その後は順調に体調を回復し、三月二十六日に退院する。

以上の経過と、診療録と看護記録を総合的に参照して、以下の意見書を今警部補に提出した。

三月二十日十一時の入院時の体温は三六度九分、血圧は一四〇／九八mmHg、脈拍七十六／分、呼吸数十八／分であり、血圧が上昇していた。瞳孔は縮瞳しており、両側とも直径は一ミリ以下だった。対光反射も消失していた。このため硫酸アトロピン一アンプルの筋注を受けた。

意識は清明で、病歴など詳しく正確に話すことができた。ベッドへの移動も、独歩で可能であった。過呼吸は見られず、全身の硬直は消失しており、四肢の麻痺《まひ》もしびれ感もなかった。

十四時三十分、両上肢から肩、全身へと広がるようなしびれが出現した。上肢の脱力感も伴っていた。眼の所見は縮瞳のままで、「真っ暗ではなくなったけど、常に夕方かなという感じ」だった。十五時の採血で、血漿コリンエステラーゼは〇・三（院内正常値〇・七〜一・六）と低下していた。十六時、医師の指示でシャワーを浴び、衣服はすべて廃棄された。

十六時四十分、ＰＡＭ二アンプルを生理的食塩水一〇〇ミリリットルに溶かして静注され、酸素吸入が二リットル／分で開始された。十七時、硫酸アトロピンが一時間一ミリグラムの割合で、中心静脈を通して継続的に静注開始になった。嘔気《おうき》や頭痛はないものの、倦怠感と両上肢のしびれ感があった。瞳孔は依然として左右同大のピンホール状で、対光反射もなかった。「薄暗い感じです。看護婦さんの顔もよく見えなくて、ごめんなさいね」と言った。

十九時、瞳孔は左右同大で直径は両側とも一ミリのままであり、対光反射もなかった。暗さも同様である。呼吸困難や肺雑音はなく、嘔気、頭重感、倦怠感もなかった。血圧は一〇八／五八㎜Hgと正常化し、脈拍は九十／分、体温三六度五分だった。「駅でたくさん吐いたから、もう吐くものがないの」と言い、口渇のため飲水した。

二十時、ＰＡＭが一時間に一アンプル、五〇〇ミリグラムずつ、中心静脈を通して持続的に静注開始される。二十一時、瞳孔は左右同大、直径は一ミリで、やはり対光反射はなかった。

二十二時十分、嘔吐があり、食物残渣《ざんさ》様のものが中等量で、「動いたりすると気分が悪くなる」と言う。二十三時、瞳孔は左右同大で、直径は二ミリになり、対光反射

（＋）になった。血圧は一二〇／六〇㎜Hgで、「まぶしさ」が出現した。再び嘔吐があり液状のものが少量だった。酸素は吸入中であり、残尿感と腹部膨満感があるため、二十三時三十分に導尿カテーテルが挿入された。

日付が変わって三月二十一日三時、「ムカムカするのがつらい」と訴えがあった。血圧は一三四／七八㎜Hg、脈拍九十六／分、体温三七度であり、瞳孔は左右同大、直径三ミリ、対光反射は（＋）だった。嘔吐があった。三時三十分、そわそわと落ち着かない感じがあった。五時は入眠中であった。

七時、瞳孔は左右同大、直径は両側とも二ミリ、対光反射は緩徐であり、やはりそわそわと落ち着かない感じがあった。九時、脈拍八十九／分、瞳孔は左右同大、対光反射緩徐だった。家族はいないのに、「今部屋を替わるとか言われて、家族が廊下に来ているんです」と言い、ベッドに小物を散らかしていた。血液生化学検査では、血漿コリンエステラーゼは〇・五と低下したままで、他のデータに異常はなかった。

十時、「スリッパを取ろうと思って。兄たちがわざわざテレビを見て心配して、来てくれるからね」と言う。脈拍は百三十四／分と増加し、「でも救急車で行ったほうがいいわよね。早く治療ができて」と言う。十時十五分、脈拍は百二十四／分で、硫酸アトロピンの滴下が一時間〇・六ミリグラムに減らされた。「わたしね、今、先生のお話を聞きたい。今、病院ではやっている院内感染にかかっているんですって」と言う。

十時三十分、「死にたい、死にたい」と言う。十一時、脈拍百十二／分で、ジアゼパム一アンプルが静注された。血圧は一四六／一〇二と高く、口渇が（＋＋）になった。「口が渇いてて、声が出しにくいの。喉がかれたみたい」と言う。瞳孔は左右同大、直径三・五ミリ、対光反射緩徐だった。

十一時五十分、「お姉さん、そこにいるんでしょ。あなたたち、ちょっとちょっとと言って、ちっとも会わせてくれないんじゃないの。血液とか、精液でなければ感染しないんでしょ、院内感染なのよ」と大声で叫んだ。さらに「死ぬ前に言い残しておきたいことがあるの。男じゃダメなのよ。お姉さん、ガラス越しにいるんでしょ。お姉さーん」と叫び、眼は吊り上がり気味だった。ベッドの上で立ち上がって柵を乗り越えようとした。硫酸アトロピン滴下が一時間に〇・四ミリグラムに減らされた。

十三時、脈拍は百程度になり、「皆で何か隠しているのが分かったのよ。だからあんなふうに呼んじゃって。ごめんなさい」と言い、面会に来た姉と話しているうちに落ち着いた。しかし眼はうつろだった。十四時、脈拍は八十台に下がり、十四時半、体温は三七度五分とやや高く、血圧も一四六／九六と高かった。瞳孔は左右同大、直径三・五ミリで、対光反射はやや迅速になった。「昨日よりも二、三倍明るい」と言う。肺雑音なく、後頭部痛があり、めまいや痙攣はなく、時々動悸《どうき》がし、腹鳴があった。

十五時、脈拍は八十台で、姉とラジオでクラシック音楽を聴いていた。十六時、硫酸アトロピンが一時間あたり〇・三ミリグラムとさらに減らされた。十七時、瞳孔は左右同大で直径三・〇ミリ、対光反射があり、気分は「いいようがないね」と笑顔で答える。十九時、血圧一四〇／七〇mmHgで脈拍は七十八、吐き気なく、食事は全量を摂取できた。しかし口渇があった。

二十時三十分、「自分でも何を言っているのか分からなくなってしまう」と言う。二十一時、瞳孔は左右同大、直径三・〇ミリ、対光反射がある。ベッドから立ち上がり、カーテンを閉めようとしている。嘔気なく、気分不良もない。二十三時、瞳孔は左右同大、直径三・五ミリ、対光反射あり、血圧は一二八／八〇mmHg、脈拍七十から八十だった。

三月二十二日一時、入眠中で脈拍六十七、三時も入眠中であり、脈拍六十八、呼吸数十六だった。五時に点滴が中止され、硫酸アトロピンの静注も七時に中止された。血圧一一二／八四、呼吸数十八、体温三七度、脈拍六十台、胸部にラ音なく、嘔気や腹部不快感もない。瞳孔は左右同大、直径二ミリ、対光反射もあった。眼鏡をかけると、一メートル離れた顔や名札が読める。「明るさも昨日よりはいい。ただ頭はまだぼーっとしているね」と言う。

八時、朝食に対してあまり食欲がなく、手足に力がはいりにくく、フラフラ感があった。十一時、血圧一二〇／八〇mmHg、脈拍六十台、瞳孔は左右同大で直径三・五ミリ、対光反射もあり、「昨日に比べて明るく見える」と言う。しかし「人の顔を見ていると、ジグソーパズルのようにひび割れて見える」とも言う。十七時、「食事の後は気分が悪くなるけど、そうでもないときは何ともなくて、こうして話していられるのよ」と言う。十九時、ゆっくりと夕食摂取中であり、二十時、血圧は一二〇／七四、瞳孔は左右同大、直径二・五ミリ、対光反射あり、「食後吐き気が少しあったが、今は落ちついた」と言い、「昨日の話をいろいろ聞いて、ドキドキしちゃったわ。大暴れしたらしいわね。ごめんなさいね。みんなにまともな顔になったと言われたの」と穏やかな口調で話す。二十一時、「おやすみなさい。今日はゆっくりと眠れると思います」と言って、二十三時は入眠中である。

三月二十三日一時、覚醒《かくせい》しているも「大丈夫、眠れています」と言い、五時に看護婦が訪室すると覚醒し、「ありがとうございます」と言った。七時、頭痛や胃部不快感、しびれなどなく、瞳孔は左右同大、直径三ミリ、対光反射はある。「手足に力がはいらないの。でも昨晩は初めてよく眠れた」と言う。食事をすると吐き気があり、全量は食べられなかった。

七時半、それまで続けられていたＰＡＭの静注が中止される。九時半、導尿のカテーテルが抜去された。立位でめまいやふらつき、体動でむかつきがある。十四時、「動いたり、食べたりすると、嘔気があるんですよ」と言う。瞳孔は左右同大、直径三ミリ、対光反射あり。十七時二十分、「だいぶよくなってきました」と言い、十九時には「目のほうは、眼鏡をかけて食事をしようと思うほどになりました」と言う。しかし、起座位でしばらくすると、めまいが生じた。

三月二十四日、三時から五時は睡眠中だった。七時、「トイレへ歩いて行けたので、かなり自信がついた」と笑顔で言った。十時四十分、眼鏡をかけ、独歩でトイレに行けた。ふらつきが多少あった。十四時半、「入院前と同じくらい見えるようになってきた気がします」と言う。しかし後頭部の重たい感じは残っている。十九時、眼の症状はほぼ治り、頭痛はなく、トイレも自分で行け、食欲も出てきた。軽度のふらつきと、咽頭痛《いんとうつう》はある。二十一時入眠中である。

三月二十五日、一時から五時は睡眠中だった。八時十五分、「元気になったと思って食事をしていると、急に動悸がする。食事時はいつもこうなのよ」と言う。十四時、「眼のほうは、事故前と同じになっている」。十七時、シャワー浴、歩行時のふらつきやめまいはない。

三月二十六日一時は入眠中、四時四十分、排尿後の残尿感があった。

三月二十六日十時、退院した。

以上の臨床上の経過から、次のように結論を加えて今警部補に提出した。

本症例は、サリン曝露後に眼症状と嘔気、手足の脱力感、一過性の軽度の意識障害が出現し、入院している。入院時、意識は清明になっていたものの、著明な縮瞳が認められた。目の前が暗く見えたのもそのためである。血漿コリンエステラーゼは、正常値の半分程度に低下していた。硫酸アトロピンとPAMの持続点滴療法が開始された。縮瞳は多少改善した反面、悪心、嘔吐は続いた。そのうち、家族の顔が見えるなどの幻視や精神症状が出現した。加えて口渇や頻脈も見られた。これらの精神症状と口渇、頻脈からアトロピン中毒が疑われた。硫酸アトロピンの投与量を減らしたところ、脈拍も百以下となり、精神症状は消失した。一方のPAMは持続的に投与され続けた。これもある程度は、精神症状の発現に影響した可能性はある。縮瞳は硫酸アトロピンやＰＡＭの中止後、徐々に改善し、血漿コリンエステラーゼ値も上昇した。本症例は、入院前は中等症と判断される。しかし入院後は軽症例であり、硫酸アトロピンの過量投与が精神症状を惹起《じゃっき》したと結論できる。

この日比谷線中目黒発東武動物公園行きでの実行犯は、〝科学技術省次官〟豊田亨であり、運転手は〝諜報省《ちょうほう》〟の高橋克也だった。豊田亨は東大大学院物理学専攻博士課程を中退、入信したあと出家する。出家九ヵ月後の一九九三年一月、ロシアに派遣され、自動小銃の設計図などの入手に加担した。翌年から教祖の指示で自動小銃の密造を担当した。さらに十月からは村井秀夫の補佐としてサリンプラントの第七サティアンに常駐した。

警察の捜査の手が迫った一九九五年三月十八日、豊田亨は村井秀夫の指示で、小銃部品を隠す作業を行った。強制捜査から二ヵ月後の五月十五日逮捕された。

豊田亨の犯行で、ひとりが死亡、五百三十二人がサリン中毒の障害を負った。

第四例は二十四歳の女性で、三月二十日通勤のため、家の近くで都営三田線に乗り、大手町駅で我孫子発代々木上原行の千代田線に乗り換えた。目的地の国会議事堂前駅で降りるためには、先頭車両に乗るのが出口に近く、この日も午前八時五分、先頭車両の前から二番目のドアから乗り込んだ。乗ったとたんシンナー様の臭いがして、乗ったドアの前方右側の座席の斜め前に、床に置かれている新聞紙に包まれた物が見えた。その両端から透明の液体が周囲にしみ出ていた。電車は混んでいたものの、液体の周囲は誰もおらず、ぽっかり穴があいているようだった。新聞紙包みの大きさは縦二五センチ、横一五センチ、高さ五センチくらいで、誰かが落として、中の物が割れ、そのまま降りてしまったのだろうと思った。液体は包みの両端から三〇センチくらい広がっていた。

女性は包みの右手を通り、反対側の座席の前に立った。乗客の大半が、ハンカチで口元を押さえていた。電車が二重橋前駅に着く手前で、できるだけ呼吸を少なくして立っていた女性は、次第に息がしにくい状態になった。空気が喉で止まり、肺に入っていかない感じがあり、新聞紙包みから離れるため、運転席の方に移動した。倒れている乗客はおらず、何人かが咳込んでいた。霞ケ関駅に着く手前で、呼吸を少なくしていたために苦しくなり、一度だけ大きく深呼吸をした。するとそれ以上に苦しくなり、めまいがして、足元がふらつき、吊革につかまっていないと倒れそうになった。

電車が霞ケ関駅に着いたとき、乗客のひとりが、ホームに立っていた駅員に新聞紙包みについて報告したようだった。知らされた駅員は、白手袋のままで包みを持ち、車外に運び出したあと、どこからか新聞紙を持って来て、しみ出た液体を拭《ふ》きとった。そのあと運転士のところに行き、次の国会議事堂前駅できちんと拭くように連絡すると伝えていた。この霞ケ関駅で停車していたのは二分間くらいで、車内アナウンスはなかった。

女性は足元がフラフラの状態のまま、何とか吊革を握って立ち、国会議事堂前駅で下車し、会社に向かった。頭痛とめまいはひどくなり、何度もビルの壁に寄りかかったりした。会社に着いて、二階にある更衣室に入ったとたん、頭痛とめまい、吐き気が強くなり、そのまま倒れてしまった。同僚が心配して声をかけてくれたものの、身体が動かず、口もきけない状態だった。苦しんでいるのを見て、同僚のひとりが救急車を呼んでくれたようだった。しかし救急車はなかなか来ず、同僚たちが女性を運び、会社の車で虎の門病院に連れて行った。病院のベッドの上で、朦朧とした意識の中で、このまま死んでしまうのではないかと思った。

九時二十分病院到着時、激しい嘔吐があり、過呼吸であり、縮瞳が著明だった。すぐに輸液が開始され、硫酸アトロピンが注射された。直ちに入院後、酸素吸入と中心静脈の確保がなされ、硫酸アトロピンが投与され続ける。ＰＡＭが静注されたのは十六時二十分だった。十八時過ぎに、開眼が維持でき、会話可能になり、呼吸も楽になった。その後胸写《きょうしゃ》で右気胸が判明し、穿刺《せんし》により一五〇〇ccを脱気した。その後も硫酸アトロピン、PAMの投与は続けられた。

三月二十一日、瞳孔は両側とも二ミリになるも、対光反射は弱く、軽い嘔気があった。硫酸アトロピンとPAMは続けられ、胸写上の気胸は大幅に改善した。景色は見えても、読書するのは困難である。二十二日、呼吸困難が少なくなり、瞳孔も大きくなり、対光反射も正常に近くなる。見えづらさも減り、食欲も出てきた。しかし手先や足先のしびれは残っている。二十三日、まだ近くの物が見えにくい。嘔気はまだある。二十四日、胃液のようなものを吐き、食欲が低下する。瞳孔は四・五ミリになり、対光反射も正常になった。しかし頭痛としびれは続く。二十五日、頭痛はなくなり、家族や知人との面会も、表情良く長く話せるようになった。二十六日、手足のしびれも気にならず、二十七日には食事量も増えた。二十九日、多数の面会にも応じられるようになり、三十日には築地警察署の警官の事情聴取にも応じられた。三十一日午後には外泊許可が出され、四月二日に帰院、めまいが多少あるくらいだった。三日も気分不良なく、四日には退院の意志も出、読書も可能になる。五日、めまいも頭痛もなくなり、手足のしびれも気にならず、六日の午後、無事に退院した。

以上の経過から、次の意見書を作成して提出した。

本症例は八時五分の電車に乗った。乗車するとすぐにシンナー様の臭いがした。見ると右側の斜め前あたりに、新聞紙で包まれた物が置いてあり、その両端から透明の液体がしみ出していた。この包みは縦二五センチ、横一五センチ、高さ五センチくらいで、液体はその両端からチョロチョロ出ている感じで、周囲に三〇センチくらい広がっていた。周囲の乗客の大半がハンカチで口元を押さえ、咳込んでいた。しばらくすると次第に息がしにくくなった。霞ケ関駅に着く手前から息苦しくなり、めまいもし、足元がふらつき、吊革につかまっていなければ倒れそうな状態になった。電車が国会議事堂前駅に着いたので、下車して歩き出したものの、頭痛やめまいがひどくなり、会社まで歩く間に、何度もビルの壁に寄りかかった。会社に辿《たど》り着いて、更衣室に入ったとたん、さらに頭痛とめまいが増強、吐き気もして、更衣室内に倒れてしまった。自分の意志で自由に身体が動かせない状態だった。会社の人が車に乗せて虎の門病院に連れて行ってくれた。

九時二十分に来院したとき、意識レベルの低下があり、昏迷状態で、呼びかけには応じるものの、開眼は不能だった。呼吸困難があり、過呼吸を呈していた。血圧は収縮期圧が九一mmHgと低かった。脈拍は九十六／分、体温は三六・六度C、顔面と頸部《けいぶ》は紅潮していた。瞳孔は左右同大で、著明な縮瞳があり、直径は一ミリだった。悪心と嘔吐があった。胸部に雑音なく、心音は鈍であり、腹部に圧痛はなかった。

入院時の血液生化学検査で、血漿コリンエステラーゼは〇・三（院内正常値〇・七〜一・六）と低下していた。他の異常検査値はなかった。血液ガス分析では、pHが七・六四、$PaCO_2$は一七であり、呼吸性アルカローシスを呈していた。

中心静脈が確保され、硫酸アトロピン六アンプル（三ミリグラム）を使用するも、症状の改善はなかった。そこで十四時二十分より、血液透析が開始される。血液透析開始時の血漿コリンエステラーゼは〇・五九まで改善していた。十五時五分、酸素吸入が開始され、血液透析中も硫酸アトロピンが十五分おきに一アンプルずつ静注された。しかし縮瞳はあまり改善しなかった。十六時二十分、硫酸アトロピン五アンプルとＰＡＭを静注した時点で、脈拍が百三十三／分と上昇し、口渇を訴えたため、静注が一時中断された。体温は三七・五度Cだった。十八時二十五分頃より、開眼維持ができ、会話もスムーズになり、意識も清明になってきた。十八時四十五分、病院に来るまでの経過を話せるようになった。十九時五分、血液透析が終了、瞳孔は直径二〜三ミリになり、対光反射も迅速になる。血液生化学検査で、血漿コリンエステラーゼは〇・五、その他には異常はなかった。血液ガス分析で、pHは七・四六、$PaCO_2$は三六になっており、呼吸性アルカローシスは軽減していた。十九時二十分、意識は清明になる。二十一時、胸部Ｘ線検査で気胸が認められ、一五〇〇ccほど脱気された。この脱気で肺拡張を見た。血液透析中、硫酸アトロピン八アンプル、ＰＡＭ一アンプルが投与されたものの、症状の改善はなかった。そのため帰室後、硫酸アトロピンを一時間に一アンプル、ＰＡＭを〇・五アンプルずつ持続的に静注することにした。

三月二十一日、一時から五時まで睡眠、七時には意識も清明のままである。カーテンを開けると眼がチカチカした。血圧は一一七／七八mmHg、脈拍八十八／分、体温三六・七度Ｃ、瞳孔は左右同大で、直径は二ミリ、対光反射は緩徐だった。血液生化学検査では、血漿コリンエステラーゼは〇・五と変化なかった。血清ＣＰＫは一八一と上昇していた。血液ガス分析では、pH七・四五で、$PaCO_2$は四二だった。その他の異常値はなかった。八時、景色は見えるものの、字を読むのは難しかった。しかし呼吸困難や嘔吐はなかった。このため血液透析は施行せず、経過観察が決定される。胸部Ｘ線検査で肺水腫《はいすいしゅ》はなく、気胸もないため、酸素吸入が中止された。眼がしょぼしょぼする、見えにくいという訴えのため、眼科医からミドリンＭとフルメトロン〇・一％の点眼を指示された。二十時頃、手のピリピリするしびれ感が増強した。瞳孔は四〜五ミリ、呼吸困難はなく、口渇、咽頭痛、頭痛があった。主治医は、「サリンの影響のピークは二十四時間ほどということも考え、硫酸アトロピンは一時間に〇・五アンプル、PAMは一時間に〇・二五アンプルに減量する」と決定した。

三月二十二日の六時、意識は清明、瞳孔は四・五ミリ、対光反射（＋）、「だんだんよくなってきた。まぶしさがなくなってきた」と言う。呼吸困難なく、血漿コリンエステラーゼは〇・六だった。食欲が出て、嘔気や頭痛はない。瞳孔は散大している。点眼薬で見えづらさは軽減しているものの、十九時、「まだ眼がボーッとした感じがする。字が読めない。近くがぼやける」と言う。

三月二十三日、静注続行中だった硫酸アトロピンとPAMが、十一時に中止になる。一時直径五ミリまで改善していた瞳孔が、三ミリまで戻った。その後、摂食可能になり、中心静脈カテーテルが抜去された。

三月二十四日には吐き気と頭痛、二十五日には縮瞳、二十六日には頭痛があり、瞳孔は三ミリで対光反射はあった。二十七日頭痛は軽度で嘔気なく、二十八日、頭痛とめまい、二十九日、頭痛とめまいは軽度になり、四月三日に頭痛とめまいが消失し、四月六日に退院となった。

四月二十六日、外来を受診し、「今でも時に眼がぼやけて見える」と訴えた。瞳孔は五ミリで正円だった。五月八日の外来受診時は特に訴えなく、血漿コリンエステラーゼは〇・七と上昇しており、これで治療は終結した。

まとめ：本症例は、サリン曝露後に息苦しさ、めまい、頭痛、脱力感が出現し、その後に比較的軽度の意識障害が認められた。入院時には、軽度の意識障害と呼吸困難、過呼吸、縮瞳があり、悪心と嘔吐もきたしており、中等症であったと思われる。治療としては、血液透析を受け、硫酸アトロピンとPAMの併用療法が続けられた。同日の夜には意識は清明となり、呼吸困難も消失している。血液透析が有効であったか否《いな》かは不明である。

眼がしょぼしょぼして見えにくいという訴えに対しては、ミドリンMとフルメトロン〇・一％の点眼薬が投与された。眼症状や縮瞳、頭痛、めまい、嘔気などは、徐々に軽快していった。眼症状に対して、点眼薬のミドリンMは有効だったようである。五月八日に血漿コリンエステラーゼは正常化し、症状の訴えは消失していた。

この千代田線我孫子発代々木上原行の電車に、サリンを置いたのは林郁夫で、運転手役は新實智光だった。これによって二人が死亡、二百三十一人が傷害を負った。

なお、ひとりが死亡し、三百五十八人が傷害を負った丸ノ内線荻窪行電車と、二百人が傷害された丸ノ内線池袋行電車については、築地署に被害届は出されず、供述調書も診療録も提出されなかった。

第七章　犠牲者とサリン遺留品

四人の被害者に対する意見書を送ったあと、今警部補から地下鉄サリン事件での現場検証の結果と、犠牲者十二人の診療録の写しが送付されて来た。日頃は短い添書のみだったのに、このときは比較的長い文面になっていた。

――今回は、尊い犠牲者の方々の治療を記した診療録のコピーと、事件直後における私共の現場検証の結果をお送りします。これらの記録は、これから裁判が始まったとしても、なかなか表には出ない貴重なものです。憎い犯人たちの犯行手口と、その結果犠牲になられた方々の無念の思いは、今後永遠に記憶されなければなりません。闇《やみ》に埋もれたままでは、犠牲者の方々も浮かばれないはずです。

せめて沢井先生にだけは、これらの事実を知っておいていただきたいと考え、大部ではありますが、送らせていただきます。

遺留品の捜査結果は、私共鑑識課が総力を挙げて取り組んだ汗と涙の結晶でもあります。あの事件から間もなく半年、遅ればせとはいえ、この事実も沢井先生には理解していただきたく、お送りするものです。

邪教であるオウム真理教の卑劣な犯行は、闇が広くて深く、これから新しい事実が判明していくでしょう。既に半ば明るみに出ている犯行もあり、沢井先生には今後もお力添えをいただきとうございます。大学の公務のかたわら、時間と労力をさいてこれまで協力を惜しまれなかったことに対して、司法警察員のひとりとして尊敬と感謝の念でいっぱいです。どうぞ引き続き御助力を賜りたく存じます。

読んでいるうちに、今警部補の長身痩軀《そうく》と鋭い目差《まなざ》しが頭に浮かんだ。警察官というより、どこか学者の風貌《ふうぼう》を感じ、初対面のとき、こういう警察官もいるのだと意外の感に打たれたのを思い出す。

包みを開いて、きちんとファイルされた記録を取り出す。資料はいつもB４の書類を二穴で綴《と》じる、青い表紙のファイルに整理されていた。最初に犠牲者十二人の診療録の写しがあり、次に各車両におけるビニール袋発見報告、ビニールと新聞の状態、車内床採取などの記録が添えられていた。

まず、前の章の女性が被害にあった、日比谷線中目黒発東武動物公園行きの車内で発見されたサリンの遺留物は、新聞に包まれた透明大型ビニール袋だった。鑑識課員は、床に流れている液体を脱脂綿に付着させたものを領置していた。

これが警視庁科学捜査研究所で鑑定され、サリンとメチルホスホン酸ジイソプロピルエステル、N，N－ジエチルアニリンが検出された。

このサリンによる犠牲者は九十代の男性だった。三月二十日、状況不明のまま、日比谷線神谷町駅から救急車で都立広尾病院に搬送されたのが九時ちょうどだった。心肺停止状態であり、すぐに挿管され点滴が開始になる。瞳孔《どうこう》が左は縮瞳、右はピンホール状のため、硫酸アトロピンとボスミンが静注された。しかし効なく、九時十八分に死亡が確認された。血漿《けっしょう》中のコリンエステラーゼ値は、正常が三・〇に対して一・九と低下していた。

前の章で被害届を出した男性が乗った地下鉄は、日比谷線北千住発中目黒行きである。この車内では、口を黄色の紐《ひも》で縛った灰緑色の布包の中に、三月二十日付第十四版読売新聞に包まれた厚手のビニール袋が入っていた。ビニール袋の内部には黒褐色の油様の液体が若干量残っており、湿った新聞紙には、一部が溶けたようなプラスチック製の粘着テープが貼《は》られていた。

さらにこの中に、密封型の無色プラスチック袋が三袋入れられている。小型の一重の袋二袋が、大型の二重の袋一袋を挟むようにして包まれていた。いずれの袋も一隅が切り落とされたような形の密封型の袋であり、油様の液体が付着していた。おのおのの袋には、一〜三ヵ所の穴が認められた。

中に残っていた液体を化学分析した結果、サリン、メチルホスホン酸ジイソプロピルエステル、N，N−ジエチルアニリン、ノルマルヘキサン、2−メチルペンタン、3−メチルペンタン、メチルシクロペンタンが検出された。

この北千住発日比谷線での犠牲者は最も多く、七人にのぼる。三十代の女性は、小伝馬町駅から市民が自家用車で聖路加国際病院に搬送した。そのとき既に心肺停止状態であり、直ちに点滴とともにマスク換気され、口腔《こうくう》内分泌《ぶんぴ》物を吸引後挿管された。ボスミンを静注し、心臓マッサージも行うも、心電図はフラットで、自発呼吸もなく、蘇生《そせい》術は八十分続けられた。しかし九時二十五分に死亡が確認された。血漿中のコリンエステラーゼ値は〇・五八だった。

二十代の男性は、やはり小伝馬町駅から一般車両で中島病院に搬送された。九時八分の到着時、既に心肺停止状態であり、モニターが装着され、挿管後、点滴も開始される。ボスミンの静注が繰り返され、蘇生術が施されるも、十時二分死亡が確認された。血漿コリンエステラーゼ値は〇・〇六だった。

四十代の男性は、築地駅から救急車で都立広尾病院に搬送された。到着時、意識レベルが低下し、心肺停止寸前の状態だった。瞳孔はピンホール状の縮瞳があり、聴診上心音も呼吸音もなかった。すぐに心臓マッサージが開始され、気道が確保され、酸素吸入が始まる。ボスミンと硫酸アトロピンの投与によって脈が触知されるようになり、心電図も波形が見られた。しかしその後、脈が触れなくなり、心電図もフラットになる。心臓マッサージとボスミン投与が続けられるも、効なく散瞳になり、十時三十分死亡が確認された。血漿コリンエステラーゼ値は〇・八〇だった。

五十代の女性は、八丁堀駅から救急車によって九時四十三分、慶応大学病院に搬送された。それ以前、救急隊員によって一時間あまり蘇生術が施されていた。到着時、心肺停止状態であり、すぐにモニターが装着され、挿管とともに点滴も始まる。ボスミンと硫酸アトロピンを投与すると、心拍が再開された。しかし十五分後、心室細動が始まり、除細動のためのカウンターショックが二度施行された。効果が見られず、やがて心電図はフラットになり、対光反射も消失、呼吸停止し、十時二十分死亡が確認された。血漿コリンエステラーゼ値は〇・六八だった。

　五十代の男性は、小伝馬町駅付近で倒れていたのを、救急車によって九時きっかりに三井記念病院に搬送された。既に心肺停止の状態であり、全身にチアノーゼが見られた。すぐに挿管されて呼吸が管理され、静脈ラインも確保された。心臓マッサージによって血圧の上昇があり、ＩＣＵに移される。瞳孔はピンホール状の縮瞳を示し、硫酸アトロピンが静注される。この頃、同様の患者が多数搬入されて来たため、何らかの事故によるガス中毒と考えられた。昇圧剤の投与で、夕刻になって血圧が上がり、自発呼吸が戻ってくるも、顔面の痙攣《けいれん》が始まった。これと前後して、サリン中毒だと発表があり、ＰＡＭの静注が開始される。しかし夜の十時になって体温が三九度に上昇、翌日になってようやく三八度になる。顔面筋の痙攣は相変わらず続いていた。翌々日の三月二十二日にとられた脳波はフラットであり、脳幹に障害が及んでいると推測された。二十四日になって再び体温が三九度に上昇、その反面、血圧は持ち直してきた。二十五日から全身の浮腫《ふしゅ》とともに、発疹《ほっしん》が出現し、薬疹だと判断された。二十六日、敗血症の疑いがもたれ、二十七日には鼻腔から膿《うみ》が分泌された。二十八日と二十九日は体温が三九・九度まで上昇、抗生剤にも反応しなくなった。おそらく敗血症であり、脳死状態であると思われた。三十日、抗生物質が変更されるも、炎症反応を示すクレアチニン値も七・五に上昇、高体温が続いた。三十一日、皮膚科医師の往診にて、中毒性の皮疹であり、薬剤によるものか、あるいは細菌、ウイルスに起因しており、サリンとは無関係だろうという判断が示される。四月一日になって、血圧が下がりはじめ、全身の紅斑《こうはん》が著明になった。夜になってさらに血圧は低下し、無尿状態になり、心電図も平坦《へいたん》になる。自発呼吸がなくなり、瞳孔は散大し、対光反射も消失、午後十時五十二分、死亡が確認された。入院当初の血漿コリンエステラーゼ値は〇・八七だった。

二十代の女性は、小伝馬町駅で倒れていたのを一般車両で聖路加国際病院に搬送された。心肺停止の状態であり、すぐに挿管されて酸素吸入と心臓マッサージが開始され、ボスミンとメイロンが静注された。瞳孔はピンホールの縮瞳であり、下顎《かがく》に小さな筋れん縮が見られた。硫酸アトロピンとPAMも投与され、やがて自発呼吸が回復したものの、心電図にST上昇が見られ、脳浮腫の存在が疑われた。心肺停止の時間がどのくらいかは分からず、長ければ低酸素脳症で予後が悪くなると予想された。翌二十一日、血圧は一四二／七〇で、脈拍は毎分百三十八の頻脈だった。三八度五分の発熱もあり、脱水状態の補正とクーリングが実施される。脳浮腫に対して、ステロイドの投与も始まった。この日、瞳孔は左右とも直径五ミリと、縮瞳状態から脱した。

三月二十二日、ステロイドの効果で解熱《げねつ》し、頻脈もやや改善する。しかし脳波上はほとんどフラットに近かった。二十三日、二十四日と全身状態は変わらず、二十五日も同様、二十六日になっても意識回復はなく、予後不良が懸念《けねん》された。入院一週間後の二十七日、血圧は収縮期が一六〇と安定はしているものの、血小板が六万五〇〇〇と低かった。二十八日、血圧が低下しはじめ、口腔内に真菌の感染が見られ、気管切開が検討される。二十九日、電解質の調整で状態は不変、三十日に気管切開が施行された。これによって口腔内の挿管は除去され、呼吸管理が容易になる。三十一日、ファイバースコープによる鼻腔内観察が行われる。しかし上咽頭《じょういんとう》から中咽頭にかけて浮腫が強く、観察不能だった。四月一日、頭部CTによって脳浮腫が著明で、脳室もほとんど消失していることが判明する。四月二日、ヘモグロビン値が四・九と低下、顔面蒼白《そうはく》になり、末梢《まっしょう》のチアノーゼが著明になる。四月三日、炎症反応を示すCRPが九・八に上昇、感染が疑われた。四月四日、五日と変わらず、六日に胸部単純写真で気胸が確認される。そのため左胸にチューブが入れられた。またこの日、院内感染である MRSAも認められる。肺炎も呈しており、起炎菌はMRSAの可能性があった。気八日、胸部聴診で呼吸音は微弱ながらも、酸素分圧は九八％以上に保たれていた。気胸は大幅に改善した。九日、容態変わらず、意識はないままであり、十日に左胸のチューブが抜去され、炎症反応もやや減少する。しかし十一日になって血圧が下がりはじめ、三八度台の熱発が認められた。十二日、十三日と血圧は収縮期が七〇から八〇と低値が続いた。十四日には乏尿《ぼうにょう》になり腎不全に陥り、高カリウム血症による心電図の変化が著明になる。十五日、発熱はおさまったものの、血圧は収縮期が八〇から一〇〇と低いままである。乏尿は続き、腎不全が続く。夜になって収縮期血圧は七〇から八〇と下降、無尿に近くなった。十六日、午後になって心電図のモニター上で心室細動が出現、その後フラットになり、十四時十六分、死亡が確認された。入院時の血漿コリンエステラーゼ値は〇・八七だった。

六十代の男性は築地駅で倒れていたのを、救急車によって駿河台《するがだい》日大病院に搬送された。到着時、既に心肺停止状態であり、心臓マッサージ、気管内挿管が施行され、ボスミン投与によって心拍が再開された。その後、吸入したのは青酸化合物だという情報があり、亜硝酸ナトリウムとチオ硫酸ナトリウムが投与された。昼頃、吸入したガスはサリンだという情報がもたらされ、ＰＡＭが投与されはじめ、二十一日も続けられた。しかし肺のうっ血が顕著になり、二十二日午前七時十分に死亡が確認された。血漿コリンエステラーゼは二・一七だった。

前章でも述べた、我孫子発代々木上原行き千代田線の霞ケ関駅で発見されたのは、新聞紙包みである。一部が油様の液体で湿った日本経済新聞とスポーツ新聞とともに、やはり油様の液体で湿った一九九五年三月二十日刊の「赤旗」が認められた。「赤旗」を開いたところ、内部には密封型の無色プラスチック製袋が二袋包まれていた。袋は一隅が切り落とされ、一方の袋は液体が付着しており、もう一方は無色および薄茶色の液体が二層を成して在中していた。この液体入りの袋の重量は六〇〇グラムであった。どちらの袋にも一ヵ所から二ヵ所の穴が認められた。

新聞紙に付着した液体は、両方の袋から流出したものと考えられ、湿った日本経済新聞の一部が採取された。これをヘキサンで抽出し、ガスクロマトグラフィーによる質量分析を実施すると、サリン、メチルホスホン酸ジイソプロピルエステル、N，N－ジエチルアニリンのスペクトルと一致するスペクトルが得られた。

このサリンによる犠牲者は五十代の霞ケ関駅員である。サリン入りの袋を除去しようとして倒れ、救急車により、八時五十五分に日比谷病院に搬送された。しかし既に心肺停止状態であり、すぐに挿管され、心臓マッサージを継続するとともに、ボスミンが心腔内に注射され、メイロンが静注された。瞳孔は著明に縮瞳していた。約三十分の蘇生術でも全く反応がなく、九時二十三分に死亡が確認された。

千代田線の霞ケ関駅での犠牲者はもうひとりいた。五十代の男性で、折り返し電車の乗員として霞ケ関駅に行き、サリン発生電車の清掃をしていて倒れた。救急車で駿河台日大病院に搬送された。心肺停止状態であり、ボスミンが心注され、挿管されてレスピレーターにつながれた。瞳孔はピンホールの縮瞳だった。蘇生術が続けられ、心拍は再開された。午後になってサリン吸入が伝達されて、硫酸アトロピンとPAMの投与がはじまる。しかし日付が変わって三月二十一日になって血圧が下がりはじめ、脈も触れにくくなり、午前四時四十七分死亡が確認された。

五十代の男性は、中野坂上駅ホームで倒れていたのを救急車によって東京女子大病院に搬送された。救急外来に到着時点で既に心肺停止の状態であり、瞳孔はピンホール状の縮瞳が見られた。直ちに挿管され、静脈ラインが確保され、膀胱《ぼうこう》にバルーンカテーテルが留置された。胃チューブも挿入される。心臓マッサージをするも心電図は大方フラットだった。蘇生術は続行され、ボスミン、硫酸アトロピン、メイロンが投与された。一時脳波に徐波が出現し、自発呼吸が見られた。しかし午後になって散瞳気味になり、脳波もフラットになる。翌三月二十一日になっても心拍は百以上に保たれていたのが午前五時過ぎから心拍数が低下、心臓マッサージにもかかわらず、午前六時三十五分に死亡が確認された。血漿コリンエステラーゼ値は〇・四六だった。

この丸ノ内線池袋発荻窪行電車の中野坂上駅でも、遺留物が領置されていた。油様の液体で湿った日本経済新聞一九九五年三月二十日付第十二版に包まれた、密封型の無色プラスチック製袋二袋があった。いずれも一隅が切り落とされており、一方は油様の液体が付着し、他方には無色および薄茶色の二層を成す液体がはいっていた。二つの袋はそれぞれ二、三ヵ所の穴が認められた。この二層の液体の重量は二六〇グラムであり、ヘキサンで希釈したのち、ガスクロマトグラフィー質量分析法を行うと、サリン、メチルホスホン酸ジイソプロピルエステル、N,N-ジエチルアニリン、ノルマルヘキサン、2-メチルペンタン、3-メチルペンタン、メチルシクロペンタンが検出された。

丸ノ内線で発見された遺留物には、もう一種があり、これは荻窪発池袋行電車の中から本郷三丁目駅で領置された。日本経済新聞三月二十日付第十二版二十頁《ページ》に包まれたものがあり、新聞紙は油様の液体で湿っていた。中にあるのは、一隅が切り落とされたプラスチック製袋二袋で、いずれも無色および薄茶色の二層をなす液体が在中している。一方の袋は液量が少なく、一、二ヵ所の穴が認められた。もう一方の袋は未開封の状態である。重量は前者が五〇グラム、後者が五九三グラムであった。二つの袋の中の液体は、サリン、メチルホスホン酸ジイソプロピルエステル、N, N-ジエチルアニリン、ノルマルヘキサン、2-メチルペンタン、3-メチルペンタン、およびメチルシクロペンタンを含有していた。

これらの物質を含有する既存の有機溶剤の製品としては、主成分がノルマルヘキサン、少量の2-メチルペンタン、3-メチルペンタン、メチルシクロペンタンを含んでいる工業用ノルマルヘキサンか石油ベンジンが考えられる。

以上が、サリンが発生した五編成での遺留物の状況で、警視庁科学捜査研究所の仕事の成果だった。

尚、提供を受けた犠牲者にはもうひとり、七十代の男性がいる。人形町駅から日比谷線に乗り、小伝馬町で被害に遭い、そのまま自力で自宅に戻った。翌日六時半に起床、昼前から吐気がし出し、午後には涙が止まらないまま銭湯に行き、そこで死亡している。これがサリン曝露《ばくろ》による死亡か否《いな》かについては不明である。

犠牲者の死亡状況を見直してみると、ほとんどが病院に搬入された時点で、心肺停止を呈していた。停止の時間は三十分前後であり、この間、脳は低酸素状態にあり、かなりの損傷を受けていたことが推測される。救急治療によって心拍は回復したものの、脳損傷の度合は大きく、意識は戻らず、最期《さいご》は力尽きたように血圧が低下して死を迎えている。

もうひとつ注目されるのは、搬入された各病院による対処の違いである。ピンホール状の縮瞳がある事実からすぐに硫酸アトロピンの投与が開始になった医療機関が大半とはいえ、処置がなされなかった所もある。さらにＰＡＭに至っては、サリンが原因だと伝達されたのが遅れたため、投与が後手になってしまっている。

松本サリン事件が起きたのは、地下鉄サリン事件の九ヵ月前である。論文で「サリンによる中毒の臨床」を、すぐさま『臨牀と研究』に発表していたとはいえ、サリン対策マニュアルまでは作成していなかった。マニュアルを作り、各医療機関に広範に配布していれば、対応はもっと早かったはずだと悔やまれる。すべては後の祭になっていた。

とはいえ、今年六月に完成させた「サリン対策マニュアル」は、現時点では一万部以上配布されている。早くもひと月後には中国語にも翻訳され、台湾でも知られるようになった。このマニュアルはファックスで送れるようにしているのが特長で、わずかA4用紙三枚から成っている。

このマニュアルについては、松本サリン事件直後に論文を掲載してもらった『臨牀と研究』の九月号に、「サリン対策マニュアルについて」を載せた。前論文の発表からちょうど一年後だった。

第八章　サリン防止法

サリンによる大量殺人行為が明らかになった今、重要課題として浮上したのは、生物・化学兵器に関する法整備だった。迂闊《うかつ》にも、この方面についての知識は皆無に等しかった。

こういう場合、手っとり早い方法は新聞社に調査を依頼することだった。幸い、毎日新聞福岡総局の島田記者は顔馴染《なじ》みで、サリン関係に限らず何度も彼からインタヴューを受けていた。社内にはデータベースがあるはずであり、さっそくファックスを入れた。

昼過ぎ、本人から直接電話がはいった。

「先生、しばらくぶりです。ファックスをいただいて、ああそうかと反省させられました。法案がこの四月以降、検討されてきているのは、その都度報道していますが、これまでの規制がどうなっているかは、全く報じていません。さっそく調べます。私自身の勉強にもなります。一両日中にご返事できるかと思います」

記者の忙しさは当然で、日々の仕事をこなすのが精一杯だろう。こんな煩雑事《はんざつじ》を頼むのは申し訳なかった。

「全く、矢継ぎ早に事件ばかりでしょう。連中が次々と逮捕されるし、つい最近も、坂本弁護士夫妻の遺体が見つかったし、その四日後でしたか、お子さんの遺体も発見されています。昨日は、例の上祐史浩が偽証の疑いで逮捕されたばかりです。

本当に、あいつには報道陣も振り回されました。嘘《うそ》つき弁護士の青山吉伸にも、だまされ続けでした。彼は五月でしたか、逮捕ずみです。その罪は何かと言えば、上九一色村の住民をサリン噴霧犯呼ばわりした、名誉毀損《きそん》です。そんなことより、日本国中をだまし続けた罪のほうが大きいですよ。しかし、そんな行為を対象にした罪はないので、手は下せません。

もうすぐ馬鹿たれ麻原の裁判も始まりますし、地下鉄サリン事件の被害者たちが、損害賠償を求める民事訴訟を起こすようです」

島田記者がまくしたてる。「九月十四日には岐部哲也の公判が始まりました。〝防衛庁長官〟で、罪は建造物侵入です。あまりにも微罪です。例の〝建設省大臣〟の早川紀代秀に頼まれて、小銃の部品を他人のマンションの駐車場で、積み替えたという罪です。日本の銃刀法では、拳銃《けんじゅう》の部品の所持は禁じられています。ところが小銃の部品に関しては規制がないのです。全くもって馬鹿げています。オウムの〝防衛庁長官〟ですからね。全体の罪は相当なものですよ。それが建造物侵入罪ですからね。聞いてあきれます。

ともかく先生、なるべく早く送ります。すみません、つい長話してしまいました」

電話はそこで切れる。現場の記者としては、もっともな怒りだった。罪が大き過ぎて、法が追いついていないのは、生物・化学兵器についても同様なはずで、今回のサリン防止法も、いわば泥縄式だった。

もうひとつ、坂本堤弁護士一家の遺体発見の報道は、実に痛ましく、オウム真理教の凶暴性を見せつけられた。

坂本弁護士一家の殺害と死体遺棄については、自首した岡崎一明《おかざきかずあき》と、逮捕された早川紀代秀の自供によって、大方が判明していた。

坂本弁護士の遺体は新潟県、妻の遺体は富山県、子供は長野県に、離れ離れに埋められていた。ここにも教団の徹底した隠蔽《いんぺい》策が見える。

坂本弁護士の埋められた場所は、新潟県の大毛無《おおげなし》山で、捜索は九月六日午前四時に開始された。狭く荒れ果てた山麓《さんろく》は林とススキの草原であり、捜索は難航、昼過ぎから小雨も降り出す。夕闇《ゆうやみ》が迫った頃、ついに遺体が発見された。この瞬間、岡崎一明は逮捕された。

妻の遺体は、富山県の僧ヶ岳山中に埋められた。午前五時半から捜索が始まり、ようやく午後四時頃、遺体が発見される。折しも小雨が降り出し、まさしく涙雨になった。

子供の遺体が埋められた長野県大町《おおまち》市の山中でも、同日の午前四時頃から捜索が開始された。ここでも雨の中、捜索活動は難航して六日のうちには発見できなかった。七日も雨で、四百人態勢での捜索になり、現場には排水ポンプが搬入される。八日、九日と神奈川県警の捜索の範囲は少しずつ広げられた。草が刈られ、ユンボで表土が三〇センチ取り除かれたあとは、手掘りだった。泥を手ですくい、骨や髪が混じていないか調べる。それでも見つからず、小雨が降り続く中で十日を迎え、午後六時近くになってようやく、遺体の一部が見つかる。そして午後七時、全身の遺体の発見に到《いた》った。

こうして遠く離れ離れに埋められた坂本弁護士一家三人の遺体は、ひとつに集うことができた。その間、五年十ヵ月もの空《むな》しい時間が過ぎていた。

毎日新聞の島田記者からのファックスは夕方になって届いた。それによると政府は、この四月七日、「サリン等による人身被害の防止に関する法律」、通称サリン防止法の要綱をまとめていた。

サリンの所持はもちろん、発散や原料物質の購入、提供、さらに購入資金の提供も、禁じられる。続発事件の防止のため、法律の公布日が施行日である。罰則についても、周知期間はわずか十日間で適用される。

対象はサリン及び、「サリン以上のまたはサリンに準ずる強い毒性を有する」物質と定められた。

罰則は、まず発散が「無期または二年以上の懲役」、不法製造・輸入・所持・譲渡が「七年以下の懲役（発散目的の場合は十年以下）」である。これは三月末に成立した化学兵器禁止法より厳しいという。

この化学兵器禁止法の正式名は、「化学兵器の禁止及び特定物質の規制等に関する法律」で、三月三十日に衆議院本会議で全会一致で可決、成立していた。参議院本会議で承認されたのは四月二十八日で、五月五日に施行された。

こうした化学兵器の生産や使用を規制する動きが始まったのは、十九世紀末である。

一八九九年七月二十九日、オランダのハーグで、「窒息せしむべきガスまたは有毒質のガスを散布するを唯一《ゆいいつ》の目的とする投射物の使用を各自に禁止する宣言」が調印される。このハーグ宣言は一九〇〇年九月三日に批准《ひじゅん》された。

しかし加盟国の数は少なく、禁止されるのは毒ガスの放射のみで、生産と保有は許される。抜け道のある宣言だった。

これをさらに進めたのが一九二五年締結された「ジュネーブ議定書」である。ここでは、窒息性ガス、毒性ガス、またはこれに類するガスおよび細菌学的方法を戦争に使うことが禁止された。しかしまだ、生産や保有については、禁止条項が盛り込まれていない。日本は一九二五年六月十七日署名した。

とはいえ、議定書に調印した国でも、違反して化学兵器を使う国が続出する。前述したように日本がその筆頭である。

日本が欧米の技術を移入して生成した化学兵器は十指近くにのぼる。まず、びらん剤としては①ドイツ式イペリット（きい一号甲）、②フランス式イペリット（きい一号乙）、③不凍性イペリット（きい一号丙）、④ルイサイト（きい二号）があった。くしゃみ剤としては⑤ジフェニルシアノアルシン（あか一号）、催涙剤として⑥クロロアセトフェノン（みどり一号）と⑦臭化ベンジル（みどり二号）、そして血液剤として⑧シアン化水素（ちゃ一号）があった。

一九三〇年、台湾の原住民である高山族による反日抗争に対して、日本は初めて化学兵器を使用する。催涙ガスのみどり一号を砲弾に詰めて攻撃し、制圧に成功したものの、相手に六百人以上の犠牲者が出た。

これが台湾霧社《むしゃ》事件であり、一九三三年、日本陸軍は陸軍習志野学校を創設する。ここで一万人の将校と下士官に化学戦の訓練を施す。兵士に対する教育も各部隊で徹底された。

一九三七年に日中戦争が始まると、関東軍が満州チチハルに化学部隊である満州五一六部隊を設置する。この部隊で化学兵器の実験と訓練がなされ、生物兵器を開発していた七三一部隊と協力して、毒ガスの生体実験が実施された。

海軍のほうも負けていなかった。一九四三年、相模《さがみ》海軍工廠《こうしょう》を寒川《さむかわ》に創設し、化学兵器の開発を進めた。

日中戦争では、日本軍は化学兵器と通常兵器を巧みに組み合わせて、国民政府軍を攻撃する。主として使用されたのは、くしゃみ剤のあか一号と、びらん剤のイペリットであるきい一、二号だった。国民政府軍は何ら防御対策を持たず、おびただしい数の犠牲者が出た。

日本軍も、太平洋戦争では化学兵器の使用をためらった。米軍の報復を恐れたからである。

ナチス・ドイツが開発したタブン、ソマン、サリンも、実戦では使用されなかった。シュペーア軍需相に説得されて、ヒトラーも投入を最後まで踏みとどまった。

しかし連合軍側は、秘《ひそ》かに化学戦の準備だけはしていた。第二次世界大戦も終盤を迎えた一九四三年十二月、ドイツ空軍がイタリア南部のバリ港に大空襲をかけた。港に停泊していた米国の貨物船ジョン・ハーベイ号も被弾して大破した。この船に極秘に積まれていたのが一〇〇トンのマスタードガスつまりイペリットだった。船は爆発し、大量のマスタードガスが海中に流出する。米軍兵士と一般市民を合わせて六百人以上が負傷し、うち八十三人が犠牲になった。

これが第二次世界大戦中に、欧州で発生した化学兵器による最大の惨事で、ジョン・ハーベイ号事件と呼ばれる。

第二次世界大戦後も、世界各地で化学兵器が使用された。一九六〇年代のエジプト軍によるイエメン侵攻、一九七九年のソ連によるアフガニスタン侵攻、一九八〇年前後のラオス・カンボジア紛争で、マスタードガスが使われる。

一九八〇年に始まったイラン・イラク戦争では、イラクのフセイン大統領がイラン軍に対して、大がかりな化学戦で応じた。イランの要請で派遣された国連調査団は、イラク軍の不発弾からマスタードガスを、土壌からはタブンの分解物を検出した。

これによって、一九八九年パリで国際会議が開催され、化学兵器廃絶の最終宣言が採択される。

この直後の一九九〇年、イラクのクウェート侵攻で始まったペルシャ湾岸戦争では、イラク軍は化学兵器を使わなかった。地上戦自体は一週間弱で終わったものの、二、三年後に米国復員軍人に奇妙な病気が多発する。関節痛と皮疹《ひしん》、脱毛、歯肉出血に加え、胸部痛と呼吸困難、思考力の低下、下痢、悪夢と、多彩な症状があり、湾岸戦争症候群と称された。原因はいまだ特定されず、劣化ウラン弾の使用、神経剤の予防薬として服用した臭化ピリドスチグミン中毒、イラク国内に残留していた化学兵器の被曝が疑われている。

そしてこのあとがオウム真理教による、一九九四年の松本サリン事件、今年三月の地下鉄サリン事件である。

こうして展望すると、人間に原罪というものがあるとすれば、人を殺傷するための通常兵器や核兵器の開発、化学・生物兵器の開発と、その使用ではないかと思えてならない。

改めて毎日新聞の島田記者から送信された資料に戻ると、四月十七日、警察庁の要請で、サリン所持者に届け出の義務が追加された。そして四月十九日に、参議院本会議でサリン防止法が成立、二十一日に施行、五月一日から罰則適用になった。

さらに八月になって、サリン防止法にVXガスなどサリン以外の毒ガスを含める適用拡大の動きが出た。これは警察庁の一連の捜査で、オウム真理教がサリン以外にも、VXやイペリットを製造している疑いが強まったからである。対象にはサリンと同じ神経剤のソマン、タブン、VXの他、イペリットを含む硫黄マスタードや窒素マスタードなどのびらん剤も加えられた。この政令は八月八日に閣議決定され、八月下旬に施行になる。

他方、法律の不備が浮上してきたのは、細菌兵器についてだった。警察庁の調べで、教団の〝第一厚生省大臣〟の遠藤誠一が中心となって、炭疽《たんそ》菌やボツリヌス菌、Q熱リケッチアなどを培養していた事実が判明していた。信者の供述によって、一九九三年七月には東京の亀戸で炭疽菌を散布し、今年三月には地下鉄霞ケ関駅で、ボツリヌス菌を噴霧しようとしていたことが分かった。

ところが現在、これらの事件を問うにも、法が未整備で、管轄《かんかつ》する政府部門もなく、何より「細菌兵器」の定義すら決められていなかった。

先述したように、一九二五年成立のジュネーブ議定書は、毒ガスおよび細菌学的方法の戦争での使用禁止を宣言していた。これをさらに強化するため、一九六八年以来、ジュネーブ軍縮委員会が、生物兵器と化学兵器の軍縮条約案作成に取りかかった。しかし化学兵器に関しては検証があまりに複雑なため、各国の一致が見られず除外された。そして軍事的使用がさほど重要視されていない生物兵器についてのみ、米国とソ連も同意し、条約が成立する。これが一九七二年に、ジュネーブで開催された国際会議で締結された「生物毒素兵器禁止条約（ＢＷＣ）」である。三年後の一九七五年三月に発効する。

この条約によって、細菌および生物毒素兵器の開発・生産・取得・貯蔵・移転・使用が禁止された。日本ももちろんこの条約を一九八二年に批准し、条約の実施に関する法律も施行された。

この法律では、細菌剤の開発・保有を認めるのは「平和目的に限る」とした。第五条で「主務大臣は、（中略）業として生物剤または毒素を取り扱う者に対し、その業務に関して必要な報告を求めることができる」とされた。第七条で「主務大臣は、政令で定める」と明記する。とはいえ、肝心の「政令」がまだなく、担当の「主務大臣」も、その担当官庁も決まっていなかった。

一方で、この法律で定めた細菌兵器が、どの程度の威力を持つものを指すのか、十三年も経過していながら基準がなかった。この点に関して、外務省は「国と国とで『武力行使』ができる規模のもので、オウム真理教が作っていた細菌兵器は対象にならない」と、暢気《のんき》な見解を示していた。これに対し防衛庁は、「兵器の基準は決まっていない」と逃げ腰だった。このため警察でも、教団が細菌兵器を使用していたとされる前記の事件も、立件しようにも困難な状況に立たされていた。

こんなわが国の現状を、元内閣安全保障室長の佐々《さっさ》淳行《あつゆき》氏は、「日本は泥棒を捕まえてから縄をなう〝泥縄国家〟だ」と嘆いていた。その例として、一九七〇年のよど号事件後の「ハイジャック防止法」、一九七二年の「火炎びん処罰法」をあげていた。

生物兵器の歴史は古い。既に紀元前三〇〇年頃ギリシャ人は、動物の死体を敵の飲料水の水源や井戸に投げ入れる奇策を実施していた。その後、ローマ人やペルシャ人も同じ戦略を用いた。

一一五四年、神聖ローマ帝国の皇帝フリードリヒ一世は、イタリア遠征のトルトーナの戦いで、兵士の死体を敵の井戸に投入した。一一七一年のヴェネチアとジェノヴアの抗争では、ラグーザ攻撃の際、汚染された井戸水で多くの伝染病患者が出た。このためヴェネチア艦隊は撤退を余儀なくされる。

一三四四年、ヴェネチアが支配する黒海沿岸の港カーファを、タタール人が攻撃する。攻め入る側にペストが発生したので、タタール軍は病死者の死体をカタパルトでカーファ市内に投げ入れた。たちまち市内にペストが流行、ヴェネチア軍は退却する。難民を乗せた船は、コンスタンチノープル、ジェノヴァ、ヴェネチアその他の地中海の港に避難した。これによって、ヨーロッパ全土でペストの大流行が始まった。

一七一〇年には、スウェーデンのカール十二世がロシアに遠征、エストニアのレバル市を橋頭堡《きょうとうほ》にした。対するロシア軍は、ペストで死亡した兵士の遺体を、スウェーデン軍の要塞《ようさい》に投げ込んだ。

一七六〇年代、北米における英国とフランスの植民地戦争では、死体ではなく感染の媒介物が使われた。ペンシルベニアのイギリス軍の要塞が陥落の危機に瀕《ひん》したとき、司令官はフランス軍に味方する先住民を、痘瘡《とうそう》ウイルスで抹殺《まっさつ》することを思いつく。痘瘡患者のいる病院から持ち出した毛布やハンカチを、先住民に贈った。これによって先住民の間に痘瘡が蔓延《まんえん》し、おびただしい死者が出た。

一七七五年から始まったアメリカの独立戦争でも、痘瘡ウイルスが生物兵器として使われる。守る側の英軍は、前以《もっ》て兵士たちに種痘《しゅとう》を受けさせたあと、痘瘡ウイルスを撒《ま》き散らした。攻撃する側はもちろん種痘はしておらず、独立に立ち上がった入植者の間で、痘瘡がはびこる。総司令官で後に初代大統領になるワシントンはこれに気がつき、入植者たちに種痘を奨励した。

しかし、生物を本格的に兵器化しようとしたのは、前述したように日本である。細菌学者でもあった石井四郎は、陸軍省を説得して、一九三二年の満州国建国と前後して、満州東北部のハルビン近くに「加茂《かも》部隊」を設立する。感染力の強い病原体を見つけ出すには、人体実験が欠かせない。加茂部隊での実験で有効性を確信した石井四郎は、一九三六年に正式に関東軍防疫給水部を編制する。当初は「東郷部隊」と称され、一九四一年から「七三一部隊」に改称された。この部隊の任務のひとつが人体実験であり、スパイ容疑などで逮捕したロシア人や中国人、朝鮮人が対象になった。試された病原菌は、ペスト、コレラ、流行性出血熱、腸チフス、炭疽、赤痢である。

一九三九年五月、ソ連と満州国の国境で起きたノモンハン事件で、石井四郎は生物兵器の使用を関東軍幹部に進言する。ソ連軍が水源としているハルハ川支流に、ガソリン缶に入れた腸チフス菌を投入した。ソ連軍の被害のほどは不明である。

一九四〇年からは、飛行機から細菌をバラまく戦術が実行に移された。南京《ナンキン》や上海《シャンハイ》などに近い都市に、先述したペストに感染させたノミを詰めた陶器爆弾を投下する。これによって寧波《ニンポー》ではペストが大流行した。

その後、ペスト菌に感染させたノミを、直接低空から飛行機で噴霧する戦術に変え、一九四一年に常徳《チャントー》、翌年には南京近くで多数の被害者が出た。

日本の敗戦後、七三一部隊の関係者を尋問した米軍は、生物戦の成果が予想以上に大きかった事実に瞠目《どうもく》する。他の連合国がこの情報を得るのを恐れ、すべてを秘匿《ひとく》する決定を下す。こうして生物兵器の研究を進めるために、ユタ州のダグウェイに生物兵器実験施設を作った。

イギリス政府も、生物兵器の有効性に着目して、ポートンダウンと、スコットランドのグルイナード島にあった実験研究施設を拡充した。

一方、ハルビン郊外の平房《ピンファン》に本拠地があった関東軍防疫給水部を占領したソ連も、事の重大さに気がつく。研究資料を押収《おうしゅう》し、七三一部隊の関係者の重要証言を、ハバロフスク裁判で引き出す。こうしてスターリンは、スヴェルドロフスクに大がかりな陸軍生物兵器開発施設を稼動《かどう》させた。この建設には、七三一部隊から押収した組み立て工場の設計図が参考にされた。

ソ連は崩壊する以前、四十ヵ所以上の実験・製造施設を所有し、数百トンにおよぶ炭疽菌、数十トンのペスト菌および痘瘡ウイルスを備蓄していた。一九八九年の時点で、モスクワ北部のザゴルスク生物研究センターには、二〇トン以上の攻撃用痘瘡ウイルスが冷凍保管されていた。さらにモスクワ東方のボクロフ軍事施設には、ミサイル弾頭用の痘瘡ウイルスが備蓄されていたことが判明している。

一九九一年十二月二十五日のソ連崩壊のあと、生物兵器開発事業は縮小され、現在のロシアでは備蓄されていた病原体はすべて廃棄されたと、ロシア政府は公言している。しかしそんなはずはない。ソ連時代の技術者と技術が、第三国に拡散したことは間違いない。病原体は安価に入手でき、兵器化も容易であり、簡単に使用できる。静かな兵器として、これに優るものはない。静かな兵器なので、犯人をつきとめにくい。

その証拠が、ソ連時代のスヴェルドロフスク事件である。これは一九九三年になって、ロシアの初代大統領になったエリツィンが初めて、あの大事故は、生物兵器工場から炭疽菌芽胞が漏れたのが原因だったと認めた。

一九四七年に建設されたこの研究所は、次第に拡張され、ソ連最大の生物兵器研究所になり、主生産物は炭疽菌芽胞の粉末だった。これが後に、欧米の主要都市に照準を合わせた、SS-18大陸間弾道ミサイルに充塡《じゅうてん》される炭疽菌になる。

軍の技術者たちは、ガスマスクとゴムの保護衣を身につけ、二十四時間三交代で作業をしていた。もちろん作業員たちは、定期的にワクチンを接種していた。工場内には炭疽菌の芽胞が充満しているため、工場の内と外を遮断するフィルターが設置されていた。もちろん外側の居住区域との間にも、二重の有刺鉄線のフェンスがあり、特別厳重警戒区域になっていた。

一九七九年三月三十日、午後の勤務の技術主任が、目詰まりしたフィルターを取りはずし、夜勤担当に「新しいフィルターの取りつけをよろしく」とのメモを残した。夜間勤務の技術主任は業務日誌は確認したものの、メモには気づかず、炭疽菌乾燥プラントの始動を指示する。

これによって数キログラムの芽胞粉末が、換気管を伝って夜の町に拡散して行った。工場内の誰も事故発生には気づかず、ようやく六時間後、作業員のひとりがフィルターがないのを発見する。ただちに機械の運転は中止され、新しいフィルターを取りつけて、再稼動された。この単純ミスは市当局や国防省本部には報告されなかった。

しかし数日のうちに発病者が出はじめる。最初に病院に収容されたのは、工場の風下数百メートル以内にいた人たちだった。開け放った窓近くにいたり、屋外に立っていたり、道を歩いたりしていた人たちだった。多かったのは、その工場の軍職員、隣接する軍事施設に駐屯する兵士、通勤途中の人々で、大半の被害者は、風邪かインフルエンザにかかったのかと思った。

事故から二日目、市の二つの病院には、呼吸困難と高熱、嘔吐《おうと》、チアノーゼをきたした重症の患者が殺到する。何の通知も受けていない医師たちは、未知の伝染病かもしれないと疑い、病院中がパニックになるなかで、あらゆる治療薬で対処した。

事故から四日目の夜には、多くの患者が肺水腫《はいすいしゅ》や吐血、全身の発疹を呈して死亡する。その他にも、病院に行かずに家で死んだり、道端で意識不明で発見されたりする犠牲者が続出する。

四十二例の剖検結果から、病理学者は共通所見として、胸部の出血性リンパ腺《せん》炎と出血性縦隔洞炎《じゅうかくどうえん》があることを発見する。病原菌は肺から侵入したことが明らかであり、肺の出血部位から炭疽菌が検出された。これによって病気は肺炭疽と確定診断された。

市の周辺の住民も含めた数十万人の人たちに、ワクチンが接種開始されたのは、事故発生から一週間後だった。

この地区を管轄していたのが、共産党の実力者エリツィンだった。早速に炭疽菌芽胞の汚染除去を命じた。市職員は樹木の消毒と刈り取り、道路の消毒、屋根の洗浄に忙殺される。その結果、芽胞を含んだ粉塵《ふんじん》が飛散し、町中に炭疽菌芽胞が浮遊する。

それを吸入してまた新たな患者が出た。事故発生から六週間後にも死傷者が発生する。

この大事故に対して、徹底的な隠蔽《いんぺい》工作をしたのがKGBである。病院の診療録、剖検報告、疫学調査報告を押収し、報告書を捏造《ねつぞう》した。報告書の吸入炭疽に関する部分はすべて削除された。死亡者が出た家庭には、医師を装《よそお》ったKGB職員が訪問し、胃腸炭疽という病名を記した偽造診断書が手渡された。


十月九日の昼前、真木警部から直接電話がかかってきた。

「先生、久しぶりです。また先生の参考意見が必要になりました。今度は六年前の例の神奈川の事件です。坂本弁護士の拉致《らち》事件はご存じですね」

「はい。オウムの仕業で、先日、一家の遺体がやっと発見されました」

「そうです。その犯人のひとりが中川智正です。犯行時に中川智正が塩化カリウムを弁護士夫妻に投与したと供述しています」

「塩化カリウムですか。塩化カリウムで人を殺すのはむつかしいですよ」

「そこで先生の意見をお聞きしたいのです。聴取事項は三つあります。ひとつは、塩化カリウムの飽和溶液での致死量がどのくらいのものかです」

「致死量ですね。二つめは」

「筋肉注射した場合、その致死量です。中川智正の供述では、二、三cc筋肉注射したとなっています。そして三つ目が、筋肉が緊張している状態、つまり相手が抵抗しているときに、筋肉注射が可能かどうかです。中川智正は筋肉注射する際、多少の液漏れがあったと供述しています」

「なるほど、当然でしょう。まず第一の塩化カリウムの致死量については、文献にも明記されていません。ただ過去にあった小児の事故死から、体重一キロにつき、二六mEq／Lあたりだと推測されています。この数値を単純に換算すると、一キロあたり一・九グラムです」

「体重一キロにつき一・九グラムですね」

真木警部は電話口でメモをとっているようだった。「すると坂本弁護士の体重は七五キロだったようなので、一・九×七五で一四二・五グラムになります」

真木警部が電卓を使って数値を出す。

「問題は、投与するスピードです。致死量はそれによって大きく左右されます。通常の医療現場では、塩化カリウム二六mEqを五〇〇ccの輸液に溶解して、一時間かけてゆっくり投与します」

「そんなものですか。知りませんでした」

真木警部が言う。「もうひとりの犠牲者の坂本夫人の体重は五五キロと見てよいので、一・九×五五で一〇四・五グラムですね」

「残る問題点は、浸透圧です。塩化カリウムの浸透圧は、生理食塩水の七倍です。ですから、注射する際、非常な痛みを伴います。となると、致死量の一〇〇ccから一五〇ccを体内に投与するのは、実際上不可能です。もちろん、この致死量も、投与するスピードによって変化します。例えば静脈注射で一気に投与した場合、瞬間的に心停止する可能性は充分あります。そのときの必要量がどのくらいかは知りません。そんなデータはないはずです」

「なるほど」

真木警部が納得する。「筋肉注射をした場合はどうでしょうか」

「筋肉注射での致死量は、相当な量ではないでしょうか。塩化カリウムがまず吸収されて、血中濃度が上昇するまでに時間がかかり、心停止に要する量は、これまた相当な量になります。血漿《けっしょう》中のカリウム濃度の正常上限は、確か五・四mEq／Lです。それを超えると高カリウム血症になって、心臓に悪影響を与えます。しかし、そのために筋肉注射でどのくらいの量が必要になるか、ちょっと分かりません。中川智正は、どのくらいの量を筋注したと言っていましたっけ」

「二、三ccだと供述しています」

「そんな量では、心臓に与える負荷は大したものではないでしょう。つまり中毒症状は起こり得ません」

ここは自信を持って断言できた。

「よく分かりました。先生のこの証言を、すぐにまとめてあとでファックス致します。間違っている部分を訂正していただけますか。でき上がった意見聴取書は、今日のうちに、刑事部長に提出します」

「結構です」

そこで電話を切った。腕時計を見ると十二時二十分で、五十分ばかり電話応答していた計算になる。あっという間に感じた。

応接室で教室員たちと昼食をとり、戻ってくるともう、ファックスが届いていた。手際《てぎわ》のよさは、いつもの通りだった。読んで、数値が一ヵ所だけ間違っているのを訂正し、返送した。

十月二十二日、前述した坂本堤弁護士一家の葬儀が、横浜アリーナで行われた。日本弁護士連合会と横浜弁護士会の共催だった。クラシック音楽が好きだった坂本夫妻のために、日本フィルハーモニー交響楽団がベートーベンの「エグモント序曲」とシベリウスの「フィンランディア」を献奏した。八千の座席は弔問客で溢《あふ》れ、入れない人たちのためには第二献花台が設けられ、この日の弔問客は二万六千人に達した。

坂本弁護士の家に押し入った際の犯行の大枠は、その後の供述で明らかになった。侵入したのは六人で、村井秀夫、早川紀代秀、新實智光、中川智正、岡﨑一明、端本悟だった。このとき中川智正は、背広のポケットに塩化カリウム溶液のはいった注射器三本を入れていた。岡﨑一明が坂本弁護士の首を絞め、中川智正は夫人の首を絞める。夫人が動かなくなったとき、〝早く注射を打て〟とせかされて、坂本弁護士に向き直る。静脈注射をするつもりが、暴れているので太腿《ふともも》か尻《しり》か分からないまま注射する。子供のほうは、ぐったりするまで中川が鼻口を押さえ、その後、新實がけいれんを起こしていた子供にとどめをさした。

第九章　ＶＸによる犠牲者と被害者

坂本堤弁護士一家の合同葬が行われた翌月、警視庁刑事部捜査第一課長の寺島警視正から、オウム真理教によるＶＸ殺人事件について、意見書の提出を求められた。

教団がＶＸを作っていたことは東京で真木警部らに聞かされ、七月下旬には新聞報道もなされていた。〝自治省大臣〟の新實智光の自供によって、昨年十二月に大阪市淀川区の路上で倒れた男性が、ＶＸの犠牲者だった事実が浮かび上がる。警察庁科学警察研究所は、病院に凍結保存されていた血清を分析し、ＶＸガスの分解物、モノエチルメチルホスホン酸を検出した。被害者の濱口忠仁《はまぐちただひと》氏は、スパイと思われ、新實智光が山形明《あきら》に殺害を指示、液体のＶＸガスを注射器で被害者に吹きつけた疑いがもたれていた。

とはいえ、その事件の詳細を実見するのは初めてだった。依頼された鑑定内容は、次の四項目だった。
一、濱口忠仁氏の病状がVXによるものか否《いな》か
一、VXであるとすれば、曝露《ばくろ》後の行動能力について
一、VXの一般的毒性、特徴的症状、致死量
一、その他VXに関する参考事項
これらの鑑定のために、犯行状況を目撃したタクシー運転手三人の供述調書、救急隊員二人と、搬送先の大阪大学医学部附属病院特殊救急部の医師の供述調書も提示され、診療録も添えられていた。さらに犯人である元自衛官山形明の供述調書も同封されていた。

一九九四年十二月十二日の早朝、事件を目撃した三人のタクシー運転手の供述を総合すると以下のような状況になる。三台のタクシーは客待ちのため、地下鉄御堂筋《みどうすじ》線の新大阪駅と東三国駅の中間にある国道付近にいた。すぐ前のマンションの住人がよくタクシーを使うので、そこで待つのが朝の日課になっていた。三人は顔見知りなので外に出て談笑していた。
午前七時二十分頃、運転手三人は、道の反対側の歩道で、男性が「ウォーッ」と大

声を上げているのを目撃する。三十歳くらいのがっしりしたその男性は、苦しげに両腕を上げて何かを摑《つか》もうとする動作をして、そのまま車道側に倒れた。驚いた三人の運転手は車道を渡って現場に行き、男性の傍に駆け寄った。男性は呼びかけに答えず、目を開き、半開きの口のまわりには白い泡がついていた。息をしていないようでもあり、時々腹がピクッと動くだけだった。すぐにひとりが救急車を呼んだ。三人は救急隊が到着するまで、男性の身体《からだ》には触れなかった。

七時二十七分に救急隊が現場に到着したとき、男性の顔貌《がんぼう》はチアノーゼ状態で、無表情であり、呼びかけに応答なく、呼吸は感じられず、脈拍も触れなかった。出血はどこにも見られなかった。対光反射はなく右の瞳孔《どうこう》は散大して五ミリ、左が縮瞳で二ミリであり、明らかに左右不同だった。すぐに救急車で大阪大学医学部附属病院に搬送した。搬送中、車内は男性の吐物の臭《にお》いがした。心電図でも心停止の状態にあった。

大学病院に到着したのは七時五十一分だった。治療が開始されたのは七時五十五分で、すぐに挿管され、ボスミン五アンプルの注射で心拍は再開、しかし血圧下降気味だったので、アドレナリンの持続投与がなされた。無尿状態に対して点滴が続けられ、尿量は維持されたものの低体温であり、瞳孔はピンホール状に縮瞳していた。十一時の心エコーでは異常は見られなかった。午後六時半、点滴の量に対して尿の出が悪く、翌十三日になっても乏尿は続く。コリンエステラーゼは一六六と低く、薬物のスクリーニングが専門の金沢大学に出された。十四日も乏尿状態は続き、腹部ＣＴでイレウスを起こしているのが分かり、イレウスチューブが挿入され、五〇〇ミリリットルの排液を見た。頭部ＣＴでは脳浮腫《のうふしゅ》が確認された。この日、自発呼吸が見られた。しかし十五日、自発呼吸は消失、瞳孔もピンホールの縮瞳が散大する。脳波でも反応がなく、十六日に脳死状態であることが確実になった。金沢大学からの薬物スクリーニング報告では、ジアゼパムが検出されたのみだった。その後は呼吸器をつけたまま、消極的な治療が続行され、十二月二十二日の午後一時五十六分に、心電図がフラットになり、死亡が確認された。

淀川警察署の検死があり、遺体は司法解剖に付された。死体検案書では、低酸素血症と大葉《たいよう》性肺炎での病死とされた。司法解剖では心肥大と両肺下葉の大葉性肺炎のみの所見だった。

以上の臨床経過をまとめて、特殊救急部の主治医は次のような病状説明書を、大阪府東警察署に提出した。

一九九四年十二月十二日、午前七時二十四分頃、出勤途中に自宅近くの路上で、突然大声でわめき苦しんでいるところを通行人に発見された。

救急隊到着時には心呼吸停止、瞳孔散大状態であり、救急隊により心肺蘇《そ》生《せい》が行われながら、午前七時五十一分に大阪大学特殊救急部に搬入された。

来院時も心呼吸停止の状態であったが、瞳孔は搬送中に縮瞳し、両側とも一ミリであった。対光反射は認めなかった。意識は痛み刺激でも開眼せず、発語もなく、手足の動きも認めなかった。外表所見上、明らかな外傷を認めなかった。

来院後ただちに気管内挿管、人工呼吸、閉胸式心マッサージ、アドレナリンの静脈内投与を行い、午前八時十七分に心拍が再開した。

心拍再開後も、瞳孔は縮瞳したままであった。動脈血液ガスデータは、一〇〇%酸素投与下でpH六・七七八、PCO_2九三・四mmHg、PO_2三二一・二mmHg、BEマイナス二八・〇と、著明な代謝性アシドーシスと呼吸性アシドーシスを認めた。心拍再開後の血圧は非常に不安定で、アドレナリンの持続投与を行って、ようやく収縮期血圧を一〇〇mmHg以上に保つことができる状態であった。心拍再開後に顔面、上肢を中心として大量の発汗を認めた。血圧が安定した後には徐脈が出現した。

心拍再開後は呼吸機能が急激に悪化、来院後九時間の動脈血液ガスデータは、七〇%酸素投与下でpH七・三一五、PCO_2三五・六mmHg、PO_2一一四・九mmHg、BEマイナス七・五と重度の呼吸不全を合併した。

アドレナリンの持続投与を行って収縮期血圧を一〇〇mmHg以上に維持したが、当初は尿量が得られず、急性腎不全を合併した。大量輸液を行うと血圧はさらに上昇し、利尿が得られるようになった。その後も輸液の負荷を行い、来院十六時間後には、アドレナリンの持続投与を中止しても血圧が維持できるようになった。来院後二十四時間で要した輸液量は約一二リットルであった。

突然の路上での心呼吸停止をきたした原因についても検索したが、胸部単純写真、頭部CT上特に問題なく、心電図上も心拍再開後は不整脈や心筋梗塞《こうそく》の所見などは認めなかった。薬物中毒を疑い、金沢大学法医学教室に薬物のスクリーニングを依頼した。しかし、特に問題となる薬物は検出されず、また来院時に行った胃洗浄でも薬物の混入や臭いの異常などはなかった。心エコー検査では心臓の動き、形態に異常を認めなかった。ホルモン検査にても原因と思われるデータはなかった。

十二月十三日に血圧は上昇し二〇〇／一一〇mmHgとなった。瞳孔は両側一ミリと縮瞳は続いていた。咳嗽《がいそう》反射は認められなかった。下顎《かがく》から上肢にかけて筋攣縮《きんれんしゅく》が存在した。

十二月十四日、自発呼吸が出現し、動脈血液ガスデータは、三〇％酸素投与下で

pH七・四七八、PCO_2三四・三mmHg、PO_2一一四・〇mmHg、BEプラス二・四と呼吸不全はやや改善した。が、意識障害が遷延し、呼吸管理が長期になるため気管切開を行った。午後七時より徐々に瞳孔の散大が始まった。

十二月十五日には、瞳孔は右四・〇ミリ、左三・五ミリとなり、自発呼吸が消失し、脳死状態となった。

十二月十六日には、瞳孔は右五・〇ミリ、左五・〇ミリとなり、脳血管撮影により脳に血流がないことを確認した。

患者は全身状態が徐々に悪化し、十二月二十二日に心停止となった。

縮瞳、徐脈、発汗、筋攣縮、また血清コリンエステラーゼ値が十二月十三日には一六六IU／L（正常値二七〇〇～五六〇〇IU／L）と異常低値を示し、十二月十九日には一五一六IU／Lと上昇していた。これより有機リン系の薬物中毒を疑ったが、路上での心呼吸停止であること、また胃内容物の所見から農薬中毒は否定的であると考えた。死亡確認後に異状死体として警察に連絡をとった。

非の打ち所のない報告書であり、こういう心肺停止の患者を受け入れた医療機関は例外なく、原因が分からないまま治療を続けなければならなかったはずである。

この急性の病態の正体を見極めるには、二つの条件が整わなければならない。必要条件としては、血液中に残る原因物質の代謝分解物の検出、十分条件としては犯行状況の解明である。これが揃《そろ》わない限り、原因究明は不可能になる。

幸い、提供された資料の中には、その二つが添えられていた。

保存されていた濱口忠仁氏の血液を再鑑定したのは、大阪府警の科学捜査研究所と警察庁科警研だった。今年の八月二日付で、VXの分解物であるモノエチルメチルホスホン酸の検出結果が報告されていた。使用された分析法は、電子衝撃イオン化法と化学イオン化法である。

他方、犯行の実際は、実行犯である山形明の今年七月八日の自供で明らかになった。このときのもうひとりの実行犯は新實智光、見張り役は井上嘉浩と平田悟だった。万が一の場合の治療担当が中川智正、運転手は〝諜報省《ちょうほう》〟の高橋克也である。

犯行前日、山形明は高橋克也と一緒に、大阪市内のビジネスホテルに泊まった。翌日、新實智光と中川智正、平田悟が起こしに来た。屋上で見張っていた井上嘉浩が、濱口氏が自宅から出たのを確認し、無線で指示を出した。

現場は新大阪駅近くの歩道橋を降りた辺りである。まず新實智光が、歩いている濱口氏の脇《わき》をジョギングする恰好《かっこう》で追い越した。服装はフードつき灰色のスウェットスーツであり、眼鏡をかけ、白マスクをしていた。追いかける山形明も、同じくフードつきスウェットスーツで、眼鏡をかけ白マスクをしていた。両手に白い軍手をはめ、その下は二重にビニール手袋をしている。左手にビニール袋を持ち、右手には注射器を握っていた。

濱口氏を追い越す前に、首の後ろに注射器の中の液を垂らそうとしたものの、慌《あわ》てていたために、注射針が刺さったままになる。この注射器には針とキャップがついており、キャップを捻《ひね》って引くと針が一緒に取れ、捻らずにそのまま引くと、針が残る仕組みだった。山形明はキャップをそのまま引いていたのだ。

濱口氏は「痛え、こんちくしょう」と言って、新實智光と山形明を追いかけて来た。二人は二手に分かれて逃げるも、濱口氏は山形明の方を追って来る。ようやく逃げ切った山形明は、五分くらいして救急車が到着したのを確認、タクシーでホテルに戻った。井上嘉浩と平田悟は新大阪駅方向に走って逃げた。

ホテルに戻った山形明は、眼がしょぼしょぼして気分が悪くなる。中川智正が、用意していたPAMを注射してくれた。後日、中川智正は、濱口氏が通っていた大阪城内の修道館に、友人を装《よそお》って電話を入れ、濱口氏が急死した旨《むね》を確認する。

供述調書には、山形明が自身で描いた、犯行用の注射器も図示されていた。それを見て、ＶＸ使用の余りの簡単さに驚く他なかった。中にＶＸ液を入れた注射器は、太さ一センチ弱、長さ一三センチで、先にＶＸ液が一・五センチくらい入れられていた。針をおおうキャップは三センチくらいの長さで彎曲《わんきょく》し、先端は塞《ふさ》がっている。山形明は犯行時、これを捻らずにそのまま引っ張ったので、針が残っていたのだ。

以上のように、ＶＸの分解物検出と犯行の実際が分かれば、濱口氏の死因はもはや疑いようがない。多少長くなったものの、次のような意見書をしたためた。

一、犠牲者の病状がＶＸによるものか否か
ＶＸの分解物であるモノエチルメチルホスホン酸が、濱口忠仁氏の保存血液から検出されており、さらにＶＸを項《うなじ》に筋注されている事実があり、死因がＶＸであることは疑いがない。その傍証として、入院中の血液生化学検査で、白血球の増多、コリンエステラーゼの低下、血液ガス分析でアシドーシスが認められている。

二、ＶＸであるとすれば、曝露後の行動能力について
ＶＸは皮膚から極めてよく吸収され、中毒を起こす。ＶＸの曝露から中毒症状発現までに、一定の潜伏期間がある。潜伏期間は、早いもので数分であり、通常はそれ以

上遅れて中毒症状が発症する。曝露量が多ければ多いほど、早く発症する傾向がある。衣類の上から散布された場合は、より遅れる。

濱口忠仁氏の場合、注射針が刺さったままであった事実から、一部は筋肉より吸収され、残りは皮膚、さらに衣服からだったと考えられ、比較的早く中毒症状を呈したと結論できる。すなわち、中毒症状発症前に、犯人たちを数分追いかける時間はあったはずである。

三、VXの一般的毒性、特徴的症状、致死量

VXはサリンなどの神経剤と同様に、全身中のコリンエステラーゼを抑制することによって中毒症状をきたす。これによってアセチルコリンが過度に蓄積され、ムスカリン様作用、ニコチン様作用が見られる。

中毒症状の内容は、本質的にサリンと同様である。初発症状として、意識障害や痙《けい》攣《れん》発作が認められる。重症例では、いきなり痙攣発作と心肺停止がくる。局所症状として、筋線維束性収縮が出現することもある。これは筋線維束が不随意的に収縮して起こるもので、筋肉の一部がピクピク動いて見える。皮膚への付着量が少なければ局所にとどまるが、多くなると全身に広範に見られるようになる。

主要症状は意識障害であり、この程度も様々である。重症例では、いきなり昏睡《こんすい》状

態となる。高度の意識障害を示す例では、痙攣発作を伴う。この痙攣発作は強直《きょうちょく》性と間代《かんだい》性である。その他、呼吸困難、唾液《だえき》や気道からの分泌《ぶんぴ》液の増加、発汗も見られる。

縮瞳は必発症状であり、意識障害より遅れて出現する。瞳孔は最初のうちは左右不同を示すことが多く、時とともに左右同大となり、徐々に縮瞳を示す。その後、経過とともに瞳孔は散大してくる。悪心《おしん》や嘔吐、徐脈、低血圧も付随する。

意識障害は、極期を過ぎると少しずつ回復してくる。特に高度の意識障害の場合、回復途上で興奮、独言、幻覚などの精神症状が出現する。これらの意識障害や精神症状は、酸欠症が持続しない限り、完全に回復する。

治療は、何といってもアトロピンの筋注もしくは静注である。重症例でも、心肺機能を維持しながら、アトロピンの投与を続ける。痙攣に対しては、ジアゼパム五〜一〇ミリグラムの静注がよい。

致死量は、経皮吸収と経気道吸収で異なる。経皮吸収の場合、サリンの百倍の毒性があり、五〇％致死量はわずか六㎎／分／㎥とされている。従ってＶＸの液体で一〜一〇ミリグラムである。他方経気道の場合、サリンの二倍の毒性があり、五〇％致死量は三〇㎎／分／㎥と見られている。

四、その他ＶＸに関する参考事項

ＶＸその他の神経剤は、有機リン系の農薬開発の過程で生成された。一九三〇年代、ドイツの化学工業を担《にな》うＩＧファルベン社の研究者シュラーダーは、次々と農薬を開発する。一九三六年には、有機リン化合物であるタブンを開発した。これが殺虫剤としてよりも、むしろ化学兵器として極めて有用であることが明らかになる。ナチス・ドイツの首脳部はこの研究に着目し、奨励と援助を惜しまなかった。

タブンは有機リン系の農薬と同様に、コリンエステラーゼを阻害し、神経系に作用して致死効果をもたらす。その毒性は、従来使用されてきたイペリット、ホスゲン、シアン化水素に比べて、十倍から百倍も強力だと推測された。

シュラーダーは二年後には、タブンに似たさらに十倍も強力なサリンを開発する。一九四四年には、タブンとサリンより毒性の強い第三の化合物を開発し、ソマンと命名した。第二次世界大戦終了までに、ドイツは神経ガスなどの毒ガスを生産できる工場を、二十ヵ所保有していた。

これらタブン、サリン、ソマンの一連の神経剤は、ドイツで開発されたので、後にコード名でＧ剤と呼ばれるようになる。この神経剤は、ドイツ国防軍によって厳重に秘密保持がなされていた。そのため、連合軍の専門家たちも全くその存在に気づかなかった。

これらの強力な化学兵器の存在が明るみに出たのは、第二次世界大戦後である。ドイツを占領した連合軍は衝撃を受ける。タブンとサリンの生産工場は、そっくりそのままソ連軍の手に落ちた。押収《おうしゅう》した書類には、開発されたばかりのソマンに関する文献と資料が含まれていた。

一方、この研究に携わっていた研究者と技術者の多くは、米英軍の捕虜となり、神経剤の実体は、極秘情報として米英軍に引きつがれる。やがてソ連が入手した化学兵器の製造能力に気がつき、西側各国は一斉に化学兵器研究に取り組みはじめた。

一九五〇年代に入ると、化学兵器研究に新たな進展が見られる。V剤の発見である。Vは蛇などの毒液を意味するVenomの頭文字に由来する。このV剤は一九五二年から一九五三年にかけて、三つの化学会社がダニ駆除剤の研究過程で個別に発見した。立役者はドイツのバイエル社にいたシュラーダー、スウェーデンのタンメリン、イギリスのゴッシュだった。特にゴッシュの研究は、イギリスのポートンダウンの化学防衛研究施設で取り上げられる。同時に米国のエッジウッドの化学防衛研究施設にも通知され、米英が共同でVXの研究を開始する。VXはコード名であり、イギリスは攻撃用化学兵器として大規模な生産を始める。一方で志願兵を用いて人体実験を行い、

VXが従来の神経剤よりも毒性が強く、致死性が高いことが証明された。一九五九年には米国にも工場が建てられ、一九六一年に量産が開始された。一九六九年に米国は化学兵器の生産を中止する。当時三万トンの化学兵器を備蓄しており、半分はイペリット、ホスゲン、シアン化水素であり、残りの半分がサリンとVXだった。一方のソ連でも同じくらいの量の化学兵器を保有していると考えられる。現時点で、VXの他にVEやVMがあることが知られてはいるものの、詳細は不明である。

以上

濱口忠仁氏殺害の実行者である山形明は、滋賀県の高校を卒業後陸上自衛隊にはいり、三年後に陸士長で除隊し、警備会社に就職する。一九八七年に「オウム神仙の会」に入信、二年後に出家した。その後、教団の建設現場で働くうちに嫌気がさし、二回脱走を試みた。一九九三年に再度入信し、翌年〝建設省〟から〝自治省〟に移され、法皇警備につき、さらに翌年、ホーリーネームのガル・アニーカッタ・ムッタを貰《もら》った。尊師を守る男という意味だった。温熱修行を受けて、サマナから〝師補〟となり、さらに〝師〟になっていた。

山形明は、昨年十二月のVXによる濱口氏殺害のあと、今年の三月十九日に、二つの犯罪行為をしていた。ひとつは午後七時二十五分、時限式発火装置をマンションの玄関に設置し、玄関のガラスドアを破壊した。このマンションには以前、教団に好意的な宗教学者が住んでいた。この一時間半後には、南青山の教団総本部に火炎瓶を投げ込み、玄関マットを焼いた。これは捜査を妨害するための自作自演だった。いずれも山形明他の信者による犯行で、主犯は井上嘉浩だった。

濱口忠仁氏が教団によって公安のスパイだと疑われた経緯については、今年八月末までに、新實智光、井上嘉浩、中川智正ら幹部と、その他の信者から供述が得られていた。

昨年の五月、オウム真理教大阪支部では、月刊誌『ムー』の文通コーナーで、信者獲得の活動を行っていた。文通コーナーでは、オウム真理教の名は伏せられていた。そこに文通希望の手紙を送って来たのが濱口氏だった。

文通コーナーを担当していたアンタカラ師補は、もうひとりの女性信徒と共に五月下旬、濱口氏と接触する。その頃、教団では武道経験者の入信に力を入れていたからだ。会うと濱口氏から「あなたもオウムの人でしょう」と言われ、驚く。濱口氏の口から「自分は柔道を道場で警察官と一緒に稽古《けいこ》している」と聞き、アンタカラ師補は不気味に思って、以後は連絡を断った。

しかし濱口氏はその後、以前気功のサークルで知り合った女性と街でばったり会い、大阪支部に連れて行かれた。十月と十一月に二回、濱口氏は〝ヴァジラクマーラの会〟に参加する。そのとき、濱口氏は「オウムは薬品臭がする。一度探ってみたい」と言い、信者のひとりに「自分は入信しないが、あなたがやろうとしている事には協力する」とも述べた。

一方、一九九〇年の総選挙前に出家した伊宮という男がいて、選挙後に一度脱会し、再び在家信者になっていた。昨年になって、伊宮は出家信者や在家信者に対して、「オウムは警察から弾圧されるから、陰に潜って裏部隊を作る。これはグルからの特別指令なので正悟師も知らない」と言い触らしていた。「自分は特別だから、私の言うことに従いなさい」と言い、女性信者に対して、立ちんぼをして男性と肉体関係を持ってからオウムに導けと、指導していた。

こうした伊宮の言動を耳にした新實智光は、直接教祖に問いただした。特別指令などはないことが分かり、伊宮が教団を破壊していると、新實智光は結論する。

同じ頃、この伊宮が教団分裂の活動をしているという噂《うわさ》が広まり、そこで濱口忠仁氏の名前が浮かんでくる。大阪支部では、〝濱口は伊宮を裏で操る黒幕だ。公安警察のスパイだ〟と考え、これをファックスで上九一色村に送った。教団幹部からは、〝伊宮の関係者をリストアップしろ〟との指令が届く。

他方で新實智光は〝自治省〟の部下を連れて伊宮を拉致して監禁する。そこで自白剤を打ち、自供させた。自白では、裏工作をしていたのは濱口氏であり、公安警察のスパイだと出た。

新實智光は、殺害は自分が井上嘉浩に指示し、〝自治省〟と〝諜報省〟の担当で実行したと供述している。

とはいえ、こうした殺害決定が〝自治省大臣〟である新實智光ひとりで下せるはずはなく、教祖をかばっての供述であるのは間違いない。

さらに濱口忠仁氏をスパイと見立てたのも、教団全体に漂っていた濃厚な疑心暗鬼のせいだと考えられる。

自白剤注射での伊宮の自白とて信憑性《しんぴょうせい》を欠く。苦し紛れに「そうだ」と白状したと考えてもおかしくはない。この伊宮なる信者のその後の消息については、捜査関係の資料には一行も記載されていない。

この自白については、林郁夫が詳細に自供していた。

林郁夫が教祖から、自白剤注射である〝ナルコ〟を指示されたのは昨年十二月初旬だった。〝伊宮が教団分裂を図っている。伊宮から話を聞かされて、教団分裂騒ぎに巻き込まれた信徒やサマナについて、ナルコをかけて調べろ〟と、教祖は命じた。

十二月八日、林郁夫は女性信徒のひとりに〝ナルコ〟をかける。結果は〝大阪で警察か公安関係で柔道を教えている男性を、自分たちのたまり場に連れて行ったことがある。その人は、予知か予言能力のあるステージの高い人だ〟と出た。

これを教祖に伝えると、〝それは公安かな。調べさせる〟と関心を示した。

翌日、林郁夫はさらにもうひとりの女性信者に〝ナルコ〟を実施する。この日、教祖名義で、〝伊宮は五万カルパのヴァジラ地獄に落ちるであろう〟という告示がなされた。この夜、大阪支部から、伊宮が薬で眠らされた状態で上九一色村まで連れて来られた。

翌十二月十日、林郁夫は第六サティアン三階の瞑想室《めいそう》で伊宮に〝ナルコ〟を実施した。しかし結果が出ず、教祖にその旨を報告する。教祖からは〝お前の聞き方が甘い。もっと追及して聞け〟と指示された。

一方新實智光は、この日までに濱口忠仁氏を、伊宮を背後で操る公安警察のスパイだと断定する。

尚《なお》、この頃林郁夫は、教祖の指示で記憶を消すための〝ニューナルコ〟の実施も強要される。麻酔下で電気ショックをかけ、その副作用としての逆行性健忘を利用する方法である。半睡状態にして自白させる〝ナルコ〟のあと、〝ニューナルコ〟の電気ショックをかけると、自白させられたことすら忘れてしまう。強制的な作為を消し去るには最適だった。

以上の意見書を、取扱者である鑑識課の今警部補を通して、捜査第一課長の寺島警視正に送付した。

するとその後、日を置かずして、同様の捜査関係事項照会書が一通、やはり寺島警視正名義で届いた。

それは、「オウム真理教被害者の会」の永岡弘行《ながおかひろゆき》会長が、路上で山形明にVXをかけられ、意識不明の重体に陥った事件であり、以下の依頼事項が列挙されていた。

一、永岡弘行氏の病状がVXによるものか否か

一、VXの一般的毒性、特徴的症状、致死量

一、その他VXに関する参考事項

提示資料としては、永岡弘行氏に関する診療録とともに、山形明の供述調書も添えられていた。供述の内容は、永岡会長にVXをかけたときの状況、その犯行現場状況

図、使用したＶＸ注射器についてだった。
さらに永岡会長が着用していたジャンパーを分析した、警視庁科学捜査研究所薬物研究員が作成した鑑定書一通と、永岡会長の時系列行動表も添付されていた。

五十六歳の永岡弘行氏が被害に遭ったのは、今年の一月四日だった。朝十時半頃、年賀状を出しに外出し、帰宅途中に、山形明からジャンパーの襟首に、注射器にはいったＶＸを噴きつけられた。午後一時半、家族に「今日は暗いね」と言い、気分が悪くなって寝ていた。しかし妻が様子がおかしいのに気づいて救急車を要請する。その直後、永岡氏は急に全身が突っ張るような痙攣を呈した。十三時五十三分に救急隊員が到着したとき、永岡氏には軽度の意識障害が見られた。血圧は一七七／八三㎜Hg、脈拍は百二十／分、体温は三四・九度Ｃであった。救急車内で痙攣発作が出現し、意識レベルが徐々に低下し、昏睡状態に陥る。瞳孔は両側とも七ミリだった。

十五時五分、慶応大学病院神経内科に入院する。入院時、意識障害は高度であり、昏睡状態にあった。瞳孔は左右不同で、直径が左七ミリ、右五ミリであり、対光反射は消失していた。呼吸困難があり、発汗が著明だった。気管内挿管がされ、人工呼吸器が装着される。

しかし瞳孔が徐々に縮小し、十七時五分には両側とも直径一ミリになった。右側にジャクソン型の痙攣発作が出現し、フェニトイン、バルプロ酸ナトリウム、ジアゼパムの注射で、発作は消失した。血液ガス分析ではアシドーシスが見られた。十七時二十分、ＩＣＵに移された。

翌一月五日、意識障害は高度であり、縮瞳は持続していた。血清コリンエステラーゼは著しく低下し、血清ＣＰＫは著しく上昇していた。

一月六日から不穏状態になり、体動が激しくなる。独言と興奮が出現し、抗精神病薬のハロペリドールが投与された。七日から少しずつ意思の疎通《そつう》が可能となる。しかし不穏状態で暴れるため、抑制帯をつけられていた。「助けてくれー」と叫び続け、翌八日にも独言が多く、落着きを欠き、幻覚が見られた。九日には血清コリンエステラーゼが上昇し、ＣＰＫは下降してきた。

一月十日から意識障害は徐々に回復し、十一日はほぼ清明になった。その後は少しずつ回復、一月十八日に退院になった。

他の依頼事項は、濱口忠仁氏の場合と同様であり、同じような内容の文言を添えて、今警部補に送付した。

ところが十二月にはいって、またしても別のＶＸ被害者に関する意見書を依頼された。被害者の水野昇氏八十二歳は、教団から逃げた信者一家を保護していた。しかも被害は、ちょうど一年前の一九九四年十二月二日に起こっていた。

寺島警視正からの依頼事項は以下の三点だった。

一、水野昇氏の病状がＶＸによるものか否か
一、ＶＸの一般的毒性、特徴的症状、致死量
一、その他ＶＸに関する参考事項

いつものように資料が提示されていたが、この種類が多かった。まずは、水野氏が救急搬送された東京医科大学病院における診療録のコピー、看護婦と主治医の供述調書、さらに事件前に水野氏が通院していた虎の門病院の主治医による水野氏の病歴と採血検査結果に関する供述調書があった。

ついで、東京消防庁中野消防署の救急小隊長による、収容時の状況の供述調書と、各警察署の巡査部長の供述調書も五通あった。この五通をしたためた巡査部長は、西新井、高井戸、中野、杉並、大塚の各警察署にそれぞれ所属していた。

水野昇氏は、一九九四年十二月二日午前、自宅の居室の炬燵《こたつ》で仰臥《ぎょうが》位で倒れている

ところを、近所の人に発見された。四、五回嘔吐《おうと》し、その後意識不明に陥り、救急車が呼ばれた。

十時二十七分に救急隊員が駆けつけたときには、中等度の意識障害が見られた。瞳孔は左右不同であり、左は三ミリ、右は一ミリで、対光反射は消失していた。呼吸数は二十四／分だった。すぐさま気道が確保され、酸素吸入が開始される。唾液分泌が増加していた。

十時四十八分に東京医科大学病院救命救急科に入院、やはり中等度の意識障害があった。顔面は紅潮しており、除皮質硬直が見られた。瞳孔は左一ミリ、右五ミリで、対光反射は消失したままだった。血圧は上昇、二五六／一四六mmHgで、脈拍は百二十一／分で不整、呼吸数は十二／分で下顎呼吸をしていた。気管内挿管が行われ、人工呼吸器につながれる。末梢《まっしょうけつ》血検査で白血球は一万五二〇〇と増加、赤血球数は四八六万、ヘマトクリットは四六・八%で、血液は濃縮傾向にあった。

肝機能、腎機能、電解質に異常はなかった。血清コリンエステラーゼは測定されていない。

入院後経過では、頭部CTで異常なく、十二時からの脳血管撮影でも異常は見られなかった。幸い十五時には自発呼吸が出現する。

翌十二月三日に、医師の問いかけを理解できるようになった。白血球増多と、著しいCPKの上昇が見られた。十二月五日になって意識レベルが改善、気管内挿管がはずされる。十二月六日に意識は清明になった。

十二月八日、脳血管障害という病名で、老年科に転科する。神経学的検査での異常はなかった。しかし血清コリンエステラーゼの低下が見られた。十二月十二日、血清コリンエステラーゼはやや上昇、十二月二十六日になって、血清コリンエステラーゼが正常化する。

年が変わって今年の一月十一日、約四十日ぶりに退院となった。

この水野昇氏の場合も、前二例の濱口忠仁氏、永岡弘行氏の病状と経過に照らし合わせて、VXによる病態だったことは、疑いようがなかった。

しかし水野昇氏が、どのような状況下でVXを噴きかけられたかに関しては、犯人である山形明の供述調書がなく、不明のままだった。とはいえ、複数の巡査部長の供述調書からは、水野昇氏が数回にわたってVXにさらされたのではないかと推測される。

いずれにしても、ＶＸによる世界で初めての犠牲者、被害者の病状からは、以下の臨床的事実が判明していた。

①ＶＸは注射器に詰めて持ち運びが容易である。
②ＶＸは皮膚から極めてよく吸収される。
③ＶＸ曝露から中毒症状発現までに、一定の潜伏期間がある。
④初期症状として、意識障害や痙攣発作が認められる。
⑤重症例では、いきなり心肺停止がくる。
⑥縮瞳は上記症状よりも遅れて出現する。瞳孔は左右不同を示すことがある。
⑦重症例では、意識障害が七日間続く。意識が回復するにつれて、錯乱、不穏、幻覚が出現することがある。
⑧血液生化学では、血清コリンエステラーゼが著しく低下する。血清ＣＰＫは上昇する。
⑨酸欠症が続かない限り、完全に回復する。

以上の見解を意見書にまとめて、今警部補気付で寺島警視正に提出した。
送付したあとで、気になったのは、教団がいかにしてＶＸを生成したかだった。これまでの捜査で、サリンを含めてVXを生成したのは、〃第二厚生省大臣〃の土谷正実だった事実は判明していた。

しかし土谷正実がどのような方法で、このVXを開発・製造したかは一般の目には明らかにされていない。まがりなりにも中毒学の専門家として、それだけは是非とも知っておきたかった。

以上の心情を吐露した書面を、意見書提出とは別途に今警部補に送った。返事の封書は程なく届いた。

書面には、今年六月九日に土谷正実自身がA3の用紙に手書きで記した、VX生成までの工程が化学式のみで、びっしり記されていた。これらの化学反応がすべて土谷正実の頭の中にはいっていたのであり、その異才ぶりには舌を巻くしかなかった。

図面を見ると、製造過程は三つに大別できた。

第一段階には、工程が二つある。第一の工程で、メチルホスホン酸ジクロリドとエタノールを反応させ、メチルホスホン酸ジエチルを得る。第二の工程では、メチルホスホン酸ジエチルに、塩化チオニルを作用させ、エチルメチルホスホノクロライドを得る。

次が第二段階であり、ここは三工程に分かれていた。第一工程で、2－（N，N－

ジイソプロピルアミノ）エチルクロライドと、チオ尿素を反応させ、固形の中間物を得る。第二工程で、この固形物に水酸化ナトリウム水溶液を作用させ、混合液を作り、第三工程で、硫化水素ガスを吹き込んで2－（N，N－ジイソプロピルアミノ）エタンチオールを得る。

第三段階はひとつの工程で成り立っている。第一段階で得たエチルメチルホスホノクロライドと、第二段階でできた2－（N，N－ジイソプロピルアミノ）エタンチオールからＶＸが得られる。

添えられた土谷正実の供述調書によると、ＶＸの製造は四回実施されている。

第一回目は、昨年一九九四年の九月で、五〇グラム弱を製造している。しかし今年一月一日の読売新聞の疑惑報道で廃棄する。

第二回目は、昨年の十一月下旬で、村井秀夫の依頼でクシティガルバ棟で一〇〇グラムを製造して、中川智正に手渡す。後日、村井秀夫がクシティガルバ棟に来て、「あれは効かなかった」と言い、土谷正実は「塩酸塩だから効かなかったかもしれません」と答えた。すると村井秀夫は、ＶＸそのものを作るように指示した。

第三回目は、同じく十一月末に五〇グラムを製造して、再び中川智正に渡した。手渡した翌日、村井秀夫が来て、「あれはすごい、相手は病院に担《かつ》ぎ込まれたけど、下《した》顎《あご》がはずれていた」と話した。

おそらくこのとき生成されたVXが、十二月二日の水野昇氏、十二月十二日の濱口忠仁氏に使用されたと思われる。

第四回目は、前回からひと月後の十二月末だった。純度の高い五〇グラムのVX製造に成功する。これも村井秀夫の依頼だった。しかし今年元旦の読売新聞の疑惑報道があったため、教祖の指令で廃棄する。

問題となったのは、VX合成のための原料の調達であり、これも土谷正実は供述していた。

まずメチルホスホン酸ジクロリドの原料である。株式会社ベル・エポックと取引していた教団のダミー会社から調達したのが、亜リン酸トリメチル、五塩化リン、塩化チオニルだった。他方、ヨウ素、ジエチルアニリン、エタノールは伊勢久《いせきゅう》から購入している。

次にジイソプロピルアミノエチルクロライドに添加するチオ尿素と硫化水素ガスはダミー会社、水酸化ナトリウムは伊勢久から調達した。

さらに第三段階の工程で塩基となるトリエチルアミンと溶媒となるヘキサンを、やはり伊勢久から仕入れていた。

土谷正実の供述から、国内に流通している原料からVXが製造可能であることが分かる。あとは製造プラントと、土谷正実なみの頭脳を有する技術者が必要なだけだ。もちろん、製造の現場では、土谷正実ひとりでは仕事ができない。助っ人が必要である。この協力者七人についても、土谷正実は供述している。〝法皇内庁〟所属の佐々木香世子、〝厚生省〟所属の森脇佳子、土谷正実の〝第二厚生省〟の某信者、〝科学技術省次官〟の渡部和実の他、宮崎乃理子、興梠智一の名が列記されていた。

VXによる犠牲者ひとりと被害者二人の臨床症状を、鑑定医としてつぶさに検討した者として、サリンの場合と同様にまとめておくのは責務だった。というのもVXによる臨床症状など、具体的にはどこにも発表されていないからだ。こうして一九九五年の暮と一九九六年の元旦は、正月気分とは無縁の仕事に忙殺された。

まずVXの一般特性として、室温で比較的安定しており、持ち運びが容易な点がある。VXそのものは、自動車のオイルに似て無臭で琥珀《こはく》色をした粘度の高い液体である。その蒸気は空気より重い。

揮発性が低く、テロとして使用する際は、ノルマルヘキサンなどの溶剤と混ぜ、注射器に入れて持ち運び、その針先から皮膚に落とす方法がとられる。

中毒症状の所見として必発なのは、ともかく縮瞳である。最重症例では、曝露から数分以内にいきなり痙攣発作を起こして倒れ、心肺停止で死亡する。重症例では、高度の意識障害を起こし、せん妄状態をきたす。軽症例では、意識障害のみで局所症状は見られない。

診断の根拠となる症状は、意識消失、痙攣発作、興奮、幻覚、妄想、心肺停止である。血液検査ではコリンエステラーゼの低下が起きる。衣類などから、VXの代謝産物であるメチルホスホン酸かメチルホスホン酸エチルが検出されれば、診断は確定する。

こうした検出手段がない場合、脳血管障害で片づける誤診が起こりやすい。橋《きょう》出血などの脳出血、脳梗塞などは、頭部CT検査で除外できる。また心筋梗塞などの心疾患とも誤診されやすく、心電図等での除外診断をしなければならない。

VX中毒の治療法は、サリンなどの神経剤の治療法と本質的には同じである。最重症例では、まず心肺蘇生術を開始し、呼吸管理が重要になる。痙攣発作にはジアゼパムの静注を行う。気管分泌物は、硫酸アトロピンの静注によって抑制できる。精神症状に対しては抗精神病薬のハロペリドールも使用できる。サリン中毒の治療で有用とされているPAMは、ＶＸに関してはその有効性は確認されていない。もうひとつつけ加えなければならないのは、除染対策だった。これは外国の文献から大筋を知ることができた。

ＶＸはサリンよりも除染が困難である。揮発性が低いため、皮膚に付着しても蒸発せずに、速やかに吸収されてしまう。従って、一滴でも付着したとき、極めて危険であり、早急に除染しなければならない。熱い石鹼水で洗い流すのがよい。次亜塩素酸ナトリウム溶液も用いられる。もちろんＶＸの付着した着衣は廃棄する。

ＶＸは比較的安定性があり、土壌には二日から六日残存する。建物などの除染は、漂白粉や炭酸ナトリウムの五—一〇％水溶液がよい。

こうしてＶＸ中毒を検討してみると、サリンとの相違点が明確になる。最大の相違点は、持ち運びの簡便さである。サリンが集団テロに有効なのに対して、ＶＸは個人のテロに極めて有用である。

ＶＸなど戦場で使われるものと思っていたのは、完全に間違いだったと反省させられる。今後は日常の中毒にも含まれる可能性があり、医療関係者は頭の隅に入れておくべきだった。

これでVXについては一段落したと、ひと息ついた一月下旬、またしても寺島警視正から以下の意見書依頼が届いた。

捜査関係事項照会書

捜査のため必要があるので、左記事項につき至急回答されたく、刑事訴訟法第一九七条第二項により照会します。

照会事項

一、一般的な経皮吸収（特に頭、顔、頸部《けいぶ》、体幹、手掌《しゅしょう》、足底《そくてい》）について

二、VXの症状から見た経皮吸収について

三、被害者三名（濱口忠仁、永岡弘行、水野昇）の症状発現の強弱は、VX吸収量の違いにあると思料されるが、経皮吸収の違いで説明されるか否かについて医学的に検討の上ご意見をお願い致します。

なお、ご意見は意見書をもってご回答をお願い致します。

こういう文面を、これまで何十回読まされただろう。医学部の教授の任務は、臨床と教育と研究であるのは論をまたない。警察の下請けでないのも自明の事柄だ。

末尾の取扱者の欄には、いつものように警視庁刑事部鑑識課の今警部補の名前が記されている。あの警察官らしくない学者風の顔を思い浮かべると、とても協力を拒む気にはなれない。去年三月二十日の地下鉄サリン事件以来、不眠不休の仕事を強いられているはずだった。他の捜査員たちも同様だろう。ここは誠心誠意、要請に応じるしかなかった。ある面でこれは、臨床と研究の一側面でもあった。

とはいえ、VXの経皮吸収云々《うんぬん》までも明らかにしておかねばならないのは、裁判に備えての証拠固めなのだろう。特に水野昇氏の場合、どこでどうやってVXをかけられたのか、正確な証拠はないのだ。

常識的に考えて、皮膚の付着物が最も吸収されやすいのは眼球であり、舌下などの口腔《こうくう》粘膜、および鼻腔粘膜だ。足底など表皮の厚い部分での吸収は遅れがちと見ていい。

さらに症状発現の強弱は、部位の他に、量にも左右される。皮膚の広い範囲にVXが付着すれば、それだけ中毒症状が出るのも早く、重症化する。最も速効性があるのは静脈注射であるのは当然で、筋注や皮下注射がこれに次ぐ。濱口忠仁氏が犠牲になったのは、注射針が項に刺さったのが原因だった。

おそらく、VXを最も効果的に使う方法は、標的の顔面になすりつけるやり方だろう。そうすれば、目にもはいるし、鼻腔や唇にもVXが付着し、確実にしかも速く吸収される。その量は、最大でも一〇ミリグラムあればよい。つまりほんの一滴でも目的は果たせる。

以上の見解を意見書にしたためて、今警部補気付で送った。

土谷正実他の供述から、教祖が村井秀夫を介して土谷正実にVX一〇〇グラムを製造するように指示したのは、一九九四年十一月下旬である。十一月二十六日の朝、教祖が井上嘉浩、新實智光、遠藤誠一を呼び、〝水野にVXをひっかけてポアしろ〟と命じた。実行役として井上嘉浩と山形明が指名される。夕刻、井上嘉浩が水野氏を襲撃するも、目が合って失敗する。

二日後の二十八日朝、山形明が水野氏にVXをかけた。山形明の報告に、教祖は〝よくやった〟と誉めたものの、結果が未確認だと知ると怒り出した。井上嘉浩に調査させ、結局は失敗だったと分かる。

二日後の三十日、教祖は土谷正実と遠藤誠一を呼びつけて、VXが効かなかった理由を問いただした。〝塩酸塩だったからだと思います。純粋なVXを作らせて下さい〟と土谷正実は弁明した。教祖は〝VXそのものを作れ。大急ぎでやれ〟と命令した。

そして十二月二日の朝、水野氏に三回目の襲撃を行い、水野氏は救急車で病院に搬送され、前述のように一命はとりとめた。

六日後の八日、教祖が井上嘉浩と新實智光を呼び、〝教団分裂を図った元信者を、裏で手引きしているのは濱口だ。濱口が公安のスパイであるのは間違いない。ＶＸを一滴垂らし込んでポアしろ〟と命令する。実行犯もこのとき教祖が指名する。

四日後の十二日、先述したように濱口忠仁氏は、大阪の路上で山形明にＶＸをかけられ、不幸にも死亡する。

年が明けた昨年一九九五年一月四日、これも前に述べたように、「オウム真理教被害者の会」の永岡弘行会長が、ＶＸをかけられ、一時は意識不明の重体に陥る。幸い発見が早く、救命に至った。

第十章　滝本太郎弁護士殺人未遂事件

オウム真理教の犯罪に関しての裁判は、既に昨年の秋頃から始まっていた。幸いその裁判の概要は、ジャーナリストの江川紹子氏による裁判傍聴記が、毎週『週刊文春』に掲載されていた。

問題は、教祖がいつ裁きの場に引き出されるかだった。昨年十月下旬に予定されていた初公判は、その前日に教祖が弁護人を解任して延期され、見通しがたっていない。おそらく今年の四月か五月頃だろうと、新聞は示唆《しさ》していた。ともあれ、『週刊文春』だけは、江川紹子氏の記事を目当てに、欠かさず地下鉄の売店で購入した。

関心の中心はオウム真理教の犯罪にあるとはいえ、医学部での講義は、牧田助教授や、平山講師と三人で手分けして続けなければならなかった。

二月の講義には、毎年ハンセン病を取り上げていた。この病気ほど、人に偏見をもたらした疾患はなく、まずは医療従事者がその偏見から解放されなければならなかった。

つまり、ハンセン病は治る病気であり、そもそも菌の毒力は極めて弱く、病原性はほとんどないという事実を、医学部学生に認識してもらいたかった。

例によって階段教室には八十名近くが着席していた。八、九割程度の出席率で上出来といえた。スライドは二十四枚用意していたので、これに沿って九十分弱をしゃべればよい。いつも最後に質問時間を設けていた。

従来は癩《らい》と呼ばれていたこの病気がハンセン病と呼ばれるようになったのは、一八七三年、ノルウェーの医師で植物学者のゲルハール・アルマウェル・ハンセンが癩菌を発見したからだった。歴史的な事項に遡《さかのぼ》るためにも、ここでは便宜上癩で述べたほうが分かりやすい。

この病気の記載は古く、紀元前十八世紀から十三世紀に書かれたヒンズー教の聖典には、早くも症状が正確に書かれている。紀元前十世紀頃のアッシリアとバビロニアの楔形《くさびがた》文字の書物にも、癩の記載がある。それだけでなくファラオ時代のエジプトのパピルス文書にも見られる。

こうして起源の古い癩が広まったのは、紀元前四世紀のアレキサンダー大王の遠征、十一世紀の十字軍遠征とラザロ騎士団などによる。

さらに癩が忌《い》み嫌われるようになったのは、旧約聖書のせいでもある。レビ記の第十三章には以下の記述があった。

主はまたモーセとアロンに言われた。

人がその身の皮に腫《はれもの》、あるいは吹出物、あるいは光る所ができ、これがその身の皮に癩病の患部のようになるならば、その人を祭司アロンまたは、祭司なるアロンの子たちのひとりのもとに、連れて行かなければならない。

祭司はその身の皮の患部を見、その患部の毛がもし白く変り、かつ患部が、その身の皮よりも深く見えるならば、それは癩病の患部である。祭司は彼を見て、これを汚《けが》れた者としなければならない。

（中略）

患部のある癩病人は、その衣服を裂き、その頭を現し、その口ひげをおおって、「汚れた者、汚れた者」と呼ばわらなければならない。

その患部が身にある日の間は汚れた者としなければならない。その人は汚れた者であるから、離れて住まなければならない。すなわち、そのすまいは宿営の外でなければならない。

このレビ記の第十三章には、「癩病」という言葉が二十三回も出現する。さすがに、現代の聖書の日本語版では、「癩病」はすべて「重い皮膚病」という表記がとられている。

こうして古代から中世にかけて、癩は精神の病の発露だと見なされた。教会はこうした患者に対して、見せかけの埋葬儀式を行った。墓地に穴が掘られ、患者は一生脱ぐことのない外套《がいとう》を着て中にはいる。頭から三杯の土がかけられ、神父が「汝《なんじ》はこの世で死に、神の下に生まれ変わらんことを」と唱える。このあと、患者は参列者から手をさし伸べられて墓穴を出、葬列に加わる。ガラガラと鐘を鳴らして存在を知らしめ、村はずれに設置された小屋にはいって、一生を過ごす。小屋の上には十字架がつけられていた。

ようやく十五世紀になって、癩は珍しい病気だと欧州の医師たちが書き記すようになる。皮肉にも癩が激減したのは、社会的に抹消《まっしょう》するという非人間的な処置に加えて、欧州で幾度となく大流行したペストによると見る向きは多い。

しかしその頃、癩は恐れるに足らずという認識は、医師の間に共有されていたと考えられる。その証拠に、一五五二年に来日し、後にイエズス会士になったポルトガル人の外科医、ルイス・デ・アルメイダは、豊後《ぶんご》の府内に西洋式病院を建てた際、真っ先に収容したのは捨て子と癩病患者だった。

このハンセン病は、ＷＨＯの発表で世界に千二百万人いるとされ、対人口一万の比率で多いのは、東南アジアの六人、次いでアフリカの三・二人である。日本での新規登録患者数は、一九五〇年に六百人近くだったのが、一九九〇年にはほんの十数人と激減している。現時点での患者は三千人程度である。

癩菌は未《いま》だに培養に成功していない。しかし、マウスやアルマジロ、猿などの動物への接種には成功している。それらの動物には自然感染癩が見つかっており、人獣共通の疾患と考えられている。

この癩菌は、細胞性免疫が低下している宿主の末梢神経組織や皮膚を侵すという特徴がある。症状は、癩腫《らいしゅ》型と類結核型の二型、さらに境界群と未分化群の二群に分類される。

癩腫型は、大小さまざまな丘疹《きゅうしん》、結節、浸潤が多発し、ほぼ左右対称に分布する。類結核型は、辺縁隆起性の円形・地図状、暗紅色の浸潤が皮膚に見られ、知覚鈍麻が顕著である。

一方の境界群では、類結核型に似た皮疹が隆起著明となり、やや褐色調を示す。未分化群は、色素減少斑《はん》または紅斑で、皮疹部に軽度の知覚鈍麻を伴うのが特徴的である。

この未分化群を除き、尺骨《しゃっこつ》神経、正中神経、橈骨《とうこつ》神経、腓骨《ひこつ》神経、大耳介《だいじかい》神経などに肥厚が見られる。その支配領域では、知覚鈍麻と運動麻痺《まひ》が見られる。

診断は簡単で、①知覚脱失を伴う皮疹、②知覚脱失を伴う末梢神経の肥厚、③皮膚の塗布標本で菌陽性の三項目のうち、一項目でも満たせば確定と、ＷＨＯは規定している。

治療には、リファンピシンやジアフェニルスルホンを主剤とした複数の化学療法があり、完治する。

ここまで歴史と概念を説明しているうちに、学生たちの集中力が低下していくのが分かる。欠伸《あくび》をしたり、両手を上に伸ばしたり、隣同士で私語をしたりと、さまざまだ。さすがに前の方の席にわざわざ坐《すわ》っている学生は、しっかりこちらを見つめているものの、眼鏡の奥の瞼《まぶた》が少しずつ垂れていく。そのうち、ガクンと頭が下がる。

こういう時間帯を見越して、現実の症例を呈示する準備はしていた。実際の症例をスライドに映すと、講堂内に真剣さが戻る。

この五十二歳女性の例は、学卒後まだ九大神経内科にいた頃に診た入院患者だった。貴重な症例だったので、微に入り細に入り診察をし検査もした。それを改めてスライドに映し出す。

主訴は、手足の疼痛《とうつう》と掻痒感《そうようかん》だった。

一九六九年四月頃より、左手拇指《ぼし》にツンツンするような、チクチクするような激痛が出現し、いつとはなしに両手、次いで両足に広がった。その後、疼痛と同じ部位に激しい掻痒感が加わるようになり、そのため不眠をきたすことがしばしばだった。

翌年五月頃からは、顔面と両手足が赤くむくむようになり、特に手足は皺《しわ》が多くなり、触ってもつねっても感覚が分からなくなった。しかしジンジンするしびれ感はなかった。さらに翌年の秋からは、手足によく火傷《やけど》をするようになった。その後も手足の疼痛や掻痒感が持続するため、初発から三年後の一九七二年八月、九大神経内科を初診、直ちに入院する。

入院時の全身所見は、体格は中等で栄養状態は良好、顔面と両手足にびまん性の紅斑を認め、同部位の皮膚はやや萎縮《いしゅく》していた。膝《しつ》関節伸側部に、一個の小指頭大の赤褐色の結節が認められた。その他、手足に火傷による瘢痕《はんこん》を数個認める。脱毛、白斑、潰瘍《かいよう》はない。貧血もなく、胸部も理学的に異常はない。

神経学的所見としては、意識は清明であり、精神状態に異常はない。脳神経領域では、両眼の軽度の視力低下と網膜色素変性症、および左側下眼瞼《かがんけん》下部に拇指頭大の感覚脱失（痛覚と温度覚）が認められた。顔面神経を含むその他の脳神経に異常はなかった。軀《く》幹《かん》および四肢領域では、末梢神経の肥厚や筋萎縮はなく、筋トーヌスも正常であった。筋力低下は、両側の前脛骨《ぜんけいこつ》筋に軽度に認められる他は異常なかった。深部反射は、上下肢とも減弱していた。病的反射はなかった。協調運動障害も認められない。感覚については、自覚的に両手足の著明な疼痛と掻痒感を訴えるのに対して、他覚的には四肢末梢部、主として伸側、尺骨神経支配領域に、境界明瞭《めいりょう》な地図状の温覚と冷覚および痛覚の脱失が見られた。触覚は、部位によって鈍麻ないし脱失を示した。振動覚は、前記の感覚脱失の部位においても正常であり、位置覚も保持されていた。膀胱《ぼうこう》直腸障害はなかった。

ここで、全身における紅斑と感覚障害の分布を図示する。正面から見ると、下肢末端の感覚脱失が著明で、背面では上肢の感覚脱失が主である。次いで顔面も図示すると、痛覚の脱失は両耳、両眉《まゆ》から外側にかけて、鼻尖《びせん》、両頬に見られる。それに対して顎《あご》と頭髪部位は正常で、その他の部位では痛覚鈍麻がある。

患部の皮膚生検では、多数の癩菌、癩細胞、リンパ球から成るびまん性の肉芽組織が見られた。

腓腹神経生検では、肉眼的に肥厚が見られ、組織学的には、著明な有髄線維の減少とともに、周鞘《しゅうしょう》、上膜、内鞘内に多数の癩細胞が認められた。この病像は癩性神経炎と診断された。

その神経組織をもスライドに映し出す。癩菌は抗酸菌の桿菌《かんきん》であり、チール・ネルゼン染色で見事に赤染する。その標本スライドを故意に長く映したままにした。おそらく医学生たちは、今後の医師生活のなかでも、癩菌を眼にすることはなかろう。しかし記憶の隅にでも残しておいてもらいたかった。場内を明るくして、結論を急ぐ。

「この症例は、前に言ったようにリファンピシンを主剤とした化学療法で完治し、後遺症を残さずに完治しています」

そう強調すると、どこかほっとしたような溜息《ためいき》が漏れる。

「覚えておいて欲しいのは、癩菌の毒性は極めて弱く、病原性はほとんどないということです。体内にたとえ癩菌が侵入し、感染が成立しても発症は稀《まれ》であり、分裂・増殖するには長時間を要します。稀にこの症例のように発症したとしても、治療法は確立されており、治る病気です。はい、終わり。何か質問があれば――」

時間は過ぎていたものの、学生たちの何人かは質問したげにしていた。果たして最前列の学生が手を挙げた。

「先生は治ると言われましたが、日本にはまだ患者を収容している病院というか施設がいくつもあると聞いています。あの人たちは、そこを出て普通に暮らせないのですか」

どこか静かな怒りを秘めた質問だった。

「あの人たちは当然、普通に社会に出て暮らせます。しかし、社会の偏見がまだそれを許さないのです。それに患者さんたちは、ああいう施設に閉じ込められたとき、もう親兄弟、親族からは、いない者とされています。今さら施設を出ても、受け入れるべき親族は困惑するでしょうし、また外出するにしても、偏見のある他人の視線に耐えられるかでしょう。実に気の毒な人たちです。フランスでは、ああいう施設は十七世紀末には全廃されています。十八世紀末には、ハンセン病の患者さんも、普通の患者さんの病棟で治療されるようになっています。つまり、日本の政策は、フランスと比べて三百年も遅れています。実に情けないです」

情けないどころか、憤《いきどお》りを感じるのが本音だった。とはいえ、一介の大学教員の力ではどうしようもない。

見ると珍しく、後方の席の学生が「ハーイ」と言って挙手をしていた。

「先生、ハンセン病の患者さんが温泉施設に来て、大浴場にはいったとしても、何の心配もないですよね」

いい質問だった。大きく頷《うなず》いてから答える。

「何の心配もないです。もしそういう患者さんがいたら、背中を流しましょうと言って、背中を流してあげて下さい。それでこそ、九州大学で衛生学を学んだ医師と言えます。いいですね、はい終わり」

どこかせいせいした気分で講義を終えた。

講義を終えて研究室に戻ると、またしても警視庁刑事部からの書状が届いていた。差出人は今警部補だった。

封を切った中味は、例の如《ごと》く捜査第一課長の寺島警視正からの依頼だった。

一、左記提示資料から

○滝本太郎弁護士の訴えた症状はサリン中毒によるものか否《いな》か

○滝本太郎弁護士のサリン曝露《ばくろ》について

○滝本太郎弁護士の症状の発現とサリン曝露の程度との関係

について、医学的に検討の上ご意見をお願い致します。

添えられていたのは、東京地方検察庁検事作成の取調状況報告、中川智正の供述調書、捜査第一課の警部が作成した「地下鉄駅構内毒物使用多数殺人事件」の被害状況捜査報告書、警視庁科学捜査研究所薬物研究員の手になる鑑定書、そして滝本太郎弁護士の一昨年七月四日の生化学・血液検査の結果報告書だった。

この滝本弁護士の名前については、それまでの新聞報道などで知っていた。オウム真理教被害対策弁護団のメンバーであり、元信者の証言を得て教団の闇《やみ》に迫っている弁護士ではなかったか。

そういう人物をサリンで抹殺《まっさつ》しようとした点にも、邪魔者はすべて消すという教団の卑劣な意図が確認できる。あの教団は一体どこまで腐り切った殺人集団であったのか。添付資料に眼を通しながら、はらわたが煮えくり返るのを覚えた。

直接犯行に及んだ当時十七歳の少女は、三年前の秋に出家信者になっていた。翌年、〝法皇内庁・信徒庁〟所属になり、サマナから師補に昇格する。しかしまだ高校を卒業しておらず、実家の祖母が重病であると聞いて、教祖に二年間の下向を申し出ていた。その間に高校を卒業し、祖母の最期《さいご》を看取《みと》るつもりだった。二年後には必ず教団に戻る旨《むね》も言い添えていた。それ以降、教祖の態度が冷たくなったように感じた。

教祖は〝お祖母《ばあ》さんの看病をすることは、あなたにとって功徳《くどく》になるが、そのためにあなたが下向して真理から遠ざかれば、お祖母さんは悪業を積むことになるからやめなさい〟と言っていた。

そして一昨年の五月八日、第六サティアンの二階の個室にいたとき、午後七時に個室の内線電話が鳴った。声の主は教祖で、〝私の所へすぐ来なさい〟と言われた。

教祖の自宅は同じ第六サティアンの一階にあった。教祖や妻の松本知子、子供たちがそれぞれ個室を持っていた。

教祖の個室にはいると、教祖は〝おー、来たか〟と言って、右手の親指で、ドアの鍵《かぎ》を閉めるように合図した。少女が鍵を閉めて教祖に近づくと、〝エネルギーが下がっているぞ、タントラのイニシエーションをしよう〟と言われ、二十分にわたって特別イニシエーションを受けた。この〝タントラ〟というのは、「秘密」の意味だった。

そのあと教祖が〝手伝ってもらいたいワークがあるが、やる気はあるか〟と訊《き》いた。少女はその仕事が何か分からないまま、〝ぜひ、やらせて下さい〟と答えた。すると教祖は〝ちょっと危いから、君にできるかな。ある人物をポアしてあげようと思うんだよ。これは救済だからな〟と言い、〝じゃあ、考えておくから、部屋で修行して待っていなさい〟とつけ加えた。

翌五月九日午前四時半、個室で寝ているところへ遠藤誠一が来て、〝仕事だから下に降りて〟と命じた。少女はそのまま遠藤誠一について行き、第六サティアンから外に出、停めてあった車に乗り、遠藤誠一の運転でＣＭＩ棟に行った。車内で遠藤誠一から〝今日のことについては聞いているでしょう〟と尋ねられ、少女は〝何も聞いていません。ただ、ポアって言っていました〟と答えた。遠藤誠一は〝とりあえずＣＭＩ棟に行き、そのあと富士（山総本部）に行って着替えの衣服を探す〟と言い足した。富士山総本部の倉庫に、お布施された衣類などが保管されているのは、少女も知っていた。

ＣＭＩ棟には、法皇内庁の佐々木香世子ともうひとりの男性信者が待っていて、その男性が運転する車に乗った。出かける前に、遠藤誠一が〝十七歳の女の子には見えないように、大人っぽい服を選んでね。風邪をひいているふりをしたほうがいいから、マスクも買って〟と言った。車内でも、佐々木香世子が〝フォーマルな感じにしてくれと言われているの〟と口にした。

富士山総本部に着くと、お布施倉庫のコンテナの管理をしていた女性信者が鍵を開けてくれ、佐々木香世子と一緒に、スーツやブラウスなどサイズの合うものを三、四枚ずつ選んだ。

再び三人でCMI棟に向かい、途中のコンビニでメーク落としとマスクを買った。CMI棟に着くと一番奥の部屋で、佐々木香世子に手伝ってもらい、衣裳《いしょう》合わせをした。紺の上下のスーツと白いブラウスにし、ストッキングと黒いパンプスをはく。それを遠藤誠一に見せると、〝ショルダーバッグもあったほうがいいな。帽子もかぶったほうがいい〟と指示された。

そこでまたスーツを脱いで着替え、三人で富士のお布施品倉庫に戻り、ショルダーバッグだけは見つけた。しかし帽子はなく、佐々木香世子が自分のものを貸してくれることになった。

CMI棟に戻り、少女は佐々木香世子の化粧道具を借りて化粧をし、髪は編み込んで、後ろで髪留めでひとつにまとめた。

すると化粧をしている部屋に、中川智正と連れ立ってやって来た遠藤誠一が、〝ワークの説明をするから外に出て。化粧を落とさなくていいから、スーツだけ着替えて〟と言った。このとき、遠藤誠一が、〝スーツがしわしわだから、アイロンをかけておいて〟と佐々木香世子に命じた。

自分の服をまた着てCMI棟の外に出ると、道路に一台車が停まっていた。遠藤誠一が〝水をかける練習をしよう〟と言い、CMI棟の中からプラスチックの容器に水がはいったものを持って来た。容器は片手で握れるような大きさだった。

遠藤誠一と中川智正は、その容器の中の水を、車のフロントガラスのワイパーの溝《みぞ》の部分に、交互に一回ずつかけて見せた。遠藤誠一が〝私たちの指示する車に、こうして容器の中の液体をかけてもらうからね。まず慌《あわ》てずに歩いて車に近寄り、運転席側に立って、自分の車かどうか車内をのぞき込んで確認するような振りをしてから、容器の中の液体をかけてね。容器は左手に持ち、右手でキャップを開けるといい。ワイパーの下の溝に水がはいるようにかけてね。かけたあとも、慌てて走ったりせず、堂々と歩いてね〟と説明してくれた。

そのあと中川智正も〝車にかけるときは、臭《にお》いをかがないように息を止めて、顔もそむけて。それから、手に液体がつかないように気をつけて。もしどこかについたら言ってね〟と注意した。

二回練習をして、午前十時に先刻の車に三人で乗り込んだ。少女は着替えのスーツなどを袋に入れて、後部座席に坐り、遠藤誠一が運転をし、助手席に中川智正が坐った。その後ろを、男性信者が運転し、佐々木香世子が乗った車がついて来た。

途中のスーパーで、遠藤誠一から指示されて、サングラスと白手袋を買った。車の中で遠藤誠一から、〝今日は、甲府の裁判所でオウムの裁判があるから、裁判所へ行く。裁判所で、私たちが指示する車に、さっき練習した方法でかけてね〟と言われた。

裁判所に向かう途中で、遠藤誠一が車を停めた。後部座席に置いてあったアタッシュケースから、変装グッズを取り出し、中川智正と二人でカツラや黒縁眼鏡で変装をした。遠藤誠一が〝どう、僕だとは分からないでしょう〟と訊いたので、少女は〝いや、知っている人が見れば分かります〟と答えた。

停車して約十分後、青山吉伸と〝法皇官房〟の富永昌宏の乗る車が合流した。遠藤誠一と中川智正はその車の後部座席に移り、青山吉伸と十分程何か話し合っていた。

再び裁判所に向かう途中で、遠藤誠一が車を停め、ジュースを買って来た。〝これは予防薬だからね〟と中川智正が言い、錠剤とジュースを少女は飲まされた。遠藤誠一も中川智正も同じジュースを飲んだようだった。

甲府の裁判所には昼前後に着き、裏側の駐車場に駐車した。遠藤誠一と中川智正は車の背もたれを倒して、新聞紙を広げて読むふりをしていた。そのとき少女は中川智正からゴム製の手袋を渡され、白手袋の下にはめるように指示された。そこへ先に到着していた青山吉伸と富永昌宏がやって来て、遠藤誠一と中川智正に何か報告した。

その後、遠藤誠一が〝一時十五分になったら車を出て、相手の車にかけに行ってもらう〟と言い、表の駐車場の奥に停まっている車のナンバーと色を教えられた。〝かけ終わったら表門から外に出て、左の方に歩いていけば、そこで私たちが待っているから〟と指示された。

中川智正が容器とチャック付きのビニール袋を手渡し、遠藤誠一が〝車にかけ終わったら、容器をビニール袋の中に入れてから、スーツのポケットにしまうように〟と言った。遠藤誠一はさらに〝堂々とやってね。車から出たら後ろを振り向いちゃだめだよ〟とつけ加え、自分の腕時計を見ながら〝三、二、一、ハイ〟と少女を送り出した。

表玄関には守衛が二人立っていた。平静を装《よそお》って目的の車を探し、容器の中の液をフロントガラスのワイパーの下にかけた。その瞬間、ほんのわずか白い煙が立ったような気がした。緊張していたため、息を止めるのを忘れ、ツンとするような鼻を刺激する強い臭いを嗅《か》いでしまった。

容器はそのまま、スーツのポケット内の、口を開けたままにしていたビニール袋に入れた。表門から出て、左手に歩いていると、追いかけるようにして遠藤誠一の車が停まり、後部座席に乗り込んだ。しばらく走って、中川智正から〝身につけているものを、この中に入れて〟と言われ、帽子とサングラス、マスク、白手袋、ゴム手袋、ショルダーバッグ、容器をゴミ袋の中に入れた。

二人から〝どうだった〟と訊かれたので、〝白い煙が出ました。それにくさい臭いがしました〟と答えた。すると、中川智正が〝目が暗っぽくない？〟と訊いた。〝そう言えば、暗いかもしれない〟と少女は答えた。

車は少し走り、空き地のような場所で停まり、少女はスーツとブラウスを脱いで中川智正の持つゴミ袋に入れ、自分の服に着替えた。着替えが終わったとき、中川智正が助手席から後部座席に移り、親指と人差し指で少女の瞼を開いて瞳《ひとみ》を覗《のぞ》き込み、〝瞳孔《どうこう》が縮んでいるな〟と言った。〝気分は悪くないか〟とも訊かれ、〝少し呼吸が苦しいような気がします〟と答えた。

〝じゃあ、注射をしておくね〟と中川智正は言い、鞄《かばん》からアンプルと注射器、ゴム管を取り出し、少女の腕をゴム管で縛った。アンプルの中味を注射器で吸い、脱脂綿で消毒して、静脈注射をした。〝これは何ですか〟と少女が尋ねると、中川智正は〝これはＰＡＭと言って、これを注射すると治るんだよ〟と答えた。その直後、二人は〝俺たちも目が変だな〟と言い、二人とも自分たちで静脈注射をするので、少女は不思議に思ってじっと見ていた。〝僕たちはいつもこんなことをしているわけじゃないんだよ〟と遠藤誠一が言った。

そこへ青山吉伸と富永昌宏の乗った車が到着し、遠藤誠一がドアを開け、二人とやりとりをした。〃相手は車に乗らないで喫茶店に入ったようだ〃と青山吉伸が伝え、遠藤誠一と中川智正は〃そうなの、でも大丈夫だよ〃と答えた。

まず青山吉伸と富永昌宏の車が先に出発し、遅れて少女たちの車が発車して上九一色村に向かった。ところが途中で少女は気分が悪くなる。息苦しく嘔気がし、頭もボーッとしてきたので、車の窓を開けてドアに寄りかかった。〃オエーッ、オエーッ〃と、声を出さずにはいられなかった。車はインターチェンジにはいって駐車した。

〃どう、身体《からだ》は大丈夫？〃と中川智正が尋ね、少女は〃まだ目の前が暗いです。それに息苦しい感じで、気分も悪いです〃と答える。中川智正は〃PAMは時間が経《た》つと効かなくなるからな。もう一本PAMを打っておこうか〃と言い、二本目を注射してくれた。少女は、自分が液体をかけた車を運転する人も、同じようになるのかな、その人はやっぱり怪我《けが》をしたり、死んじゃったりしちゃうのだろうな、これじゃ犯罪になっちゃう、と思った。

そのあと、遠藤誠一と中川智正が、〃クリちゃんは来ていないのかな〃〃時間が遅れたから、もう帰っちゃったんじゃないかな〃という会話をするのが耳にはいった。少女は、クリちゃんとは誰だろうかと思い、きっとクリシュナナンダ師、つまり林郁夫ではないかと考えた。

上九一色村の第六サティアンに戻ったのは午後三時だった。教祖に報告するため、遠藤誠一、中川智正、青山吉伸と一緒に、一階の自宅に行った。しかし教祖は誰かと話をしていて会えず、少女は自分の個室に戻った。そのとき中川智正から〝今日のことは、どんなに仲良しでもしゃべったらだめだよ。秘密ワークだからね〟と言われた。

個室にいると、電話で教祖の部屋に来るように言われ、一階に降りた。教祖の部屋には遠藤誠一と中川智正がいた。遠藤誠一が教祖に〝尊師から指示されたとおりにやりました〟と言うと、〝そうか、ご苦労さま〟と教祖が応じた。

中川智正も〝○○（少女の名）さんが臭いを嗅いだらしくて、途中で具合が悪くなって、ＰＡＭを注射しました〟と伝え、教祖は少女に〝大丈夫か〟と訊いた。〝白い煙が出て、くさい臭いがしたんですけど、今は大丈夫です〟と少女は答えた。教祖は〝ヴァジラティッサは、注射を打つのが好きだからな〟と、中川智正をからかうように言った。すると遠藤誠一が〝ヴァジラティッサ師は、○○さんが着替えているのを見てニヤニヤしていましたよ〟と中川智正を冷やかした。〝いやー、そんなことありませんよ〟と、中川智正は真顔で否定した。

実際、少女が車内で着替えているとき、二人は気をつかって前方を見ていたのだ。

〝どうもありがとう。もういいから〟と教祖から言われ、少女は中座して自室に戻った。

その夜遅く、教祖の自宅リビングに少女は呼ばれた。遠藤誠一や中川智正、村井秀夫、出版担当の幹部、教団経営の飲食店「うまかろう安かろう亭」の信者従業員など、十名ほどが集まっていた。その食堂の弁当やビールが出され、宴会が行われた。この宴会の趣旨は、秘密ワークの慰労会ではないかと少女は思った。

宴会が終わり、教祖が自室にはいるのを見計って、少女も一緒にはいり、〝ジーヴァカ師（遠藤誠一）から指示されたとおりに、午後一時十五分にやりました〟と報告した。〝そうか、ジャストタイミングだな。私もちょうどその頃、瞑想《めいそう》に入っていたんだ〟と、教祖は答えた。

少女は車の持主がどうなってしまうのか心配だったので、〝ワークの結果は、わたしにも絶対に教えて下さい〟と言った。〝今、調査中だから〟と教祖は応じた。しかしそれ以後、一九九六年二月十三日に逮捕されるまで、少女はその相手がどうなったのか何も教えてもらえなかった。

標的にされた滝本太郎弁護士は、拉致《らち》された坂本堤弁護士の友人であり、教団の真の実態を把握しようとしていた。教団の土地や、信者と出家者がどうなっているかを調べるとともに、教団を相手にして住民たちが起こす訴訟の手伝い、そして脱会のためのカウンセリングにも力を注いでいた。

それだけに教団としては滝本弁護士が目の上のたんこぶであり、例の邪魔者は消せの論理で、殺害しようとしたのだ。滝本弁護士もそれを警戒して、早くも一九八九年末から、電車のホームでは一番前には立たず、階段を降りるときも手摺《てすり》に摑《つか》まるようにしていた。

しかし明確に身の危険を感じ出したのは、二年前の一九九四年十月からである。法律事務所に行くと、隣の駐車スペースに、山梨ナンバーの汚い車が停まっていた。中には教団の信者と思われる男が二人いた。

教団に監視されているとはっきり認識した滝本弁護士は、その年に生命保険を事故死亡で三億円近く受け取れるように増額した。

その少し前の一九九四年九月二十日には、ジャーナリストの江川紹子氏の自宅にガスが入れられ、同じ日に前述したＶＸ被害者の永岡弘行氏が、首都高速道路で、二台の車に追われていた。それらを受け、十一月からは、神奈川県警が滝本弁護士の事務所と江川紹子氏の自宅を、二十四時間警備してくれていたのだ。

一九九五年にはいって、滝本弁護士は妻と子供二人を北海道に避難させ、自宅ではひとり住まいになっていた。

犯行があった一昨年の一九九四年五月九日、滝本弁護士は、民事裁判の弁論で甲府地方裁判所に出向いていた。そこにはそれまでも、教団に対する裁判のために、既に四十回は訪れていた。

争われていたのは、三姉妹の出家騒動だった。滝本弁護士は他の被害対策弁護団の同僚たちとともに、カウンセリングによって出家を思いとどまるよう三姉妹を引き止めていた。程なく、三姉妹のうちの二人を教団側がどこかに隠し、教団弁護士の青山吉伸と裁判で対決していたのだ。

裁判での論戦を終えたあとも、廊下で滝本弁護士は青山吉伸と、短いながらも激しいやりとりをする。そのあと友人の同僚弁護士からは、喫茶店でも行かないかと誘われたものの、この日は長野に行く予定があったので、裁判所の正門付近で立ち話をしたのみで別れた。

自分の車に戻って、向かったのは八ヶ岳山麓《さんろく》だった。別荘の土地を探すのが目的で、富士見高原あたりを物色するつもりだった。裁判所を出て、そのまま高速道路に乗り、四十分後に八ヶ岳パーキングで降りる。うどんを食べ、カメラも買う。別荘地でも三、四回車を降りた。町役場に行ったあとも、別の別荘地でも三、四回、車を降りた。その後、自宅に向かった。

滝本弁護士は、通常、車の窓は開けず、空調は内気循環にしていた。ただし、タバコを吸うときのみ、自動ウィンドーを一、二センチ開いた。タバコは五、六本吸い、さらに一回、ウィンドーを全部開けて八ヶ岳を写真に撮った。

目的を果たして中央高速道路の上りを走り、相模湖インターチェンジに向かう。笹子トンネルを抜けて、陸橋が近くなる。そこは見晴らしが良く、いつもウィンドーを開けて外気を取り入れた。それは十秒ほどで、相模湖インターのすぐ近くであり、料金所の手前では、排気ガスを避けるため内気循環に戻した。

料金所を出て五、六秒経ったとき、滝本弁護士は目の前が暗くなったのを感じる。西日一般道にはいる手前、いつも右側に見える太陽が、どこか陰鬱《いんうつ》な雰囲気だった。西日は強いはずなのに暗いので、滝本弁護士は恐怖感を覚え、スピードを緩めるためにギアをローに落とす。一般道の二十号線を通り、相模原市内で十六号線にはいったあたりで、日が暮れた。その間ずっと片側二車線のうち左側の車線ばかりを走った。

もちろんヘッドライトはつけていた。ところが対向車のヘッドライト自体が、バッテリーが上がっているのではと思うくらい暗かった。相模原警察署近くのファミリーレストランまで来てようやく、ほっとひと息つくことができた。

自宅に着くと、やっと入浴と着替え、食事をしたあと寝込んだ。翌十日の朝もどこか体調が悪く、事務所に連絡を入れ、遅くなると告げた。そして十一日、これはクモ膜下出血の症状ではないかと思い、横浜国際クリニックに行き、脳ドックの検査を受けた。結果は異常なしだった。

以上の経緯から見て、遠藤誠一と中川智正が少女に手渡した液体がサリンだったことは疑いがない。滝本弁護士の車のフロントガラス下の溝にサリンを撒《ま》く際に、少女自身もサリンガスを吸い込む。数分後には縮瞳が起こり、呼吸が苦しくなる。中川智正はそれを見て、ＰＡＭを二回、静注してやった。

少女は犯行の直前、中川智正から予防薬を飲まされている。これは松本サリン事件や地下鉄サリン事件の犯行前、犯人たちが前以《もっ》て服用していた臭化ピリドスチグミンだと思われる。八時間毎《ごと》に三〇ミリグラムずつ服用すれば、体内のアセチルコリンエステラーゼと三、四割が複合体を作る。サリンを吸ったとしても、この複合体が少しずつコリンエステラーゼを出すので、生命維持が可能になる。

フロントガラスのワイパーの溝にサリンを撒かれた滝本弁護士が、縮瞳程度の被害ですんだのは、ひとえに窓を閉め、換気を内気循環にしていたからである。途中で車から降りる際も、フロントガラスを覗き込む動作などなく、速やかにドアを開けて運転席に坐ったので、サリンは吸入しなかった。

車内でタバコを吸う際、窓を開けたのもわずか一〜二センチであり、大量の外気がはいり込む余地はなかった。しかし、料金所の手前の橋のあたりは見晴らしが良く、滝本弁護士は窓を開けて景色を楽しむ習慣があった。それはほんの数秒間であったと思われ、料金所が近くなると窓を閉めている。

目の前が暗くなったのは料金所で支払いをすませた直後である。縮瞳のため、西日さえも暗く見え、対向車のヘッドライトも異常に暗く感じられた。速度を出さずにひたすら走行車線を走ったのも、用心のためである。そして自宅に辿《たど》り着くと、入浴して服を着替え、軽い夕食をとって、床にはいった。翌朝もどこか体調が悪く、午前中は休まざるを得なかった。

仮に滝本弁護士が裁判所を出たあと、窓を開けたまま走行したり、外気導入にしていれば、サリンの吸入量は飛躍的に増えていたに違いない。縮瞳から呼吸困難をきたし、車の運転は不可能になり、事故を起こすか、路肩に停車したところを通行人に発見され、救急隊の出動が要請されたはずである。搬入された病院では、原因は特定できず、もちろんサリン中毒治療の鉄則である硫酸アトロピンとＰＡＭが使われたかどうかは疑わしい。

意見書には以上のような見解を記して、今警部補気付で送付した。

サリン生成についても、土谷正実他の供述で大筋が判明している。

教祖がサリンという言葉を初めて吐いたのは、三年前の一九九三年四月九日である。高知支部での説法で、ハルマゲドンに使われる武器のひとつとしてサリンを持ち出している。

その五ヵ月後の九月、教祖は〝科学技術省次官〟の滝澤和義にサリンプラントの建設を命じる。日産二トンで総量七〇トンが目標とされた。十月、村井秀夫が土谷正実にまずサリン一キロの生成を指示する。十一月に二〇グラムの試作に成功、その直後六〇〇グラムを合成し終えた。

そして十一月十五日、このサリンが創価学会の名誉会長襲撃に初めて使用された。村井秀夫と新實智光は、農業用の農薬噴霧装置の中に、出来たばかりのサリン六〇〇グラムを注入する。八王子市の創価大学にタイ国王女を迎えて、演奏会が開かれた機会を狙《ねら》った。しかしこれは失敗する。

そこで村井秀夫は土谷正実と中川智正にサリン五キロの生成を命じ、十二月半ばに三キロが完成した。

十二月十八日、今度は滝澤和義が製作したガスバーナーによる加熱式の噴霧装置に、サリン三キロを入れた。この日は完成したばかりの東京牧口記念会館に名誉会長が宿泊しており、新實と中川は防毒マスクを着用して、サリンを撒く。しかしうまくいかず、新實智光が不用意に防毒マスクをはずしたため、サリン中毒になる。

瀕死の新實智光を背負った中川智正が、野方のＡＨＩに駆けつける。何も知らされていない院長の林郁夫から原因を訊かれた中川智正は、〝ちょっと待って下さい〟と言い、いったん外に出た。近くに教祖が来ていて、その指示を仰いでから戻り、〝実はサリンを吸った〟と林郁夫に告げた。

林郁夫はＡＨＩ医師である部下に、〝この患者はサリンの中毒症だ〟と知らせて、治療法を探索させる。有機リン系の農薬中毒と同じ治療をすればよいと分かり、総力を注いで新實智光を全快させた。

この直後、教祖は村井秀夫に対して、サリンの大量生産の指示を出した。そこで村井秀夫は中川智正に、とりあえずサリン五〇キロの生成を指示し、土谷正実にも生成を急ぐように命じた。

純度七〇％のサリン三〇キロができ上がったのは翌一九九四年二月中旬である。これを知った教祖は、二月二十二日から二十四日まで、〝科学技術省〟の信者を連れて中国旅行をする。そのとき〝日本の王になる〟と大言壮語し、〝結果を出したのは、お前だけだ〟と言って中川智正を誉《ほ》めた。

帰国すると教祖は、幹部十数人を集めて各人の担当内容を具体的に指示し、滝澤和義にはサリンプラントの進み具合を訊き〝できるだけ早く魔法（サリン）を完成させるように〟と催促した。

四月になると、村井秀夫の指示で、中川智正が土谷正実や林郁夫とともに、富士川河口の河川敷に集まり、サリンの噴霧実験をする。使われたのは、超音波加湿器を改造した噴霧器だった。しかしうまくいかず、逆に中川智正がサリン中毒になって、林郁夫の治療で事なきを得た。

同じく四月中旬、教祖は村井秀夫と早川紀代秀に対し、〝第七サティアンのサリンプラントを四月二十五日までに完成させろ〟と命令を下した。

滝本太郎弁護士の殺害指示を教祖が出したのは、このあとの五月七日である。第六サティアンの自室に青山吉伸、遠藤誠一、中川智正を呼びつけ、甲府地裁で滝本弁護士の車にサリンをかけて殺すように命じた。

そして六月二十日、教祖はまたしても自室に村井秀夫、新實智光、中川智正、遠藤誠一を集め、〃松本の裁判所にサリンを撒いて、実際に効くかどうかやってみろ〃と指示する。実行役の人選と役割分担もその場で決められ、村井秀夫には特に噴霧装置の製作を命じた。

こうして六月二十七日、松本サリン事件が発生する。

九月初旬、第七サティアンサリンプラント第一工程が完了、二十四時間体制で量産が開始された。十一月には、第二工程も二十四時間体制で稼動《かどう》開始となる。十二月、第四工程まで完成し、中間生成物のメチルホスホン酸ジフルオリド六〇キロを生成した。

ところが一九九五年一月一日、読売新聞が上九一色村でサリンの残留物質が検出されたことをスクープする。これによって土谷正実と中川智正はサリンをすべて廃棄する。しかし、中川智正はメチルホスホン酸ジフルオリド一・四キロを保管した。

三月十八日の未明、教祖が村井秀夫に対して、地下鉄サリン事件の指揮を命じる。村井秀夫は井上嘉浩に事件計画を語り、実行役が決定された。

三月十九日夜、中川智正が保管していた中間生成物で、純度三〇%のサリン溶液が完成する。連絡を受けた遠藤誠一が教祖に報告すると、〃いいよそれで〃と承諾した。

こうして三月二十日の地下鉄サリン事件の発生につながったのだ。

第十一章　イペリットによる信者被害疑い

今警部補から電話がはいったのは、滝本太郎弁護士に関する意見書を送付して十日ほど経《た》っての三月一日だった。

「先生、滝本弁護士の事件は、おかげさまであれで立件できます。ありがとうございました。で、今日は別件でのお願いです」

「何でしょうか」

「イペリットに関する情報です」

「イペリットですか。あの連中、まさかイペリットを作っていたのではないでしょうね」

驚いて問い返す。

「どうも作っていたようです。はい」

「イペリットは、第一次世界大戦で頻用された毒ガスですよ。第二次世界大戦では日本軍も作っていました」

「そのようには聞いています。オウムも作っていました」今警部補は至って冷静だ。

「第一次世界大戦の毒ガスは、主として塩素ガスとイペリット、ホスゲンで、毒ガスによる全死者の八割はホスゲンが原因です。イペリットではなかなか死にませんが、症状は悲惨です。ですから、当時最も恐れられていたのがホスゲンで、最も嫌われていたのがびらん剤のイペリットです。これは別名マスタードガスともいいます。マスタードの臭《にお》いがしますから」

「そうですか」

今警部補が納得する。「そのあたりの先生の知見をおうかがいしたいのです。具体的には三つあります。第一はイペリットの性状です。第二はイペリットの病理所見、第三がイペリットの製法です」

「ちょっと待って下さい」

言いながら手元のメモ用紙に、性状、病理、製法と書きつける。「これはしかし、電話での返答というわけにはいきません。調べて正確を期する必要があります」

「もっともです。簡単に、意見書に準じる形でお答えいただければ充分です」

「もちろん急ぎますね」当然とは思いつつも念を押す。

「急ぎます」有無を言わせぬ返事が戻ってくる。

「それでは一両日中にファックスします」

「ありがとうございます」

電話はそこで切れ、受話器を置く。つい溜息《ためいき》が出た。しかしこれは教団の実態を暴《あば》くためには必要な仕事だった。今警部補に、他にあたるツテがあるはずもなかった。言うなれば、この役は、他の役者にやらせたくない、自分が演じたいという役者心理と同じなのかもしれなかった。

さっそくその日の午後から、収蔵しているイペリット関係のファイルにあたり、資料の文献も机の隅に積み重ねた。翌日までに、以下のような報告書を急ぎ作成した。
一、びらん剤イペリットの性状
イペリットの命名の由来は、第一次世界大戦で、フランスとベルギーの国境であるフランドル地方のイープルに於《お》いて、ドイツ軍が初めて使った毒ガスだったことによる。ドイツ軍はこの毒ガスを「黄十字」と呼んだ。フランスとイギリスの連合軍兵士は、目と呼吸器が侵され、皮膚にただれ症状を起こし、死傷者が続出する。連合軍はこの毒ガスがマスタードの臭いがすることから、マスタードガスと命名した。その後、地名のイープルにちなんで、フランス軍がイペリットと命名する。

このイペリットは無色から暗褐色の液体で、その効果からびらん剤に分類されている。びらん剤とは、皮膚・粘膜に付着すると水疱《すいほう》や潰瘍《かいよう》、びらんを生じさせる物質である。サリンなどの神経剤に比べて致死性は低い。しかし液体でも蒸気でも、付着した皮膚から速やかに浸透し、遅れて刺激症状や火傷、水疱、潰瘍をもたらす。最も被害を受けやすいのが、眼の結膜と角膜である。

イペリットの蒸気を吸入すると、激しい咳《せき》が起こり、気管支喘息《ぜんそく》、さらには肺気腫《はいきしゅ》の兆候を呈する。皮膚・粘膜から吸収されると、悪心《おしん》・嘔吐《おうと》、肝障害、虚脱を起こす。軽い精神症状が認められることもある。

毒性は強く、空気中では千四百万分の一の濃度で眼を侵す。三百万分の一から五百万分の一が皮膚に付着しただけで、数時間後には発赤し、翌日には深部に達する火傷になる。回復は遅延し長期間に及び、治ったあともケロイド状態を残す。

このため、長期間にわたって兵士の戦闘能力が奪われる。いったんイペリットに汚染されると、除染は困難を伴う。かつ毒性は長く持続し、加えて二次汚染防止には多大の労力を要し、その意味でも最も嫌悪される化学兵器である。このため、死者は少ないものの、攻撃効果は甚大で、第一次世界大戦では化学兵器の主流になった。一九八〇年代のイラン・イラク戦争でも、大量に使用された。

イペリットの化学名はビス（2-クロロエチル）スルフィドで、分子量は一五九・一、蒸気密度は五・四である。水より重く、純粋なものは無色、夾雑物《きょうざつぶつ》によって暗褐色を呈する。マスタードの臭いがし、沸点は二一七度C、一四・四度Cで凍結し、水にはわずかにしか溶解しない。

徐々に加水分解をするものの、分解速度は非常に緩慢である。ガソリン、ケロシン、アセトン、四塩化炭素、アルコールにはよく溶ける。しかしこれによっては分解されず、除染剤や水中での煮沸《しゃふつ》によって、迅速に分解される。

イペリット液またはガスの持久性は、その汚染の程度、土壌の質、散布方法、気象と地形で異なる。冬は夏よりも二倍から五倍は長持ちする。しかし蒸気の危険度は、寒い時より暑い時のほうが数倍大きい。

目は毒性に敏感で、皮膚はそれより鈍感である。眼に障害を与えて無力化する量は一〇〇mg／分／m^3で、皮膚に著しい火傷を及ぼすのは二〇〇mg／分／m^3以上である。皮膚に二〜三ミリグラム付着するのみで無力化し、四〜五ミリグラムも付着すると致死的になる。致死量は、WHO報告書では呼吸器からの吸収で一五〇〇mg／分／m^3で、米軍資料ではその量が五〇％致死量とされている。皮膚吸収では、防毒マスクを着用していた場合、一万mg／分／m³である。

気温が二七度Cを超すと発汗が多くなるので、吸収量が増加する。三二度Cでは一〇〇〇mg／分／m³で無力化される。

眼障害は一〇〇mg／分／m³で起こり、イペリット蒸気の一時間曝露《ばくろ》で結膜炎を起こす最少中毒量は、わずか〇・五mg／m³とされている。

イペリットの作用機序は、古くから種々の説があって今もって未解決である。現在有力なのは、類脂体反応説とSH反応説である。前者は、イペリットの類脂体、特にその遊離コレステリンが反応を起こし、体液と類脂体の間の界面張力が変化し、透過性の異常によって種々の障害が起こると見る。

後者のSH反応説では、イペリットが乳酸の生成を阻止し、アデノシン三リン酸とクレアチンリン酸の再合成を停止させ、SH基の作用を消滅させるのが原因とする。事実、SH反応性と毒性は明らかに相関している。

生体内に侵入した毒性は、生体蛋白《たんぱく》分子の接触点に来たとき、まずSH基と結合し、その後遅れてアミノ基に結合して障害を起こすと考えられ、この説が今のところ有力である。

人体に対する影響としては、蒸気曝露の場合、眼症状は必発である。

軽度の曝露では四時間から十二時間の潜伏期をおいて、流涙と異物感が生じる。大量に曝露すれば潜伏期が短くなり、障害が激しくなる。

眼症状は四種に大別される。軽度結膜炎であれば、一〜二週間で完治する。微小の角結膜傷害を伴った重症結膜炎では、眼瞼《がんけん》の痙攣《けいれん》と腫脹《しゅちょう》・浮腫が見られ、角膜に微小のびらんが多く認められる。これも二〜六週で回復する。軽度の角膜障害では、角膜びらんが見られ、角膜表面に瘢痕《はんこん》ができ、血管増生が起こる。虹彩《こうさい》炎も生じ、一時的には相当悪化することもあり、治癒には二、三ヵ月を要する。重症角膜障害では、結膜に貧血性壊死《えし》があり、角膜潰瘍は深く、血管増生を伴う濃い角膜混濁が見られる。治癒には数ヵ月かかり、悪化する傾向がある。

以上を要約すると、曝露から一時間以上経って、結膜炎によるヒリヒリ感や流涙が出現する。数時間のうちには灼熱感《しゃくねつかん》と眼瞼痙攣が続いて起こり、眼瞼浮腫によって開眼が困難になる。眼瞼の間から水様性の分泌《ぶんぴ》液が出る。二次感染が生じると化膿《かのう》して、眼瞼が癒着する。粘膜は充血し、角膜は浮腫状になる。角膜障害は、重症の場合には混濁から潰瘍形成に進行する。虹彩炎や虹彩癒着を見ることもある。

一方で、イペリットによる皮膚への影響も多様である。皮膚傷害の程度と、その障害の起こる時期は、曝露の程度と気象状態によって大きな差がある。皮膚が汚れていたり、脂《あぶら》じみていたり、汗ばんでいたりすると、イペリットの作用が高まり、より深くまで浸透し、重症化する。

イペリットの皮膚に対する半数不能量は、乾燥した気候では二〇〇〇mg／分／m³で、暑い気候では半分の一〇〇〇mg／分／m³、涼しい気候では倍の四〇〇〇mg／分／m³である。

イペリット障害の特徴は、その潜伏期にある。暑く湿度の高い時に、液状イペリットで汚染されると一時間、少量のガスにより曝露した場合は一日以上、多量のガスに曝露した時は、六〜十二時間が潜伏期とされる。つまり、多量のイペリットに曝露すればするほど、また気温が高く、湿度が高ければ高いほど、潜伏期は短くなる。

中毒症状は皮膚よりも粘膜に早く出現し、同じ皮膚でも汗腺《かんせん》の多いところに早く出現する。会陰部《えいんぶ》や外陰部、腋窩《えきか》、肘《ちゅう》関節の内側、大腿部《だいたいぶ》内側、頸部《けいぶ》のような軟らかい、常に湿潤になりやすい部位の皮膚は侵されやすい。

初期の皮膚症状は、軽い痒《かゆ》みと灼熱感で、紅斑《こうはん》が生じても最初は激しい疼痛《とうつう》はない。痒みは長時間続き、治癒後も残存する。

紅斑は徐々に現われ、次第に鮮明になり、日焼けと似ているが、真皮に毛細管の充血が見られ、皮膚は浮腫状態になる。重症の障害ではこの皮膚の浮腫は大となり、四肢の可動制限をもたらす。

中等量以上の気状イペリットによる障害では、紅斑部に水疱を形成する。これは表皮の下層の細胞の液状壊死によって生じる。水疱は始めは多発性の帽針頭大《ぼうしんとうだい》で、次第に増大する。水疱は表面に薄い膜があり、周囲は紅斑によって囲まれている。内容液は半透明の黄色で、後に黄色になり、濃稠《のうちゅう》になる。水疱は疼痛を伴い、水疱自体は約一週間で吸収される。

水疱の表面は疣《いぼ》状の疣皮《ゆうひ》を形成し、その下で表皮形成が起こる。しかし破れやすく、通常はびらんを呈する。顔の水疱は五〜八日で治り、下肢、頸部、体幹では二〜四週間、足と外陰部、陰嚢《いんのう》では、治癒がそれよりも遅れる。紅斑は、同程度の日焼けと同じ期間で治癒する。

壊死を伴った重症の傷害では、六〜八週間か、それ以上の治癒期間を要する。重症でもなく、感染もない場合、損傷は表在性であるので、治癒したあとは瘢痕はほとんど残さない。水疱形成以外の箇所は永続性の色素沈着を起こし、水疱のあった箇所は一時的に色素脱失が生じる。

皮膚はイペリットに対して過敏症を呈するため、初回よりも次回曝露のほうが症状は重くなる。

気状イペリットを吸入すると、まず咽頭《いんとう》、喉頭《こうとう》、気管支粘膜に傷害が及び、徐々にそれが発生する。少量の気状イペリットに一回曝露しても、重大な傷害はない。しかし再度または長期になると、進行性肺線維症、慢性気管支炎、気管支拡張症を起こす。

中等度の曝露では呼吸器粘膜が充血し、内層上皮に壊死が生じる。強度の曝露では、壊死した組織によって気管支に樹形の円柱を形成したり、ジフテリア様の偽膜が生じたりする。重症の場合は、肺にうっ血や水腫、肺気腫を起こす。しかしこの肺の変化によって死亡することはほとんどなく、これに二次感染が起こり、気管支肺炎や化膿性肺炎が死因につながる。

こうした呼吸器系の障害は、徐々に増悪し、数日ではピークに達せず、遅れて悪化していく。症状は嗄声《させい》で始まり、次第に無声になる。早期に激しい咳が出、特に夜間に激しくなり、その後は次第に増悪する。熱発して呼吸困難が起こり、胸部では湿性ラ音が聴取される。

回復は徐々で、咳は一ヵ月以上続き、嗄声のような軽い症状は一〜二週間続く。

皮膚や呼吸器系の曝露以外では、稀《まれ》に経口的なイペリット摂取がある。これはイペリットに汚染された食物や水の摂取によって発生し、消化管に壊死と出血をもたらす。

上皮細胞は、空胞形成をし、核の膨化《ぼうか》が見られ、嘔気《おうき》、嘔吐、腹痛、下痢を起こす。

全身症状は、致死量に近い量を摂取した場合に起こり、造血器官が傷害され、白血球減少症とリンパ球減少症が起こる。広範囲に皮膚傷害を受けると全身衰弱に至る。

特殊な例としては、脳震盪《のうしんとう》のような中枢《ちゅうすう》神経症状と、心拍不整のような副交感神経刺激症状も起こり得る。

気状イペリットに曝露しての死亡は、通常ではありえない。しかし高濃度の気状イペリットに長期間曝露するか、除染されなかったか、あるいは皮膚が液状イペリットで広範囲に汚染され、除染が非常に遅れた場合、死亡もありえる。

二、病理所見

イギリス軍の資料も、皮膚、呼吸器、消化管、全身に分けて考察している。皮膚への作用は、潜伏期、紅斑期、水疱期、壊死期の四段階に分かれる。水疱はほとんどの例に生じ、重症例では壊死が真皮に及ぶ。損傷を受けた皮膚は二次感染しやすく、治癒過程で線維化が起こる。組織の再生は極めて遅い。

呼吸器系では、粘膜全体に炎症が生じ、後に壊死を起こす。凝固した浸出性成分とともに上皮が脱落し、偽膜が形成される。厚い痂皮《かひ》をはがすと、赤い肉芽の表面が現れ、肺水腫や、気管支肺胞の毛細血管のうっ血が見られる。粘膜細胞が壊死し、肺胞腔《くう》へ脱落し、そこに炎症性細胞が浸潤する。

細気管支や小気管支の閉塞《へいそく》に伴い、無気肺の部分や、その代償で肺気腫や、広範な場合は気胸が起こる。通常は二次感染によって気管支肺炎が起こる。

消化管では、全消化管にうっ血が見られ、重症では食道と胃粘膜に病変が生じ、粘膜が壊死すると穿孔《せんこう》を引き起こす。

全身の影響で、最も特徴的な所見は骨髄とリンパ組織に見られる。初期に一過性に好中球が増加し、その後は骨髄抑制のため好中球の減少、血小板減少、貧血が起こる。

骨髄抑制が強いときには、肋骨《ろっこつ》、胸骨、椎骨《ついこつ》などの骨髄内部にまで深く侵入し、リンパ組織の低形成はリンパ球減少として現れる。

三、びらん剤イペリットの製法

二つの方法があり、二方法とも起点はエチレンの生成である。エタノールと濃硫酸を混和して加熱すると硫酸エーテルができ、さらに加熱するとエチレンになる。

ガスリー法では、塩素と硫黄を反応させて二塩化硫黄を作り、これに活性炭を浮遊させて攪拌《かくはん》しながらエチレンを通す。あるいは二塩化硫黄を四塩化硫黄で希釈してエチレンを作用させればイペリットができる。
ヴィクトル・マイヤー法では、塩素とエチレンを反応させて、エチレンクロルヒドリンを作り、これに硫化ソーダを作用させてチオジグリコールにする。ついでこれを塩酸で処理するとイペリットができる。

以上の報告書は、今警部補にとって余りにも詳し過ぎるのかもしれなかった。とはいえ、ここまで詳述した文章を残しておけば、衛生学の講義で将来使うのには便利だった。これをもとにスライドを二十数枚作るだけで、九十分の授業には充分だろう。イペリットの患者など、医師になっても遭遇することは、万が一にもないかもしれない。しかしこんなやっかいな毒物が世の中にある事実を知っておいても、損はしないはずだ。

今警部補から感謝の電話がはいって、ひと月ばかり経った頃、今度は正式に警視庁刑事部捜査第一課長の寺島警視正から、捜査関係事項照会書が届いた。

照会事項は、ひとりの女性信徒の熱傷がイペリットによるものか、医学的に検討して欲しいという内容だった。もちろん大部の提示資料が添えられていて、見ただけでその分量の多さにうんざりした。

提示されていたのは、その女性が負傷した直後に診察した教団医師の林郁夫の供述調書、同じくそのときの看護婦の供述調書、入院から退院まで治療した教団医師二人の供述調書とともに、診療録の写しももちろん添付されている。この写しは、警視庁捜査第一課派遣の大崎警察署の巡査が、今年一九九六年一月四日に入手していた。さらに二月二十日付で、同じく荻窪警察署の巡査部長が撮影した、女性患者の左手の写真、左手熱傷痕の接写写真、全身の写真などが、全部で八枚加えられている。

しかし写真を一見してみて、どこかこれまでの英軍資料にあるイペリットによる皮膚症状とは違うような気がした。ともかく正確な判断を出すには、皮膚科の医師の助言を得るしかなく、皮膚科の堀教授に電話を入れた。今年の暮に退官予定の堀教授は、熱傷の専門である山村講師を推薦してくれた。さっそく翌日、診療録の写しと写真を持って、外来診療を終えた山村講師の許《もと》を訪れた。

「沢井先生、わざわざすみません。昨日堀先生からイペリット云々《うんぬん》と言われて、びっくりしました。イペリットの皮膚傷害など見たこともなく、教室の過去のデータにも、イペリットの患者はいません。それで図書室にある蔵書で、写真を見ました。悲惨なものですね。あれほどひどい症状は、皮膚科でもなかなか見られるものではありません」山村講師が一気にしゃべる。

「本当に申し訳ないです」

「いえいえ、沢井先生こそ大変ですね。あのオウムが、サリンのみならず、こんなものまで作っていたのですか。悪業も想像を絶しますね。分かりました。資料は今日一日お預りして検討します。明日の朝、結果を連絡致します。八時頃はお手すきでしょうか」

「はい、出勤しています。教授室にでもお電話いただければ」

内線番号を伝えて、皮膚科外来を出た。やはりこうして病院の外来にいると、かつて臨床の現場で忙しく立ち働いていた頃がなつかしくなる。衛生学の教授になってからは、神経内科の臨床生活の比重が軽くなっていた。

山村講師の電話は、翌朝八時前にはいった。

「先生お早うございます。検討させていただきました。あれはどう見ても熱傷のように思います」

「やはり熱傷ですか」

「写真も不鮮明で、診察と治療にあたった医師も皮膚科の医師ではないので、記述も不正確です。そのうえで、あの症例の右半身は、手から上肢、さらに側胸と腹にかけてが熱傷です。左も手から前腕までが熱傷です。特に左の上肢は、比較的境界鮮明な熱傷を負っています。症例は入浴中だったのですね」

「そのようです」

「とすれば、右半分の上体がお湯に浸《つ》かりながら、両上肢で浴槽のどこかの部分を摑《つか》むかどうかして、身体を浮かせるような体勢であったのであれば、充分理解できます。手掌は表皮が厚いので、他の部位よりは熱傷を受けにくくなります。写真ではそれが見てとれます」

「ありがとうございます。最初に診察した林郁夫は〝擦過傷のような印象〟と記していたと思いますが、これについてはどうでしょうか」

山村講師が林郁夫の名を知っているかどうかは分からなかったが、あえて口にした。

「衣類を身につけての熱傷では、擦過傷のような傷はつきません。しかし衣類を引っ張るとかして、操作が外から加えられれば、患者の皮膚に擦過傷のような傷が加わることは考えられます。熱傷の部位が片寄っているのも、衣類をつけて入浴したり、お湯を浴びていたとすれば説明がつきます」

「では、イペリットの可能性は皆無だと？」

「蔵書では、イペリットでは小型の水疱が多発し、水疱内容を吸引してもすぐ貯留し、潰瘍化して治癒が遷延《せんえん》することが記載されています。熱傷治療に慣れた医師なら、これは普通ではないと気づくはずです」

「やはりイペリットは除外できますね」

「でもこれも蔵書によると、イペリットには人体の免疫を感作する能力があります。ですから患者の末梢血《まっしょうけつ》を、イン・ヴィトロでイペリットに対する特異的リンパ球が存在するかどうか、あるいはごくごく薄く希釈した溶液を用いてパッチテストをすれば、確認できます」

パッチテストなど、さすが皮膚科の専門医ならではの意見だった。山村講師に礼を言う。

「意見書は先生との共著にさせていただきます。提出前に先生のところにファックスを入れるので、加筆訂正をお願いします」

「先生、それで結構です。資料は教室の事務員に持たせます」

「ありがとうございます」

「沢井先生、お礼を申し上げるのはこっちです。思わぬところでイペリットの勉強をさせていただきました。こんな機会がなければ、一生イペリットとは無縁でした」

逆に山村講師から言われて恐縮するしかなかった。

意見書は山村講師との連名にし、二日後に次のようにまとめ上げて、今警部補気付で返送した。

提示資料の診療録と供述記録、および患者の熱傷接写写真のみからの検討であり、診察・治療にあたった医師と看護婦が熱傷治療に経験豊富であったとは言い難く、さらに写真も不明瞭《ふめいりょう》であり、記載された内容が患者の当時の皮膚の状態を正確に伝えているかにも疑問が残る。

結論：患者に見られる熱傷は、温熱修行中の熱傷でも充分に生じ得るような症状であり、部位と分布もありえないものではなく、その後の治療に対する反応についても、熱傷によく見られる症状と経過を示していることから、湯による熱傷（低温熱傷）と考えて矛盾しない。

もちろん他の原因、例えば化学物質による熱傷を否定できないものの、それを積極的に疑わせるような記載は発見できない。浴槽内にイペリットが混入していたり、あるいは浴場にイペリットが噴霧されていた可能性があるかどうかについては、一般的に考えると以下の理由で否定的である。

一、イペリットによる障害によく見られるとされる気道や眼などの粘膜症状が全くなかったと思われる。

二、膝窩《しっか》や鼠径部《そけいぶ》のような間擦部位に病変が存在しない。

三、病変部位に後に出現するとされる色素沈着などの変化が発現していない。

ただし、イペリットに曝露されたか否《いな》かを免疫学的に調べる方法はあるので、患者の協力が得られれば、感作されているか否かをテストすることはできる。しかしその場合でも、この患者が別の場所でイペリットに曝露されていれば、陽性が出るので決め手とはならない。

説明‥

一、本患者の火傷部位は、浴槽での転落熱傷でもありうる。

本症例には、右は手から上肢さらに側胸・腹にかけて、左は手から前腕までに熱傷がある。特に左上肢は比較的境界鮮明な熱傷を負っている。これが温熱修行であったとすると、右半分の上体がお湯に浸かりながらも、両上肢で浴槽のどこかを摑むかうかして、身体を浮かせるようにした体勢であったとすると理解不能ではない。手掌は表皮が厚いので他よりは熱傷を受けにくくなっていて、そのこともよく理解できる。

さて入浴中の意識消失による熱傷では、浴槽から出た後に意識を失うことがある。あるいは既に意識を失いかけていても、反射的に浴槽から脱出しようとするかもしれない。いずれにせよ、そのような場合には、浴槽にもたれかかるようにして倒れやすく、前記のような不自然な体勢をとるとは言えない。

体軀《たいく》に部分的に熱傷を生じる前記以外の場合としては、例えば浴衣《ゆかた》のような衣類、あるいは水着等を身につけていた場合がある。もしそうであれば、医師の表現の中の「擦過傷のような印象があった」という記載は理解しやすい。あるいは「擦過傷のような」傷は、患者を引っ張ったり、ずらしたりしたときに二次的にできたものかもしれない。とりわけ左前腕の境界鮮明な病変は、助けようとして無理な外力が加わったと考えると理解しやすい。
二、片側に偏《かたよ》ったような熱傷は、条件が揃《そろ》えばあり得る。
前述したように、衣類をつけて入浴したり、お湯を浴びたりした場合、あるいは意識障害を伴う場合など、意外な部位に症状が出たり、熱傷の部位が偏ったりすることはあり得る。

また圧を加えて熱すれば、その部位には周囲より深い熱傷が生じるし、皮膚をずらす外力が作用すれば、周囲より深い熱傷を形成することは大いに考えられる。
三、イペリットによるとの疑いをもつに充分の記載がない。
文献によれば、イペリットの障害は主として表皮の壊死性変化である。そのため臨床的には、小型の水疱が多発したり、後に色素沈着が見られる。しかし供述調書や診療録の内容からは、イペリットによる化学熱傷を疑わせる症状は見出《みいだ》せない。また前述のように浴場での被曝であるとすれば、イペリットの障害で必発の上気道や粘膜症状が生じておらず、間擦部位にも病変がなく、色素沈着もないことから、否定的である。

このように、提示された信者が、イペリットによる熱傷かどうかについては、ほぼ否定された。しかしその後、今警部補から送付された土谷正実と、その部下だった〝厚生省〟の森脇佳子の供述調書からは、教団がイペリットを生成したのは確実である。

イペリットは一昨年の六月から年末頃までに、三回作られていた。一回目は一九九四年六月に土谷正実と〝法皇内庁〟の佐々木香世子が合成した。二回目もそのあと土谷正実と部下によって作られる。森脇佳子は土谷正実の指示で濃縮作業を行った。量は数十ccである。三回目が年末で、〝科学技術省次官〟の渡部和実ら数人がかりで作成した。このとき森脇佳子は反応の色の変化を見ていた。製造した量は六〇〇から九〇〇キロという大変な量だった。

製造場所はいずれもクシティガルバ棟であり、製造方法は二通りあった。

ひとつはオートクレーブ法で、オートクレーブ内に硫黄を入れ、温度センサーを使い加熱して硫黄を溶かしたあと、塩素とエチレンガスを加圧下で流し込んで反応させる。

もうひとつは四塩化炭素法で、まず三つロフラスコに四塩化炭素と硫黄を入れ、氷水で冷却しながら、マグネティックスターラーで攪拌する。その後、塩素ガスとエチレンガスを流し、液体を合成したあと、成分を分離する。

これらのイペリットは、昨年一月一日の読売新聞のスクープ後、三、四日して渡部和実たちが、第七サティアンの横の井戸に投棄した。二回目に作った少量のイペリットのみは、森脇佳子が次亜塩素酸ナトリウム溶液で分解した。

第十二章　温熱修行の犠牲者

イペリットではなく、ただの熱傷だとした意見書を送付した直後、今警部補からファックスがはいった。まだ意見書は先方に届いていないはずなので、奇妙に思いながら読むと、また別件での意見書依頼だった。余りにたて続けの依頼なので気が引け、電話ではなくファックスで連絡したのに違いなかった。

果たして翌日、速達書留で捜査関係事項照会書が、いつもの寺島警視正名義で届いた。以下の文面を読んで、これこそ紛れもなく火傷ではないかと直感する。

左記提示資料から、「温熱修行（四七〜五〇℃）中（中村徹氏の死亡原因から）の温熱の全身への影響」について、医学的に検討の上ご意見をお願いします。

なお、ご意見は意見書をもってご回答をお願い致します。

教団が信者を熱湯風呂に入れて修行させているのは聞いてはいた。それがそのまま温熱修行と言われていたのだ。信者にしてみれば修行なのかもしれないが、傍目には温熱地獄であり、やはり犠牲者が出ていたのだ。

同時に、かつて生理学の堀下教授とともに鑑定した熱型表を思い出した。あの奇妙な熱型表は、教団施設を強制捜査した際に押収されていた。これは動物実験のデータなのか、人間でのデータなのかを調べて欲しいというのが、鑑識課からの依頼だった。結果は人間のデータだった。直腸温と口腔《こうくう》温でのデータだったはずで、四二度まで体温が上がっているのを見て、正気の沙汰《さた》ではないと思ったものだ。

照会書に添えられた資料は、林郁夫の供述調書が二通あるのみで、熱型表はおろか患者の写真もない。二通の供述調書を読んで、これは再び山村講師の力を借りなければどうにもならないと直感する。

さっそく皮膚科医局に内線を入れ、山村講師につないでもらう。幸い手術中ではなく、病棟での診察中だった。

「先生、またお力添えをお願いします」

受話器を持ちながら頭を下げる。「前回に続いて熱傷の患者です」

「またオウムですか」

山村講師が驚く。「沢井先生も本当に大変ですね。どんな患者ですか」

「温熱修行というのは、聞いたことありませんか」

「いえ知りません」

「熱い風呂に入れて修行させるやり方です」

「熱湯風呂ですか。あれは危険ですよ。サウナならいざ知らず」

「その修行中の死亡例で、カルテも何もありません。ただ教団医師の林郁夫の供述調書があるのみです」

「患者の写真もありませんか」

「ないです」

「分かりました。夕方六時過ぎには手が空きますから、先生の教室に行かせていただきます。先生に用事がなければですが」

「お願いできますか。教授室にいます」ほっとして受話器を置く。

山村講師は六時半頃、教授室まで出向いてくれた。おそらく衛生学の教授室にはいるのは初めてだろう。壁にぎっしりと並べられた資料と書物をしばし眺め回したあと、棚に近づいた。

「これらはみんなオウム関係の資料ですか。松本サリン事件だけでも、こんなに」

山村講師が振り返る。「先生のサリン中毒に関する論文も読ませていただきました。まさかこんなことで僕までが駆り出されるとは思ってもみませんでした。恐しい時代になったものです」

「確かに」

頷《うなず》くしかない。山村講師に坐《すわ》ってもらい、供述調書をさし出す。山村医師は表紙をしげしげと見て、顔を上げた。

「前回もそうでしたけど、供述調書がこんなものだとは知りませんでした。この林郁夫というのは、教団医師のトップですよね」

「そうです。〝治療省大臣〟です」

「よくこんな教団にはいりましたね。僕には理解し難いです。いくら事情があるとはいえ」

そう言いつつ、山村講師は頁《ページ》を次々とめくる。「先生、付箋《ふせん》はありますか。重要な頁を分かるようにしたいです」

もっともであり、付箋を使ってもらう。全部で七、八ヵ所に付箋がつけられた。

「林医師の供述では、四七・五度の温湯に十五分はいるのが温熱修行なのですね。これは相当熱いですよね」山村講師が念を押す。

「そうです。問題になるのは熱中症ですが、修行前に〝サットヴァレモン液〟を一リットル飲ませていますから、発汗による循環血液量の減少は予防できたと考えられます」

「この〝サットヴァレモン液〟とは何ですか」

「知りません。レモン水のようなものでしょう。あの教団では、何かにつけサンスクリットか何かの片仮名名称をつけていましたから。ありがた味を出すためですよ」

「なるほど。単にレモン水というより、サットヴァレモン液と言ったほうが、まじない効果はありますからね」

山村講師が苦笑する。「問題は、林医師が言っているように、体表の三分の二に紅《こう》斑《はん》が生じ、翌日の診察では水疱《すいほう》化している点です。これは五〇度近い湯だったのではないでしょうか」

「やはりそうですか」

「教科書的に言いますと、四五度の湯に一時間浸ると、組織が壊死《えし》を起こします。七〇度なら一秒です。温熱修行が十五分としても、熱傷はありえます。しかも低温熱傷の場合、熱傷の兆候は遅れて発現します。修行を終えた時点では、患者の意識は保たれているので、重篤《じゅうとく》な熱傷には見えなかったのでしょう。熱傷の専門医師以外では判断は難しいでしょう。この林医師の専門は確か心臓外科ですよね」

「そうです」

「そうすると無理もないです。おそらく初期の段階で身体《からだ》の三分の二の体表で、皮膚の数ミリの深さまで、少なくとも四〇度以上の平衡温に達していたはずです」

山村講師が胸ポケットからメモ用紙を出して、何か書きつける。「体表の三分の二の熱傷だとすると、バクスターの公式にあてはめて、体重を五〇キロとして、四×六〇×五〇で一万二〇〇〇cc、これが最初の二十四時間でしなければならない輸液量です」

「そんなに大量にですか」呆気《あっけ》にとられる。

「沢井先生、熱傷の初期治療とはそんなもので、熱傷以外ではほとんど実施されません」

「林郁夫は人工皮膚を貼《は》りつけたりして、皮膚移植も考えたようですが」

「この時点で、人工皮膚など、屁《へ》の突っ張りにもなりません」

「屁の突っ張りですか」

若いのに似合わない古風な言い方に、妙に実感がこもっていた。

「ともかく初期治療は大量輸液です。その意味で、オウムの林医師は初期治療に失敗したと言えます」

なるほどと納得するしかなかった。皮膚科の専門医師、それも熱傷の専門家ならではの意見だった。

「山村先生、これを明日中にまとめて、ファックスしますので、また加筆訂正をお願いします」

「はい。しかし沢井先生の文章に朱を入れるなど、本当に恐れ多いと思っています」

「いえいえ、こればかりは加筆訂正していただかないとどうにもなりません」

教授室から送り出しつつ礼を言う。

「先生、五月に医学部内でワークショップを開かれるようですね。学内掲示板で見ました」

「そうです。テーマは化学兵器防御対策になっていました」

「そうです。米国からも第一人者を招いています」

「ぜひ、聞きに行きます」

山村講師が言い、丁重なお辞儀をして出て行った。

机に戻って、溜息《ためいき》をつく。ワークショップの掲示は出したものの、予算はほんのわずかだった。米国から招くアンソニー・トゥー教授にしても、ビジネスクラスの航空券は用意できず、謝礼も些少《さしょう》だった。それでもトゥー教授からは快諾の返事をもらっていた。他のシンポジストも同様で、飛行機代とホテル代、そしてわずかの謝礼しか払えない。医学部の援助は少なく、教室予算からは少ししか出せず、半分はポケットマネーから補う覚悟を決めていた。

意見書は翌日山村講師にファックスをし、朱を入れてもらったものを清書して、夕刻速達で今警部補に送った。もちろん山村講師との連名だった。

意見書

温熱修行について、林郁夫は次のように供述している。

〝私は同じ方法で摂氏四八・三度まで上昇させて実施させていましたが、この間皮膚に熱傷は一度もありませんでした。十五分の入浴中は摂氏三八・五度あたりの体温です。風呂を出た後、体温の上昇が続き、最高で摂氏三九度から四〇度の体温になるという状況でした。また、この最高体温は十分から十五分続いたと思います。大体三十分から一時間横になって瞑想《めいそう》を続けていると、身体が少し冷えたなと感じるくらいになり、データ上も温熱前の体温に戻っていました〟

また林郁夫は、自身らの行ってきた人体実験の結果について、次のように供述している。

〝結論として、摂氏四七・五度の温湯に十五分の温熱では、特に老人や癌《がん》患者を含めて、医学的に問題となるような身体的状態を生起させることはありませんでした〟

この温熱修行により起こり得る死因として、熱射病と熱傷がある。
一、熱射病の検討
人間の体温は、間脳の視床下部にある体温調節中枢《ちゅうすう》によってコントロールされている。正常時においては、基礎代謝や運動などで熱産生が行われている。これらは発汗や不感蒸泄《じょうせつ》により熱を放散させてバランスが保たれ、体温は一定に維持される。しかし脱水がひどくなり、うつ熱が続くと、熱放散が追いつかなくなり、さらに体温は上昇し、過高熱状態になる。この過高熱状態は、人体に直接・間接的に影響を及ぼし、各臓器に障害を与える。

温熱療法を含めて、著しく体温が上昇した場合は、通常は熱中症が発生する。熱中症では、著しい発汗による循環血液量の減少をきたす。この循環血液量が著しく減少すると、ショックを起こすことが知られている。これが熱射病である。オウムの温熱修行の場合、〝サットヴァレモン液〟を一リットルも飲ませているので、発汗による循環血液量の減少は、ある程度予防され得たものと思われる。

また発汗に伴ってナトリウムが体外に排泄され、低ナトリウム血症が起こる。このときには痙攣《けいれん》などが出現し、熱痙攣と呼ばれている。オウムの修行信者が飲用する

〃サットヴァレモン液〃にはナトリウムが加えられており、熱痙攣も予防し得たと考えられる。

体温が四一度を超え、それがある程度持続した場合、体温調節中枢の機能が破綻《はたん》して、熱射病と呼ばれる重篤な影響が出現する。この熱射病は、熱中症のうち最も重症の状態をさす。この状態では呼吸・循環障害、意識障害、発汗停止から脳浮腫《のうふしゅ》、腎不全、肝不全、播種《はしゅ》性血管内凝固を次々と起こし、最終的には多臓器不全で死亡する。

この熱射病の発症には、各個人の熱への馴化《じゅんか》、肥満、循環器や消化器疾患その他の疾患の存在、食習慣、年齢等の要因が大きく関与し、単なる体温上昇のみで発症するものではない。

オウム真理教の温熱修行の場合、体温が三九度から四〇度になっているものの、大方は十分から十五分で下降しているようなので、体温調節機能は破綻せずに回復していたと考えられる。

本症例の中村徹氏は、一九九四年七月三十一日か八月一日に死亡したとされている。中村徹氏の病状に関しては、林郁夫の供述に頼る他なく、まずは前述の熱射病が問題となる。しかし熱射病としては、最初に意識障害が認められておらず、発汗の停止も確認されていない。熱射病では高度の意識障害と昏睡《こんすい》をきたす。中村徹氏の場合はその記載がなく、死因として熱射病の可能性は低い。

二、熱傷の検討

林郁夫の供述によると、中村徹氏は一九九四年七月中旬、温熱修行を受けた。温熱修行直後の診察時、顔色は白っぽく、身体は乳房より上部は白色、下部はピンク色となっており、温熱修行をした後に必ず見られる皮膚の状態を示していた。熱傷の程度については、〝熱傷があってもせいぜい二度位であったと思われます〟と述べている。意識は保たれており、呼びかけには応答していた。血圧その他の全身の理学的所見には、格別の問題はなかった。

熱傷に対する治療は、第一日から行われていた。〝熱傷に対して軟膏《なんこう》を塗布したり、豚や蟹殻《かにがら》から作った人工皮膚も用いたりしたが、食い止めることはできませんでした〟と林郁夫は述べている。翌日診察したときには、手にも水疱が出現していたので、熱傷の範囲の広がりや、感染による皮膚障害の悪化、さらには腎障害などの全身的影響の出現を気にしていた。その後に診察したときは、尿量が著しく減少しており、乏尿の状態を呈していた。これは腎機能が著しく障害されている事実を示しており、腎不全であったと断定できる。その他に肝不全も加わっており、最終的には多臓器不全で死亡したとされている。〝皮膚移植も考えたが、腎不全、肝不全の進行が速く、実行は不可能でした〃と、林郁夫は供述している。

以上のように、中村徹氏は温熱修行のため、五〇度近くの湯に浸り、熱傷に罹患《りかん》していたことは明らかである。熱傷はかなり広範囲に広がっていたようで、熱傷による全身への影響が出現してもおかしくない。広範な熱傷によって、腎不全をはじめとする多臓器不全が起こることはよく知られている。

従って、中村徹氏に発症した多臓器不全は、熱傷に起因していると考えられる。
三、熱傷の一般的事項
①熱傷の局所と全身との関係：熱傷は外界からの熱による人体の傷害である。病変は最初に接する皮膚と粘膜の組織破壊で始まる。どのような小さな組織破壊であっても、局所だけで反応が完了することはない。組織破壊が広範囲に及ぶときには、その部位を通過する血液を介して、様々の物質が全身へと拡散して害をもたらす。一方で、局所の病態を改善させようとする全身性の代償性反応が生じ、これが全身への大きな負荷となって状態を悪化させる。これが時には死亡の原因になり得る。
②温度と時間との関係：熱傷は熱量に比例するので、体温との温度差と作用時間が症状を決定する。教科書的には、四五度では一時間で組織が壊死に陥り、七〇度ならば一秒で組織の壊死を生じるとされている。

四、本症例での検討

①熱傷と考える理由：およそ体表の三分の二の範囲に紅斑が観察されているので、熱傷であると判断された場合、非常に重症の熱傷として取り扱わなければならない。しかし少し熱い風呂に長く入っていた場合、その部分だけが紅斑になることは、温泉などではよく経験される。加えて〝オウムで行われていた温熱療法などではよく見られた〟と林郁夫は供述している。また低温熱傷の場合、熱傷の兆候が遅れて発現する傾向があり、この状態で寝かされていた患者を見て、重篤な熱傷と考えなかったとしても、熱傷の専門医師でないかぎり、その判断は困難である。従ってこの医師の過失は咎《とが》められない。

これ以後に生じた事態、すなわち尿量の減少で始まり、多臓器不全に陥って死亡した事実を考慮すると、この時点で既に重症の熱傷であり、その後は不充分な治療を受けた場合の経過を辿《たど》ったと考えられる。

②初期に全く熱傷を思わせる症状を呈さなかった理由：おそらく五〇度という熱湯の中では低温の湯に十五分程度の時間、身体の三分の二を浸した状態であれば、皮膚の数ミリの深さまで、少なくとも四〇度以上の平衡温に達していたと考えられる。十五分間の入浴から出た後でも、体温は上昇し続けたと考えられる。これは上述の

ようにして、皮膚に蓄えられた熱が、皮膚を還流する血液によって全身に運ばれたことによると理解できる。すなわち、一般の熱傷では加熱源から離れると、熱供給の大部分が断たれる。しかし本症例のような長時間の低温加熱に曝《さら》された場合、熱が皮膚に貯留されており、冷やすなどの処置をして皮膚に貯留した熱を除去してやらない限り、しばらくの間体温の上昇は続く。

とはいえ、本症例が湯に浸されていた領域では、熱傷としては比較的小さな温度差による傷害でしかないので、組織の壊死性変化は緩徐にしか進行しなかったと思われる。すなわち、受傷直後には、皮膚温の上昇に対する血管拡張のみであったと理解できる。

③広範囲熱傷に見られる全身症状：その後、組織障害が徐々に進行したとすると、熱傷の範囲は体表の三分の二という広範囲なので、当然ながら熱傷に対する全身性の反応が起きる。

身体の三分の二の範囲の皮膚が熱傷を受けた場合、その皮膚からは様々の血管透過性亢《こうしん》進物質が放出され、循環血液量は急速に減少する。初期の段階で熱傷を疑われなかった本症例では、重症熱傷時に必要な細胞外液の輸液管理が行われておらず、著しい循環血液量の低下をきたして、ショック状態に陥ったと考えられる。

身体の三分の二の範囲の熱傷であると、単純化して Baxter の公式にあてはめると、体重を五〇キロとしても、最初の二十四時間で、四×六〇％×五〇＝一万二〇〇〇 mLの必要輸液量になる。このような大量かつ短時間の輸液は、熱傷以外ではほとんど実施されない。従って本症例では、初期治療に失敗しており、その後ショックに陥ってしまったと考えると、以後の腎不全の発現は非常に理解しやすい。

五、結論

以上のように本症例を検討すると、発汗に伴う低ナトリウム血症、あるいは体温調節中枢の機能が破綻しての呼吸・循環障害、意識障害、発汗停止から脳浮腫、腎不全、肝不全等の重篤な症状が出現し、多臓器不全で死亡したとするには、熱射病の罹患条件である意識障害と発汗停止が確認されていないので、熱射病とは考え難く、それによる多臓器不全をきたして死亡したとは考えられない。

一方で、広範囲の熱傷に基づく全身症状と考えれば、すべての条件が説明できる。従って本症例の多臓器不全は、熱傷に起因したものとして矛盾しない。

後日、この温熱修行による死者は、本症例以外にも四、五例にのぼることが判明した。

第十三章　蓮華座修行による死者

温熱修行の犠牲者についての意見書を今警部補に送付したあとは、年度末の仕事で忙しかった。最も重要な仕事は、医学生の進級発表だった。衛生学ではどんなに試験の成績が悪くても、講義に半分以上出ていれば合格とした。半分に満たない学生も五人いて、これもまた試験の答案を白紙で出さない限り、合格の判定を出した。試験問題はすべて記述式であり、最後の質問に「何か衛生学に関する事項で知っていることを書け」とつけ加えていた。こうすれば、どんな怠惰な学生でも、何かは書くことができる。いわば救済措置だった。

医師の勉学は生涯続く。医学生時代に怠けたからといって、その怠惰は一生続くものではない。患者を診《み》たり、研究をしたりしているうちに、勉強は必ずしなければならなくなる。勉学はそれからでも遅くはないのだ。

四月になって、新年度の準備が忙しくなっているとき、今警部補から電話がかかってきた。

「先生、先月の意見書、ありがとうございました」

相変わらず多忙な様子がうかがえる口調だった。新年度云々《うんぬん》もなく、オウム真理教関連の事件に忙殺されているのに違いなかった。

「また今回も、出家信者の死亡に関して、沢井先生のお力を借りなければなりません。お忙しいのでしょう？」

「ええ、まあまあ」

ここは曖昧《あいまい》に答えるしかない。「また修行死ですか」

「そうです、そうです。前回は温熱地獄でしたが、今回は別の修行です」

「別の修行ですか」確かに教団には、胡散臭《うさんくさ》い修行がいくつも存在していた。

「はい。いうなれば座禅修行による死亡です」

「座禅で死にますか」

「その信者は亡《な》くなっているので、そこのところを先生に判定していただきたいのです」

そうした死亡例なら、適任者は内科の教授あたりだろう。しかし今警部補にしてみれば、他に気安く頼めるところがない。こちらとて、ここまでオウム真理教に関与してきた身にすれば受諾しない選択肢などなかった。

「分かりました」

「ありがとうございます。例によって資料は大部にわたります」

「結構です」実際、資料は多いほどよいのだ。

「助かります。すぐ正式な依頼書とともに送ります」

電話はそこで切れた。またしてもと溜息《ためいき》をつきながら、捜査関係者の労苦がしのばれた。世間ではオウム真理教の事件は終わったものと思われ、関心は教祖の裁判に集中していた。

寺島警視正名義の照会書は、書留で二日後に届いた。死亡したのは女性の出家信者で、その病名と経過、死因の解明が求められていた。

提示資料は六種類あった。女性信者を治療した教団医師の供述調書の他に、実母、信者二人、同じ教団医師からの電話聴取結果報告書、およびその出家女性信者の薬物使用有無についての捜査報告書だった。

業務の合間の時間を利用して資料を読み、ノートを取る。新学期の講義分担表を持って牧田助教授が教授室にはいって来たのは、そんなときだった。

「先生、大変ですね。まだオウムの犯罪は尾を引いているのですか」

「警察にとっては残務整理でしょうね。検察の方は裁判に全力投球で、警察はまだ教団の闇《やみ》の解明が済んでいないのでしょう。こっちは乗りかかった船で、仕方ないです」

「今度はどんな犯罪ですか」

「犯罪ではなく、修行していての死亡です」

「断食かなんかですか」

「どうやら蓮華座《れんげざ》を無理やり組まされていての死亡のようです」

「オウムの信者がやっているあれですね。僕なんかとてもできません。足の骨が折れます」

牧田助教授が眉《まゆ》をひそめる。

「あの状態を続けると筋肉が損傷して横紋筋の融解が起こるでしょう。それからミオグロビン尿症になり、最後は腎不全です」

「クラッシュ症候群の一種ですよね、それは。信者は一生懸命でしょうし、誰か適当なところで止められなかったのですかね」

「危険性についての知識がなければ無理でしょう。前回の意見書は、温熱修行中の死亡でした。いわゆる熱傷です。警視庁から依頼されたのは一名でしたが、犠牲者は他にもいたようです。出家しているので、死んだとて闇から闇に葬《ほうむ》られます」

「毒ガスは作るし、ボツリヌス菌や炭疽《たんそ》菌まで作って、そのうえ、自動小銃みたいなものも出来上がる寸前だったのでしょう。裏では毒ガスと生物兵器で、表のほうでは苛酷《かこく》な修行をやらせての死亡ですか。やること為《な》すことが支離滅裂です」口を尖《とが》らせて牧田助教授が言う。

「生物・化学兵器作りも、自動小銃作りも、修行の一環とみなされていたのだと思います」

「人殺しの武器作りが修行ですか」

牧田助教授があきれたように首を振る。「世間ではサリンばかりが取沙汰《とりざた》されていますが、その他の悪業についても、暴《あば》いておく必要があります。先生、何か手伝えることがあったら、言いつけて下さい」

牧田助教授が言ってくれる。松本サリン事件以来、牧田助教授には資料集めや共同執筆などで助けてもらっている。警察からの依頼で忙殺されるなか、教室の運営がうまくいっているのも、丸投げされた牧田助教授が嫌な顔ひとつせずに、仕事をこなしてくれているからだった。これ以上、雑事を負わせるのは罪作りだった。

意見書は以下のようにまとめて、今警部補気付で発送した。

一、既往歴について

実母からの電話聴取結果報告書によると、本症例は一九九四年三月末に教団に出家するまで同居しており、既往歴については「若干の貧血気味くらいで、病気や投薬、治療など知らないし、聞いてもいない」という。

二、病歴・経過について

オウム真理教所属の主治医の供述調書によると、本症例は一九九四年九月末頃、オウム真理教付属医院（通称ＡＨＩ）に、林郁夫医師の指示で、上九一色村の施設から運ばれて来た。そのときの状態をＡＨＩでの主治医は次のように供述している。

〝入院時に意識はあったが朦朧《もうろう》とした状態でうわ言を言っている感じで、私の質問に対する回答も的外れのようでした。脈拍や呼吸は特に問題はなかったようですが、極度の脱水と尿が出ない状態で水分が少なく、血がドロドロとした濃い状態で、採血にも支障をきたしたものでした〟

このため主治医は急性腎不全の症状と判断し、血液を検査会社に依頼する。結果はＢＵＮ（尿素窒素）、ＣＲＥ（クレアチニン）、ＣＫ（クレアチンキナーゼ）、ＧＯＴ、

GPTなどの数値が高く、主治医は急性腎不全と急性肝不全だと診断する。そのための治療が開始された。

〝入院当初は、脱水状態を回復するための点滴、臓器の血液量を増やすための薬として、プロスタグランジン、ドーパミン、利尿剤や、肝臓の細胞が壊れないようにするための強力ミノファーゲンシーを投与していました。その後、やや回復したのち、また悪化し、人工透析が必要なくらい、腎機能が低下したのです。人工透析は、当初は週に一回、その後は週に二、三回になっていたと思います。そのおかげで、一時意識を回復して、会話ができる状態まで回復したのですが、身の回りのことを全部自分でできるまでの回復ではなかったのです〟

〝会話は病気に関することだけであり、修行に関することは聞いていないのです〟

〝私が第六サティアンに行った日は、一九九四年の十二月の十日かと思います。そのとき主治医も交替しました。私がAHIから上九に移動して一～二週間後だったと思います。私のところに交替した主治医から電話がかかったのです。容態が変わった、どうしたらよいのでしょうかと言い、下血がある、血圧が低下した、意識が朦朧としていて危篤《きとく》状態だと伝えてきました。

私はすぐ第六サティアンからAHIに急行したのです。AHIに到着して診察したところ、手遅れの状態であり、治療としては血圧を保つため輸血を行ったくらいです。しかし私がAHIに到着して数時間後に死亡してしまいました。死亡は十二月中旬か下旬頃で、腎不全の病気により死亡したのは間違いありません〟

三、修行状況について

①元オウム真理教〝厚生省〟所属の出家信者に対する電話聴取結果報告書は、次のようになっている。

〝一九九四年九月頃と思うが、厚生省次官のK先生が、少しきつめの蓮華座修行をしてみたら、と下命し、本人もやってみると承諾し、倉庫二階の空いている場所で、きつめの蓮華座修行に入った。通常の蓮華座は、右足首を左腿《ひだりもも》の上、左足首を右腿に組む胡座《あぐら》で、さらに両膝《りょうひざ》を内側に合わせるようにする。きつめの蓮華座修行は、通常の蓮華座から両膝の部分を組み紐《ひも》で縛り、内側に紐を絞り込むようにして修行する〟

〝ところがこの女性は、小柄で足が短いために両膝がなかなか内側に入らず、修行が進まなかった。頑張り屋の性格なので、きつめの修行を承諾した。このとき両膝の紐を誰が縛ったかは分からない〟

〝このときの少しきつめの蓮華座修行は、二、三日間だったと思う。縛っての蓮華座は、通常十五分から二十分もすると苦痛になる。本人は負けず嫌いの性格だったので

我慢できたと思う〃
〃脚が動かなくなった後に、一週間か十日位は、同じ修行をしていた四名が交代で下の世話をしていた。その後、この人は野方のＡＨＩに入院した〃
②同じく〃厚生省〃所属の別の出家信者に対する電話聴取結果は、次のとおりである。
〃この女性信者が特別な蓮華座修行をしているのを、一九九四年の夏か秋頃の昼、富士の倉庫二階で一回見たことがある。この修行を正面から見たとき、かなり苦しそうな表情をしていて、両手は身体《からだ》の後方に回していて見えなかった。胡座を組み、両膝部に紐が巻きつけてあった〃
〃自分の体験と他の人の話から、この人の修行形態を推測すれば、多分両手首を身体の後方で縛り、膝の紐は内側に絞り込んでいるはずである〃
四、薬物使用の有無について
捜査報告書によると、〃治療省大臣〃の林郁夫は、〃死因は腎不全です〃、〃原因はサティアンで蓮華座修行中、下腿《かたい》血行不全となり、腎不全で死亡〃としている。

ＡＨＩの主治医は、〃病気の原因は誰からも聞いていないし、確認もしていない〃、〃イニシエーションによる薬物の影響と思っていた〃と述べている。

また〝厚生省大臣〟の遠藤誠一は、〝AHIで治療中に様々な薬を打たれて死亡したと聞いている〟、〝薬物の投与実験か、チオペンタールを使用したニューナルコをかけられたものと思っている〟と供述している。

以上を勘案すると、遠藤誠一の供述は思い込みであり、主治医の供述も推測に過ぎない。林郁夫の供述が最も真実に近いと思われ、この出家女性信者が薬物のイニシエーションを受けたとは考えにくい。

五、病名について

AHIの主治医に対する病状と病名の電話聴取の結果によれば、〝当時の自分は、病気は薬物の影響と、修行の場所の高温多湿が原因と思っていた〟と述べている。さらに〝入院当初は三八度から三九度の高体温であり〟、〝熱中症については、特別認識しておらず〟、〝症状と血液検査から総合的に判断して、横紋筋融解症から腎不全、肝不全になったと判断している〟と言っている。

六、検査結果の分析について

一九九四年九月二十九日に提出された臨床検査では、尿検査で尿蛋白《たんぱく》が卌と強陽性で、尿潜血反応も卌であった。末梢血《まっしょうけつ》では特に異常は認められない。

しかし血液生化学検査では、GOTが四五三IU／L（正常一〇〜四〇）、GPTが六九七IU／L（正常五〜四〇）、LDHは七九〇〇IU／L（正常二〇〇〜三八〇）、CKは一三万七二五〇IU／L（正常六〇〜二〇〇）、クレアチニンは八・三mg／dL（正常〇・五〜〇・八）、尿素窒素は一三〇mg／dL（正常八〜二五）、尿酸は九・四mg／dL（正常三・三〜八・〇）、カリウムは六・一mEq／L（正常三・四〜四・七）と、いずれも明らかな上昇を示している。

特に目立つのはCKの著しい上昇であり、GOT、GPT、LDHなどの筋に由来する酵素もすべて増加している。この高値から、高度の筋肉の崩壊が起こったと考えられる。

尿素窒素やクレアチニンの上昇からは腎障害、GOTとGPTの上昇からは、肝障害も併発していたことがうかがわれる。

二日後の十月一日には、GOTは七二、GPTは二九二、LDHは四五五〇、CKは四万九二五〇と低下傾向を示している。しかしクレアチニンは九・二、尿素窒素は一三〇と上昇したままである。これは筋障害は改善傾向にあるものの、腎障害は進行し、高度の腎不全（尿毒症）が存在していたと分かる。

十月三日には、GOTは四〇、GPTは一二九、LDHは三五二〇、CKは一万六五六〇と低下している。しかし尿素窒素は一四〇、クレアチニンは一〇・五と、さらに上昇している。

十月五日には、GOTは二六、GPTは七九、LDHは二六〇〇、CKは七五七四と、さらに低下する。この頃、透析治療が行われたためか、尿素窒素は七四、クレアチニンは六・一、尿酸は五・八と尿毒症の改善が見られた。末梢血では、白血球の増多と貧血が認められた。

十月七日には、GOTは二七、GPTは七一、LDHは二三七五、CKは三三二五と低下を続け、尿素窒素は六二、クレアチニンも五・八と改善していた。

十月十一日には、GOTは五一、GPTは一九、CKは七五一とさらに改善、尿素窒素は八〇、クレアチニンは六・二と、やや悪化している。白血球増多と貧血も見られた。

十月十七日には、GOTとGPTがともに正常化し、CKも二六六と正常値に近くなる。一方、クレアチニンは八・六、尿素窒素は一〇四と再び上昇している。

十月二十日には、CKは一七二と正常化する。しかしクレアチニンは一〇・三、尿素窒素は一五五、尿酸一一・五と尿毒症の悪化が見られる。貧血も多少増悪《ぞうあく》している。

十月二十四日には、CKが五六、クレアチニンは一〇・六、尿素窒素は一五五で横《よこ》這《ば》いである。LDHは四二〇になる。

その後、透析治療が行われ、十月三十一日にはクレアチニンは八・六で、尿素窒素一二一、尿酸七・三と多少改善した。十一月四日には、クレアチニンは五・六と低下し、尿素窒素は一八五と増加していた。十一月七日にはクレアチニンは四・五、尿素窒素一六〇であり、貧血は持続していた。十一月十六日には、クレアチニンは四・六、尿素窒素は一九五であった。白血球は増加し、貧血は持続していた。

十一月二十五日には、GOTは七〇、GPTは九七、LDHは六一〇と再び上昇し、CKは四八と低いままであった。クレアチニンは二・八、尿素窒素は一一二であった。十二月二日には、GOTとGPTは正常、クレアチニンは四・九、尿素窒素は二五五と悪化し、白血球も増加、貧血が認められた。

最後の検査となった十二月八日では、クレアチニンは四・〇、尿素窒素は一七〇、尿酸は八・二、白血球は二万一九〇〇と著しく増加し、赤血球は二二五万と貧血を呈していた。

七、総括

①病名

以上の臨床所見から見て、CKの著しい上昇があり、GOT、GPT、LDHなどの筋に由来する酵素が上昇していた事実から、筋の崩壊が急性に発症したことがうかがわれる。本例では、筋に由来する尿中のミオグロビンの検査が行われておらず、ミオグロビン尿症は明らかにされていない。しかし主治医が認めているとおり、横紋筋融解症の可能性が極めて大きい。

この横紋筋融解症は様々な原因で発症する。高温・多湿の環境で発生する熱中症でも起こる。本例は入院時に高熱が見られており、その可能性は完全には否定できない。医薬品の服用でも横紋筋融解症は発生する。しかし本例では医薬品の投与は確認されていない。

本例で最も可能性が高いのは、蓮華座修行による横紋筋融解症である。長時間同じ姿勢や、無理な姿勢をとることに起因する横紋筋融解症は、近年相次いで報告されている。特に本例は「きつめの蓮華座修行」をしていたことが確認されており、このような異常姿勢を続けたために、横紋筋融解症を発症したと考えられる。

②経過

本例は、最初に横紋筋融解症の所見が前景に出ているものの、他の症例報告同様、その後徐々に改善し、消失している。

横紋筋融解症では、筋の崩壊によって血中に放出されたミオグロビンが、直接腎機能を障害して、急性腎不全が起こることはよく知られている。

本例で、最初の時点から認められていた腎機能障害は、次第に悪化し血液透析を必要とするほどの高度の腎不全（尿毒症）になった。幸い血液透析によって腎機能は多少の改善を示したとはいえ、悪化した状態が続いていたようである。

これも横紋筋融解症にしばしば合併する病態で、腎機能障害は経過とともに回復するのが通常である。本例ではミオグロビン尿症が定期的に確認されておらず、血液透析も長期間は実施されていない。

③死因

本例は「きつめの蓮華座修行」によって横紋筋融解症を引き起こし、急性腎不全になり、重篤な状態である尿毒症になり、それが死因に寄与したと考えられる。

横紋筋融解症から腎不全を起こして死亡する例は少なくなく、年々その報告例が増えている。

第十四章　ホスゲン攻撃

蓮華座修行による死亡について意見書を送付したあとの一九九六年四月下旬、医学部学生に対する衛生学の初講義をした。

スライド係として牧田助教授が付き添ってくれた。いつもは女性の助手の役目なのに、ちょうど手が空いているらしく、介添役を買って出ていた。

「医学生の間では先生の講義が有名になっているらしいです。特に第一次世界大戦の毒ガス戦を面白がっている学生がいて、三年生になっても出席している連中が何人かいると聞いています」

「まさか。軍事学校の講義ではないですよ。真面目《まじめ》な衛生学の講義です」

苦笑しつつ反論する。

「前年度は特に、先生が何度かサリンについて講義されたでしょう。それも学生には受けたようです」

牧田助教授が強調する。「今日の講義もホスゲンです。学内の掲示板に張り出しておきましたから、他の医局の先生方も来るかもしれません」

「そうですかね」

「連休明けに開くワークショップ。その前宣伝にもなります」

「何人集まりますかね。せっかくはるばるトゥー先生に来てもらうのですから」

「一応二百人収容の臨床講堂を確保しています。大丈夫です」

牧田助教授はあくまで楽観的だった。

講義室にはいると、なるほど出席率はよい。百人近くはいるので、医学部二年生だけではないのが分かる。中にはスーツ姿の中年の男性もいて、眼が合うと軽く会釈《えしゃく》された。見覚えはあっても誰なのか思い出せない。

牧田助教授がスライドの支度をする間に、マイクを手に取って第一声を発する。

「今日の話はホスゲンについてです。ホスゲンが何か知っている人はいますか」

挙手を促すと、思いがけなく二、三本の手があがる。中程に座った学生を指さすと、立ち上がらないまま大きな声で「毒ガスでーす」と答えてくれた。

「そうです。毒ガスではありますが、現代でも産業の現場では、稀《まれ》に発生する毒ガスです。衛生学でも頭の隅に入れておく必要があります」

産業の現場というのが意外だったのか、へえーという声があちこちで漏れた。牧田助教授が明かりを消して、冒頭のスライドを映し出した。

　ホスゲンの下にPhosgeneと横文字で書かれている。以前は字面《じづら》通りフォスゲンと表記されていたのが、今ではホスゲンと書くようになっていた。

「この横文字から分かるように、ホスゲンは光が生む物質という意味です。化学名は塩化カルボニルで、化学式はこのように、炭素に塩素二つと酸素がくっついたごく簡単な構造をしています。一八一二年、イギリスのジョン・デーヴィーが塩素の性質を研究しているときに、たまたま発見しました。一酸化炭素と塩素の混合物を日光に曝《さら》した際、この物質が生成されたのです。

　強い毒性を持つことが発見されたのは、そのあとです。一方で、ホスゲンは医薬品や染料の製造に欠かせない原料として広く使われてきました」

　ここまでで三枚のスライドを使い、四枚目と五枚目は、その一般的特性だった。

「沸点は八・二度Cで、この沸点未満では無色の液体です。常温常圧では、不燃性気体です。このホスゲンガスは分子量が九八・九二で、空気より重いため、地面に沿って流れます。水とゆっくり反応して塩酸と二酸化炭素になります。

臭《にお》いは刈り取ったばかりの干し草のようで、高濃度になると鼻を刺激して、これが窒息性の臭気となるのです。臭いがする限界濃度は〇・一二五 ppmから一 ppmの範囲です。濃度が濃くなって三から四 ppmで、喉《のど》や眼に刺激症状が出、二〇 ppmになると呼吸器症状が出、肺水腫《はいすいしゅ》を起こします。毒ガスとしてのホスゲンが肺剤と呼ばれているのもこのためです」

毒ガスという単語を発するたび、医学生たちがピンと耳を立てるような気がした。次からが、いよいよ衛生学の内容だった。

「このホスゲンはいろいろな産業で使われているので、戦場ではなく、産業職場でホスゲン中毒が起こります。この事実はみなさんも頭の隅にでも入れておいて下さい」

そう強調してから、スライドを進めた。「ホスゲンは、このとおりイソシアネート類、染料、染料中間体、ポリウレタン製品、ポリカーボネート樹脂などの原料として使われています。従って、これらの製造工程で漏れ出して、中毒が発生します。その実例がこれです」

次のスライドで実際の症例を映し出す。貴重な症例だった。

「この症例は、教え子が勤務している大分県の化学工場で起こったものです。現場でパイプからホスゲンが漏れ出し、最も近くにいた従業員がホスゲンを吸ってしまったのです。幸いこの工場では、日頃からホスゲン中毒については、講習と対応策の実地訓練をしていたので、その男子従業員は現場を離れて上司に報告、工場のラインが一時停止されました。

ホスゲンを吸った従業員を救急車で病院に運ぶとともに、現場を閉鎖し、防毒マスクをつけた専門部署の職員が漏洩箇所を見つけて事なきを得ました」

実際の症例だけに、学生にとっては無関心ではいられないのか、居眠りしている者はいない。次のスライドは、肺を輪切りにしたCT画像だった。

「患者が運ばれたのは、この大企業の附属病院だったので、ホスゲン中毒の症状はよく分かっていました。ともかく重症例では、肺水腫に対する早期治療が必要です。これが入院直後の肺CT像です。明らかに肺全体の透過性が悪くなり、三分の二以上が真っ白の状態になっていて、紛れもない重症の肺水腫です。

このときの症状は、呼吸困難と胸部圧迫感、咳《せき》です。皮膚は蒼白《そうはく》のチアノーゼを呈します。泡のような痰《たん》も出て、色調は淡紅色から深赤色まで様々です。胸部の聴診では、喘鳴《ぜいめい》や水泡性ラ音が明確に聴取されます。こうなると集中治療室で呼吸管理とともに酸素吸入を行い、回復を待ちます。治療が遅れると、通常は肺水腫で死亡します。大前に言ったように、ホスゲンが毒ガスとしては肺剤と呼ばれるのもそのためです。

量曝露《ばくろ》の場合は、肺水腫の前に喉頭痙攣《こうとうけいれん》を起こして、数分で死にます」

次のスライドに切り替える。入院直後と退院時の肺CT画像を並べていた。

「この患者は順調に回復し、三週間後に退院しています。左が退院時のCT、右が先程出した入院直後のCTで、その差は歴然としています。

ホスゲン中毒の場合、致死例はほとんどが二十四時間以内です。二十四時間以上生存すれば、予後も良好で、四十八時間以内に回復が始まります。完全な回復には数週から数ヵ月かかります。途中で感染症の合併を起こさなければ、後遺症は残りません」

ここまで言って、牧田助教授に照明を上げてもらう。ここで何か質問を受けつけておくべきだった。促すと、ひとりだけ手が挙がる。

「ホスゲンが漏れた工場内での除染はどうすればよいのでしょうか」

良い質問で、除染という言葉を使っているのは、よく勉強している証拠だった。

「ホスゲンは拡散しやすく、曝露した場所に残存することはありません。ラインを停止させて、漏れた箇所を修理すれば、それだけですみます。もともとこういう工場では換気装置が完備されているので、除染は考えなくていいです」

当然まだ時間は余っていたので、また明かりを弱くしてもらい、次のスライドに移る。ここからがホスゲンについての本題でもあった。

「ドイツ軍がホスゲンを毒ガスとして最初に使用したのは、西部戦線のフランドル地方においてです。一九一五年十二月十九日だと分かっています。

被害に遭った英仏軍の兵士は、塹壕《ざんごう》内で次々と倒れました。しかし翌年になると、特に英軍の負傷兵治療後送の体制が進み、死者は後送途中や、後送所に着いてから出るようになったのです。

ホスゲンに曝露された兵士は数時間、ほとんど苦しまなかったのですが、後送所で全身の虚脱と呼吸不全で、状態が急激に悪化していきました。当時、治療法は酸素吸入しかありません。しかし充分量の備えはなく、大多数の負傷兵はそのまま寝かされ、回復を待つだけにされました。負傷兵が二十四時間持ちこたえ、四十八時間にわたって肺水腫を呈さなければ、間違いなく死を免れて、数週間以内に回復し、軽い勤務への復帰が可能でした。

逆に回復の望めない傷病兵に対しては、多量のモルヒネが注射され、穏やかな死が強制されました。

一九一六年の二月になると、フランス軍がヴェルダンの攻防戦でホスゲン弾を初めて使用します。イギリス軍も、ホスゲンと塩素の混合ガスで反撃に出ます。これはホワイト・スターと呼ばれて、最終的にイギリス軍の主力兵器になりました。これによってドイツ軍にも多数の犠牲者が出るようになります。

ホワイト・スターで攻撃したあと、あるドイツ兵がイギリス軍の捕虜となり、尋問所に連行されました。当初、そのドイツ兵は、イギリス軍のガス攻撃は何の効果もなかったと馬鹿にしていました。ところが二十四時間後には、死んでしまったのです。

また別のドイツ兵捕虜は、祖国の家族に対して〝元気にしている〟と手紙を書いている途中で息苦しくなり死んでいきました。このくらい症状の発現は遅く、ガスに冒されたのに気づかない中隊も多くいて、これが犠牲者を多数出す原因にもなったのです。あるイギリスの従軍記者の報告では、このようになっています」

そう言ってから、次のスライドに移る。スライドの文字をそのまま読んだ。

「ガス攻撃を受けた塹壕の中では、数百匹のネズミの死骸《しがい》が転がっていた。フクロウも非常に興奮していた。ドイツ軍の後方では、ガスが近づく十五分も前から、鶏や家鴨《あひる》がしきりに騒いだという噂《うわさ》が流れていた。蟻《あり》や毛虫、カブト虫、蝶、さらにはハリネズミや蛇なども死んでいた。雀《すずめ》だけがガスに関係なく遊んでいた」

言い終えると、次のスライドに移る前に、聴衆に問いかけた。

「皆さんは、『西部戦線異状なし』という反戦小説を読んだことがありますか。レマルクというドイツの作家の作品です。読んだことがある人は手を挙げて下さい」

暗い中で二、三本の手が挙がった。なるほどそんなものだろうと納得する。第二次世界大戦ならいざ知らず、第一次世界大戦など、もはや若者の頭にはないのだ。

「この小説には、毒ガスの被害がまるでドキュメンタリー小説のように克明に描写されています」

そう断ってから次のスライドを出す。「これがその一節です。『僕は野戦病院で、恐ろしい有様を見て知っている。それは毒ガスに犯された兵士が、朝から晩まで絞め殺されるような苦しみをしながら、焼けただれた肺が、少しずつ崩れてゆく有様だ』と書いているとおりです」

いよいよ最後から二番目のスライドに移る。第一次世界大戦の戦死傷者の概数を表にまとめていた。

「この表から分かるように、ドイツの兵士動員数は千百万人で、そのうち戦傷者は四百二十万人、戦死者は百七十万人、合計での戦傷死者は五百九十万人です。動員された兵士の二人にひとりは負傷するか死んでいます。そのうち毒ガスによる負傷者は七万二千人、死者は二千三百人です。総死傷者のうちガス死傷者は一・三パーセントになります。

フランスの動員数は八百四十万人、戦傷者は四百三十万人、死者は百四十万人で、三分の二が負傷するか死亡しています。大変な犠牲です。このうちガスによる負傷は十九万人、死者は八千人です。総死傷者に対するガス死傷者は三・五パーセントで、ドイツ軍の三倍近くになっています。

イギリスもフランス以上の兵士を動員しており、八百九十万人で、そのうち戦傷者が二百十万人、死者は九十万人です。およそ兵士の三分の一が負傷するか戦死しています。このうちガスによる負傷者は十八万人、死者は六千人です。総死傷者に対するガス死傷者の割合は六・二パーセントで、フランス軍の二倍に迫る多さです。

遅れて参戦して勝負の決め手となったアメリカも四百二十万人を動員しました。戦傷者は二十三万四千人、死者は十二万六千を数えています。死傷者の割合は少なかった反面、毒ガスによる死傷者の割合はフランス軍の三分の二程度です。ガスによる負傷者は七千百人、死者は千四百人です。総死傷者に占めるガス死傷者は二・四パーセントです。

こうした結果から、第一次世界大戦後に大きな進歩を見せたのが、防毒マスクの開発でした。戦争の副産物と言えます。

それでは最後のスライドです」

時間が迫ったところで、最終スライドを映し出す。「このように、第一次世界大戦において、最初に使用された化学兵器は塩素です。最も恐れられたのはホスゲンであり、毒ガスによる戦死者の八割はホスゲンによるものです。そして最も嫌われたのがイペリット、つまりマスタードガスです。このイペリットについては、いつかまたお話しする機会があるかもしれません。はい、おわり」

期せずして何ヵ所かでパラパラと拍手が起こった。場内を明るくしてもらい、質問を受けつける。前列の端に坐《すわ》っていた中年のスーツの男性がすぐ手を挙げた。

「毎日新聞の古賀と申します。一昨年、一度だけ先生にインタヴューさせていただいた者です。今日は医学部の講義にもぐり込ませてもらいました。大変興味深いお話で、もぐり込んだ甲斐《かい》がありました」

言われて、そうかと思い当たる。松本サリン事件のあと、確かに毎日新聞の取材を受けたことがある。他社からも矢継ぎ早に取材があったので、正確に覚えていないのだ。

「オウム真理教でもホスゲンを作っていて、一昨年の九月、だったと思いますが、フリージャーナリストの江川紹子さんが、ホスゲン攻撃にあっています。あれについて、沢井先生は何かご存じないでしょうか」

いかにも新聞記者らしい質問で、内心嬉《うれ》しかった。

「確かに、江川紹子さんは教団によってホスゲン攻撃を受けています。犯人たちは、玄関の郵便受けから、ホスゲンを噴射しております。江川さんは全治二週間の負傷を蒙《こうむ》りました。幸い命に別状はなく、江川さんはこれを訴えなかったので、立件はされていないのではないでしょうか。

しかし、教団がホスゲンを生成した事実は、〝第二厚生省大臣〟の土谷正実とその部下だった森脇佳子の供述で判明しています。〝科学技術省大臣〟で、後に刺殺された村井秀夫が土谷正実に〝現場に残らないような化学兵器はないか〟と訊《き》き、土谷正実が〝ホスゲンか青酸です〟と答えたのが一九九四年の八月です。村井秀夫がすぐに製造の指示を出し、ホスゲンは全部で三回作られています」

わずか二年前のことなので、みんな静かに耳を傾けている。古賀記者もメモを取っていた。

「作られた場所はクシティガルバ棟のスーパーハウスで、一回目は土谷と森脇佳子が八月中に標準サンプルとして少量を生成しています。第二回も八月中か九月初めで、今度は〝第一厚生省大臣〟の遠藤誠一が作っています。このとき森脇佳子が手伝って、ホスゲン中毒になっています。肺がゴボゴボした状態になり、すぐに教団の病院であるＡＨＩに運ばれ、十二時間もの間、酸素吸入をしてもらっています。その後も体調の悪い日が続いたようです。

三回目は森脇佳子が単独で九月上旬頃、生成し、できた五〇ccをジーヴァカ棟（ＣＭＩ棟）のマイナス四度の部屋に置いています。江川紹子さんの襲撃には、この一部が使われたのではないでしょうか。

森脇佳子の作成方法は、土谷正実が教えていて、森脇佳子は自分がホスゲンを作っているとは知らずにいました。あとになって土谷正実のノートにホスゲンの文字があったり、ホスゲン検知管の使用を命じられたりして、ようやく分かったようです。

作り方は、構造式からも想像がつくように、意外と簡単です。森脇佳子の供述によると、まず四塩化炭素を熱し、その蒸気に発煙硫酸を滴下すると、ホスゲンガスができます。そのガスを濃硫酸を通して水分を取り除き、さらに冷却すればホスゲンの液体ができます。

こうして教団が作ったホスゲンは、昨年一九九五年の元旦《がんたん》に読売新聞がスクープ記事で、教団の毒ガス生成を暴露した直後、教祖の指示で廃棄されています。土谷正実が第七サティアン脇《わき》に撒《ま》き散らかしたようです。その際、土谷正実がガスを吸ったらしく咳込んでいたと、森脇佳子は供述しています。

はいこれで終わります」

講義の終了を告げると、今度はあちこちから拍手が起こり、最後には大きな拍手になった。それが静まるのを待ってつけ加えた。

「これは宣伝です。五月の連休明けに、『化学兵器防御対策』と題したワークショップを開催します。米国コロラド州立大学からアンソニー・トゥー教授を招いています。トゥー教授は、教団がサリンを製造していると判明した際の立役者でもあります。その他にも、地下鉄サリン事件の被害者を多数治療した、聖路加国際病院の救急医である奥村徹《てつ》先生も招いています。生々しい話が聞けると思いますので、興味ある人は、聞きに来て下さい」

この宣伝にも、いくらか拍手が起こった。

第十五章　教祖出廷

連休明けの五月十一日の土曜日、午後一時から、医学部の臨床講堂で、懸案の「化学兵器防御対策」のワークショップを開いた。二百席はある講堂の九割方が埋まってひとまず胸を撫《な》でおろした。これも、市内の各病院や消防署、県警、県庁、市庁などに案内状を出していた賜物だった。もちろん半分は、白衣の医師や学生だった。

ワークショップの第一の目的は、九大医学部による「サリン対策マニュアル」の配布にあった。第一席でそれをやり、聖路加国際病院の奥村徹医師、トゥー教授の順で講演をしてもらう段取りだった。

奥村徹医師の地下鉄サリン事件当日の生々しい経験は、聴衆をあの日に連れ戻すのに充分だった。

奥村医師は、三月二十日、通常であれば事件が起きた日比谷線の電車に乗るはずだった。ところが当日寝坊して、慌《あわ》ててタクシーに飛び乗り、病院に向かった。朝のミーティングが始まるのは八時半であり、やっと間に合うかなと安堵《あんど》した。タクシーが築地駅にさしかかった八時二十五分、駅の出入り口近くに救急車が一台停まっていて、ひとりの女性が目頭を押さえていた。

ミーティングにはぎりぎり間に合い、上司から築地駅で爆発事故が起きたようなので、受け入れ態勢を整えておくようにとの連絡を受けた。奥村医師たち救急医は直ちに火傷や一酸化炭素中毒に対する準備をする。

八時四十三分、一台のバンが救急車専用の入口に横付けになり、ひとりの女性が担《かつ》ぎ込まれた。心肺停止状態であり、すぐに挿管され、心臓マッサージと点滴を開始する。しかし患者は瞳孔《どうこう》が小さく、どこかおかしいと首を捻《ひね》る。そのうち同じような患者が二人、三人、四人と運び込まれ、救急外来は満員になった。これでは人手が足りない。

すると八時五十分、院長や病院の上層部が救急センターに降りて来た。月曜の朝の定例会議中だったのが幸いした。院長は事務職員に緊急招集のスタッット・コールをかけるように命じた。院内放送が「スタッット・コール、スタッット・コール、救急センター」と呼びかけた。スタッット・コールは、夜間や休日など人手が足りない病棟で、急変患者が出たときに招集をかける合図だった。月曜日の朝、しかもよりによって救急センターに集まれというのだから、いかに異常事態だったかが分かる。

各病棟から若い研修医たち、各科の医師、看護婦も駆けつけ、蘇生《そせい》室では二人ずつ、さらには救急外来の廊下でも、心肺蘇生が開始された。

救急外来は、短時間のうちに数百名の被害者で溢《あふ》れ返った。五十台以上の救急車が次々と着き、パトカーや消防庁車両、たまたま通りかかった自家用車、とりわけタクシーの活躍はめざましかった。無償での被害者搬送を請け負ってくれた。

被害者たちは、歩ける者でも眼の痛みと視野の暗さで、足取りがおぼつかない。口々に眼が痛い、暗い、はっきり見えないと訴えた。

午前九時、消防庁の要請で、病院から医師と看護婦が現場の築地駅と小伝馬町駅に急行する。築地本願寺前の道路は閉鎖され、特殊救急車のスーパーアンビュランスも出動していた。被害者は道路にぐったりと横たわっていて、救急隊員が懸命の救助に努めていた。

九時十二分、消防庁から中毒物質はアセトニトリルらしいと、救急センターに連絡がはいった。しかし血液検査の結果は相反し、被害者に共通する縮瞳からは、有機リン化合物系の中毒が疑われた。

院内放送は、「あるだけのストレッチャー、車椅子《くるまいす》を救急センターに下ろすように」と呼びかけていた。救急センターには院長と四人の副院長、事務員から成る臨時コントロール・センターが設置された。院長とひとりの副院長は外来で指揮をとり、べつの副院長ひとりは治療情報収集をし、看護部長を含む二人の副院長は被害者の収容を担当した。

この異常事態に、医師と看護婦の他に、事務員や看護学生が動員された。集まったボランティアの中には、春休み中の女子高校生もいた。道をはさんで隣にある中央区保健所の職員も来てくれた。

救急センターでは、多くの患者が点滴を受けながら目を押さえて苦しんでいた。どの患者も吐き気と闘い、事務員は総出で膿盆《のうぼん》を配布して吐瀉物《としゃぶつ》に備えた。排尿したくなった患者は、よく眼が見えず、足のふらつきもあるため、点滴棒を押してひとりではトイレに行けない。介添役が必要だった。

その間にも、意識を失い、口から泡を吹いた重症患者がやって来る。またたく間に、救急センターは集められたストレッチャーで埋まり、患者はその上で、意識朦朧《もうろう》となり、手足を痙攣《けいれん》させていた。この騒乱の中で、通常の診療録など作成できない。カルテ用紙一枚に名前と治療内容を書き込み、枕《まくら》の下に挟み込む方法がとられた。

病院は、礼拝堂やラウンジ、外来の廊下にも酸素と吸引の配管がされている。廊下に設置された配管は二百ヵ所あったものの、酸素が足りなくなり、あちこちから酸素ボンベが集められた。この日一日で使用された五〇〇リットル酸素ボンベは五十三本に及んだ。

溢れる患者の採血も、通常のカウンターでは処理できず、外来の廊下に臨時の採血コーナーが設けられた。コンピューター化されていた血液解析も許容量を超え、人手に頼らざるを得なかった。この日の被害者だけでも、六百件以上の検体が出されていた。

ほとんどの被害者の目は充血し、痛みで涙を流し、鼻水をすすっていた。自分も苦しいはずなのに、「自分は後でいいですから、こちらのつらそうな方の手当を先にして下さい」と、看護婦に訴える被害者も多かった。

被害者の中には外国人もいて、何が何だか分からず呆然《ぼうぜん》としていた。英語で事情を説明してやると、表情がやわらいだ。聴覚障害のある女性もいて、手話通訳のできる職員が対応して、ひとまず安心させることができた。妊婦の被害者も運ばれて来て、これは産婦人科の医師が産婦人科病棟に連れて上がった。

九時十五分、硫酸アトロピンが投与開始される。鼻水や縮瞳に対する対症療法だった。この頃には救急外来だけでなく、各科の外来も被害者で溢れ返り、かき集められた長椅子に力なく横たわった。

九時二十分、事態を重く見た院長は、一般外来診療を中止とし、予定の手術も、既に麻酔下にあった四名の患者のみ続行された。但《ただ》し既に来院していた予約患者千六百四十二名の外来診療は実施された。これに被害者六百四十名の新患が加わったので、この日の診察は合計二千二百八十二名に達する。

点滴や応急処置を受けた被害者は、順々に礼拝堂であるトイスラーホールに収容された。重症患者は外来から各病棟に移された。

九時三十分、来院時に心肺停止していた三人の被害者のうち、二人は心臓が動き出した。しかしひとりは蘇生に至らず死亡の転帰をとった。

午前十時、痙攣が止まらない患者にジアゼパムが投与された。しかしジアゼパムの効果は十五分で切れ、繰り返しの投与を余儀なくされた。

十時十五分、松本サリン事件での治療経験を持つ信州大学附属病院の院長から、救急センターに電話がはいった。どうやら原因物質がサリンである可能性が浮かび上がった。

十時三十分、院長と副院長が最初の記者会見を行った。これ以後、定期的に記者会見が実施される。同時刻、自衛隊中央病院から、医師一名と看護婦三名が応援に駆けつけた。医師は報道されていた状況から、化学兵器の可能性も考え、資料を携えていた。

十時四十五分、信州大学附属病院の院長から、詳しい情報がファックスで送られてきた。中毒情報センターには全く電話がつながらず、院内の図書館ではサリン治療に関する文献の検索が必死に続けられた。

十時五十分、救急センターに血液検査の結果が戻ってくる。いずれもコリンエステラーゼが異常に低かった。院内の正常値下限は一〇〇なのに、重症の患者では一桁《けた》の数値しかなかった。縮瞳や鼻水、コリンエステラーゼ低下は、有機リン中毒の所見である。

十一時、有機リン中毒に対する治療薬ＰＡＭの使用を決定する。幸い病院には少し前に有機リン中毒の患者が入院していて、ＰＡＭの在庫があった。

同時刻、テレビのニュースで、警視庁捜査第一課長の談話が発表され、原因物質がサリンだと公表された。院内は被害者のみならず、家族や同僚、警察関係者、救急隊員、マスコミ関係者、加えて野次馬で溢れ返っていた。

十一時三十分、奥村医師はＰＡＭの効果と被害者の容態を確かめるため、病棟を回った。レジデントたちから、口々に「ＰＡＭは効きました。みるみる落ち着きました」と言われ、胸を撫で下ろした。薬剤部ではPAMが払底しないように、問屋から取り寄せはじめた。

　この時刻、医師と看護婦の間に、サリン中毒治療の文献を配布できるようになった。サリンに関する情報が少ないなか、唯一《ゆいいつ》の日本語文献は、『臨牀と研究』に載った九州大学衛生学教室の論文「サリンによる中毒の臨床」だった。この中にすべてのことが書かれていた。この情報を基にして、マニュアルにまとめ、午前中いっぱいで医師と看護婦に配布し終えた。

　午後一時、夕方四時から勤務の準夜勤の看護婦たちが、ニュースを聞いて早目に出勤して来た。おかげで、夜勤明けの看護婦を帰らせることができた。日勤の看護婦も、差し入れのおにぎりを口にできた。

　午後二時、マニュアルに基づいて、縮瞳のみの被害者を帰宅させることにした。被害者には、原因物質がサリンであり、経過観察が必要で、症状に変化があれば病院に連絡する旨《むね》を書いたチラシを持たせた。

　午後三時、当初の大混乱が少しおさまり、職員もやっと交代で昼食をとれる余裕ができた。

　午後三時三十分、被害者の波が落ち着きはじめる。医師ひとりで四人同時に診察していたのが、三人、二人と減った。

午後四時、科学技術庁長官の訪問があり、午後五時には都知事も来院した。

午後五時、情報交換と治療方針の統一のために、医師が集合して話し合いが持たれる。同時に二回目の診察をし、午後二時の時点での検査値が正常であった患者は帰宅が決定された。夕方までに入院になったのは百十一名だった。その名前は院内のホールに掲示された。

もはや病院の収容能力は限界を超えていた。病院は全室個室なのに、ひとつの部屋に男女別に二人ずつ収容するしかなかった。消防庁に対して、他院で受け入れられないか打診しても、今日いっぱいは死守してくれ、と回答があった。

午後六時、二度目の記者会見が開かれた。この時までにドイツ、フランス、イギリスから応援の申し出がなされていた。幸い人手は今のところ充分だった。

この頃、救急外来では産婦人科の医師が点滴を受けながら横になっていた。トイスラーホールを担当していた婦長も喘息《ぜんそく》を悪化させていた。奥村医師自身も、喉《のど》に重苦しい痛みを覚えていた。これが二次汚染の結果だと気がつくのは、後になってからだった。

午後八時、奥村医師たちは、入院患者の状態を診《み》て回る。有機リン農薬中毒では、急性期が鎮まったあとに呼吸麻痺《まひ》がくる中間症候群がある。サリンでは、それはないようだった。

午後九時、事務職員が各病室を訪問し、やっと入院手続きを実施した。午後十時、事務方で、病院に収容された六百四十名の氏名と、入院者のリストが作成され、公表された。

深夜になって、消防庁から、転院のための救急車が用意できるとの連絡がはいる。真夜中の転院は患者に負担であり、断った。

午前〇時三十分、奥村医師は、あとを当直の医師に任せ、帰宅のため病院を出て、ようやく長い一日を終えた。

アンソニー・トゥー教授の台湾名は杜祖健である。一九三〇年に台北で生まれ、国立台湾大学理学院を卒業して、一九六一年スタンフォード大学で博士号を取得し、一九七〇年にコロラド州立大学教授に就任する。専門は生化学と毒物学で、一九九四年九月十九日には毒物学の講義で、サリンやマスタードガスを土壌中の分解物から検出する最新の情報を取り上げた。

すると、ちょうど同じ日、東京からファックスがはいる。警察庁科学警察研究所の法科学第一部化学第二研究室長の角田紀子《つのだのりこ》技官からだった。角田技官は、トゥー教授が『現代化学』九月号に書いたサリンに関する論文を読んでいた。その論文で教授は、神経ガスの検出方法、特に土中の分解物による検出法について述べていた。角田技官の依頼は、サリンの土壌中での分解物メチルホスホン酸モノイソプロピルとメチルホスホン酸について教えて欲しいという内容だった。

トゥー教授はここで考え込む。相手は国家機関である。生半可な情報を与えては、国家の方針を誤まった方向に導く。できる限り正確な情報を伝えなくてはならない。

化学兵器に関する知識と情報は、アメリカ陸軍が世界でも超一流であるのは間違いない。ここは、アメリカ陸軍に頼るしかなかった。陸軍には、かつて共に研究をした友人が何人かいる。しかし悲しいかな、それはすべて生物兵器防御部門ばかりで、化学兵器関係にはひとりとして知人はいなかった。

そこでとりあえず、生物兵器関係で著名であり、旧知の間柄であるクリシュナムーティ博士に電話を入れた。誰か化学兵器部門の研究者を紹介してはもらえないかと頼んだ。答えは、化学兵器部門ならジョセフ・ベルビエ氏が最適だから、問い合わせたらどうか、だった。

トゥー教授はベルビエ氏とは一面識もない。電話をするのはためらわれた。しかも、依頼の内容は、土壌からサリンの分解物を検出する方法だった。これはアメリカ陸軍にとっても、トップシークレットのはずだ。一介の生物学者に、簡単に教えてくれるとは思えない。

しかしここは日本の警察からの要請であり、諦《あきら》める訳にはいかない。電話に出たベルビエ氏にトゥー教授は必死で訴えた。

「日本の松本市でサリン事件が起き、犯人は分かりません。今、日本は窮地に立たされ、混乱に陥っています。アメリカ陸軍なら、日本の必要としている情報を持っていると思います。日本にご協力いただけませんか」

ベルビエ氏の返事は、「提供できるかどうか、今の時点ではどうにも即答できません。とにかく部下と相談します」だった。

さらなる返事を待つ間、トゥー教授は科警研にファックスを入れ、一週間たってもアメリカ陸軍の返事がなければ、もう一度問い合わせる旨を伝えた。さらにサリン関係の化合物について、自身が知っていることを三枚の紙にまとめてファックスした。

トゥー教授はアメリカ軍の事務処理が遅いことは身をもって知っていた。一九六六年から四年間はアメリカ海軍から、一九八六年から六年間は陸軍から、それぞれ助成を受けて研究した経験があった。その事務処理は、軍事行動の迅速さとは裏腹に、非能率的だったのだ。

ところが、トゥー教授の予想に反して、ファックスは翌日届いた。ベルビエ氏の部下から送信されたのは、まさしくサリンの地中での分解物であるメチルホスホン酸とメチルホスホン酸モノイソプロピルに関するデータと文献で、土中でのサリン分解物の毒性と性質、分析法だった。トゥー教授はこれをそのまま、科警研に送った。翌日の九月二十一日、科警研から直接電話があり、「いただいた情報は大変有用でした」と謝意を表された。

実はこれ以前、警察はオウム真理教の第七サティアン付近の枯れた草と土を採取していた。きっかけとなったのは、松本サリン事件が発生した一九九四年六月二十七日のあと、七月九日と十五日に、上九一色村で異臭騒ぎが起こったからである。付近の住民が不快なガスを吸入して息苦しくなり、家から飛び出していた。ガスが流れたと思われる草むらが茶色に変化していた。この枯れた草の状態が、松本サリン事件の現場と類似しているのに捜査員が気がつき、草と土壌を採取していたのだ。

トゥー教授から伝達された方法で、科警研はついにサリンの土中分解物の正体をつきとめる。教団がサリンを生成しているのは、揺がない事実になり、水面下で捜査が続けられた。

これを第一面でスクープしたのが一九九五年一月一日の読売新聞だった。記事を見た教祖は驚愕《きょうがく》し、すぐさま第七サティアンのサリン製造工場を解体させ、すべてのサリンその他の毒物と中間生成物を廃棄させる。

仮にこのスクープ記事がなければ、第七サティアンの大工場は稼動《かどう》を続け、サリンが大量生産されたのは疑いようがない。

この体験談のあと、トゥー教授は、アメリカ陸軍が使用しているさまざまな防毒マスクや毒ガス検知器の写真をスライドで示した。小型の毒ガス検知器、野外での毒ガス探知器、赤外線による毒ガス検出器、無人の化学・生物兵器探知器、一九九一年の湾岸戦争で使われた最新型の防毒マスク、空軍パイロット用の防毒マスク・防護衣・防護手袋・防護ズボン一式、飲水装置のついた防毒マスク、幼児と赤ちゃんを保護する防護カバー、防護テント、特殊防護救急戦車など、聴衆の眼を引きつけるのには充分だった。

トゥー教授はまた、ストックホルムに設置されている防災司令部要塞《ようさい》も紹介した。そこには司令部要員二百人が常駐でき、原子爆弾の震動にも耐えられるようになっている。ストックホルムには市民用地下避難所も設置されている。繁華街の教会の地下にあり、毒ガス攻撃や核兵器での攻撃にさらされた場合、完全に密閉され自活できるようになっていた。

最後にトゥー教授が訴えたのは、早急な化学兵器禁止条約の締結だった。毒ガスについては、既に一九二五年のジュネーブ議定書があった。しかしその条約は毒ガス使用の禁止であり、生産禁止ではなかった。これを生産禁止とし、すべての化学兵器を廃棄処分する条約が必要だとトゥー教授は強調する。しかしその一方でトゥー教授は、たとえそれが実現したとしても、その検証と査察に対しては悲観的だった。

「化学兵器禁止条約が制定されるとき、その文面にすべての化学兵器の名称が列記されるはずです。しかし、そこに明記されていない新規の毒ガスを開発する国は、必ず出るでしょう。違法ではないので、大量に生産して、秘密のうちに貯蔵しておけば、いざとなったとき核弾頭同様の威力を発揮するはずです」

このトゥー教授の見解には、全く異論がなかった。毒ガスは、軍事的にも極めて魅力的な兵器なのだ。

このワークショップを開催する半月前から、オウム真理教の教祖に対する公判が開始されていた。その様子については、各新聞と週刊誌がこぞって詳報していた。

教祖が起訴された事件は次の十七件だった。

①地下鉄サリン事件
②落田耕太郎氏殺害
③麻酔薬密造
④松本サリン事件
⑤假谷清志氏監禁致死
⑥坂本弁護士一家殺害
⑦田口修二氏殺害
⑧ＬＳＤ密造
⑨メスカリン密造
⑩覚醒剤密造
⑪自動小銃密造
⑫サリン量産計画
⑬濱口忠仁氏ＶＸ殺害
⑭水野昇氏ＶＸ襲撃
⑮永岡弘行氏ＶＸ襲撃

⑯冨田俊男氏殺害
⑰滝本太郎弁護士襲撃
　このうち②の落田耕太郎氏と、⑦の田口修二氏、⑯の冨田俊男氏の殺害の詳細については知らなかった。密造されていた麻酔薬やＬＳＤ、覚醒剤、自動小銃の四種に関しては、逮捕された教団幹部の供述調書を読んで、ある程度の知識はあった。

日本の犯罪史上、これだけ多様な罪に問われた被告は、かっていなかったのではないだろうか。それだけに、四月二十四日の教祖初公判を、自分の眼で確かめたいという国民は多かった。わずか四十八席の一般傍聴券を求めて、抽選に並んだ人の列は一万二千二百九十二人と、過去の記録を大きく塗り替えた。

　東京地裁に近い地下鉄霞ケ関駅の出入り口の一部は閉鎖され、周囲の建物には警官が幾重にも張りついていた。一〇四号法廷には、裁判長と二人の陪席裁判官、ひとりの補充裁判官、八人の検察官、十二人の弁護人が定位置に着いていた。

　報道用の席を含めて九十六の傍聴席はすべて埋まり、廷吏がひとりひとりを見張っている。

　教祖が左側のドアから姿を見せたのは、午前十時二分である。教祖は紺のナイロン地の上衣に、紺色のスウェットパンツをはき、靴下は白、茶色のサンダル履きだった。

上衣にはフケがたまっている。後ろで結んだ髪は腰まで伸び、あごひげは胸にかかって、その先端には四十一歳らしく、白いものが混じる。顔色はどす黒い。右手で長椅子を探るようにして坐《すわ》った。

裁判長が開廷を告げるや、主任弁護人が意見を述べた。教祖がいつもの紫のクルタを着たいと言っていて、弁護団としては白のクルタなら支障ないと考え、着用許可をして欲しいという内容だった。今教祖が着ている紺の着衣は、警視庁にいるときから現在まで一度も洗濯されていないという。

教祖が逮捕されたのは、昨年の五月十六日であり、およそ一年が経《た》つ。その間の外出着は、その一張羅のみだったのだ。哀れといえば哀れだった。

裁判官から意見を求められた検察官が、クルタはこれから出廷する証人や被害者に無言の圧力を与えるので、着用は不適当だと反対意見を述べた。このとき教祖は声のする検察官の方に渋面を向けた。裁判官は弁護人の異議を却下し、教祖は一張羅の服を着続けるしかなかった。

面白いのはその後の裁判長と教祖のやりとりだった。裁判長が被告に「名前は何といいますか」と訊《き》いた。

〝麻原彰晃といいます〟

「戸籍上の名前は何といいますか」

〝麻原彰晃といいます〟

「松本智津夫というのではありませんか」

〝その名前は捨てました〟

「生年月日は」

〝一九五五年三月二日です〟

「昭和三十年ですね。本籍は」

〝覚えておりません〟

「静岡県富士宮市人穴《ひとあな》ではありませんか」

〝いや、覚えておりません〟

「住んでいる所は」

〝覚えておりません〟

「山梨県上九一色村ではありませんか」

〝いや覚えていません〟

「仕事は何ですか」

〝オウム真理教の主宰者です〟

「起訴状には無職とありますが、オウム真理教の主宰者ということですね」

〃はい〃

ここで弁護人が立って、教祖に着席を許してもらいたいと訴えた。しかし裁判長は、冒頭手続きは起立が相当として、受けつけない。この起立云々《うんぬん》のやりとりがあった十分間、教祖は他人事《ひとごと》のように立ち続けていた。

十時半に起訴状の朗読が始まり、検察官は代わる代わるに、落田氏殺害、麻酔薬密造、地下鉄サリンについての本文を読み終えた。約十分間を要し、ここで裁判長は、教祖に着席を促した。刑務官二人が教祖の両脇《りょうわき》を支え、被告席に誘導した。よろめく足取りで、教祖は被告席に両足を投げ出して坐った。

その後、地下鉄サリン事件の被害者三千八百七人の名前の読み上げが、検察官によって始まる。最初は十一人の犠牲者だった。

教祖は左眼は固く、右眼はわずかにつぶり、身動きしないまま、机の下で右手の人差指を小刻みに動かす。耳から聞こえてくる名前を、指の動きで打ち消しているようにも見えた。

続いて受傷者の名前が次々と読み上げられる。頁《ページ》がめくられる音に合わせて、教祖は天井を仰ぐようにして溜息《ためいき》をつく。右手の人差指に代わって、今度は左手の人差指でもリズムをとり、時々口をもごもごと動かし、坐り直して天井に顔を向けたりした。

　読み上げが始まって一時間十分も経つと、教祖は片手で額の汗をぬぐった。やがて紺色のパーカー風の上衣のボタンを上からはずし、ついでファスナーもおろして上衣を脱ぐ。下に着ているのは紫色のトレーナーで、それも脱ぐ。下は半袖の白い肌着で、何度も洗濯されたのか、やや黄ばんでいる。その上にパーカーを羽織って、第一ボタンのみを留めた。朗読の検察官が交代すると、口をもぐもぐさせて、経文の〝マントラ〟を唱え出す。

　正午に休廷となり、再開された午後一時十三分に、教祖が再び姿を見せ、朗読再開の二十分後には、パーカー、ついでトレーナーを脱ぎ、パーカーだけを着ようとした。後ろに坐る弁護人が手を貸すと、〝ありがとう〟と言う。被害者の名前を聞きながら、二、三分おきに額にかかる髪を撫で上げた。

　午後二時四十分になると、眠くなったのか、船を漕《こ》ぎ出し、やがて動かなくなった。三時に朗読が終わって、休憩になり、教祖は刑務官に促されて、法廷外に出た。その間、脱いだトレーナーを丸めて抱え、傍聴人席は無視したままだった。

　午後三時二十分、法廷が再開され、今度は一時間にわたって弁護団の求釈明が始まる。教祖はその間、左手を胸に当てたり、椅子に坐り直したりと、落ちつかない。

そして午後四時二十七分、いよいよ起訴事実の認否に移った。裁判官の前に進み出た教祖は、二、三度深呼吸をするように頭を上げたあと、口を開いた。

〝私は逮捕される前も逮捕された後も、ひとつの心の状態でいました。それはすべての魂に、絶対の真理によってのみ得ることのできる絶対の自由、絶対の幸福、絶対の歓喜を得ていただきたい、そのお手伝いをしたいと思う心の動き、そしてその言葉と働きかけと行動、つまりマイトリー、聖慈愛の実践――この三つの実践によって、私の身の上に生じるいかなる不自由、不幸、苦しみに対して、一切頓着《とんちゃく》しない心、つまりウペクシャー、聖無頓着の意識。これ以上のことをここでお話しするつもりはありません。以上です〟

裁判長が「起訴事実についてはどうなんですか」と訊くと、弁護人が「これ以上被告人は言いたくないと言っている」と反論した。さらに裁判長が「被告人に訊いているのです」と促す。別の弁護人が教祖に「これ以上言うことがありますか」と尋ねると、〝ありません〟という答えが返ってきた。

このあと二十分にわたって弁護団の意見陳述があり、午後五時前、裁判長が法廷の終了を告げ、次回の公判は明日だと言う。

「被告人、分かりましたね」と裁判長から問われ、教祖は二度ばかりかすかに頷《うなず》いた。

ついで立ち上がり、両手を曲げて胸の前に出し、手錠をかけるように促し、ゆったりとした足取りで退廷して行った。

地下鉄サリン事件の犠牲者・被害者の無念さと苦痛は一顧だにせず、それは〝絶対自由〟〝絶対幸福〟〝絶対歓喜〟に至るお手伝いをしたまでだとする言い逃れは、教祖の頭の中では「絶対的に」確実なものなのだろう。そこには罪の意識など微塵《みじん》もない。殺傷の罪が、教祖の歪《ゆが》んだ論理の中で見事に反転し、被害者たちの自由・幸福・歓喜のためだとうそぶくのである。

そして自らが現実に受けている逮捕と起訴に対しては、全く頓着しないと言い切っている。殺傷の罪とは無関係に、おのれの不自由を〝修行〟の場だと見なしていた。ここに透見するのは、現実の世界を無視した手前勝手な、自己完結型の論理である。良心などは、はいり込む隙間《すきま》もないのだ。

殺傷はその本人のため、自分の逮捕と起訴は修行の一環、この二つの論理こそ、教祖の行動の根幹を成している。部下たちが次々と捕われ、起訴され、裁判を受けているのも、本人のため、本人の修行かもしれず、自分とは一切かかわりのない事象だ――。この単純な論理こそが教祖の脳の核心であり、今後の裁判でも、変わらないと予想できた。

翌日の第二回公判は、地下鉄サリン事件、落田氏殺害、麻酔薬密造についての検察側冒頭陳述に当てられた。

この陳述で、落田耕太郎氏に対するリンチ殺人が明らかになった。

落田氏は大学の薬学部を卒業したあと、製薬会社にはいり、一九九〇年に妻と赤ん坊の娘とともに出家した。教団の付属医院のＡＨＩで薬剤師として働いていた落田氏は、一九九四年一月に教団を脱け出す。

その理由は、ＡＨＩの治療法や、教団が弾圧されていると言う教祖に不信感を抱いたからだった。その頃、後に落田氏を殺すように教祖から命じられる信者の保田英明の母親が、ＡＨＩに入院していた。投薬とともに温熱療法を受けるも、病状は好転せず、教団からは再三、〝お布施をすれば病気が治る〟と言われ、計四千五百万円を寄付した。その後は上九一色村の第六サティアンに移り、ヘッドギアをつけての治療を受けていた。

これを目撃した落田氏は、このままでは病気が悪化すると判断、保田英明とその父親を説得し、第六サティアンから母親を連れ出そうとした。三人は一九九四年一月二十九日に車で第六サティアンに向かい、暗くなるのを待って服をサマナ服に着替え、深夜に落田氏と保田英明は中にはいった。車には、父親だけ残っていた。ところが母親は歩ける状態ではなく、二人がかりで抱きかかえ、連れ出そうとした。

それに他の信者が気づき、井上嘉浩や新實智光らが駆けつけ、両手錠をかけられる。教祖のいる第二サティアンに連れて行かれ、そこに村井秀夫たち幹部も加わり、謀議が始まる。教祖が〝ポアしかない。保田が落田をポアすべき〟と発言、教祖の妻である松本知子以下の幹部も同意した。教祖は保田に対し、〝落田を殺せば家に帰してやる〟と言い、保田が確かめると、〝俺が嘘《うそ》をついたことがあるか〟と怒鳴った。

保田は〝ごめんね〟と言いつつ、落田氏の顔にガムテープを巻いたあと、教祖が催涙スプレーも吹きつけるように命じた。そこで保田は村井秀夫が用意したビニール袋をかぶせ、中にスプレーを吹きつけた。落田氏が暴れるところを、保田は新實智光がさし出したロープを落田氏の首に巻きつける。落田氏が「助けてくれ」と叫んで暴れるので、井上嘉浩らが押さえつけ、新實智光が落田氏の前手錠を後ろ手錠にかけ直した。

保田が新實智光の言うやり方でロープを締め上げると、落田氏は悲鳴を上げ、徐々に身体の動きがやみ、ついには失禁した。教祖はソファーに坐ったまま、その一部始終を見、最後に、その場にいた中川智正に死亡確認させた。

教祖は保田に対し、殺害は口外してはならず、落田氏は用事で残り、母親は回復に向かっていると嘘をつくように命じた。さらに一週間に一度は教団の道場に通うように指示した。

手錠を解かれた保田は、新實智光と井上嘉浩に付き添われ、第六サティアン付近で待っている保田の父親の車まで送られた。保田は教祖が命じたとおりの嘘を父親に言い、その場から帰途についた。

落田氏の死体は、教祖の指示でビニールシートで包まれ、ガムテープで梱包《こんぽう》された。死体の処分を命じられた村井秀夫が、第二サティアン地下室の焼却装置の使用を提案、教祖が〝それでよい〟と指示した。地下にある強力な焼却装置は、マイクロ波加熱装置とドラム缶を組み合わせたもので、一九九三年十一月に、教祖の指示で完成していた。

村井秀夫は死体を地下に運ばせ、梱包を解いて死体のみをドラム缶に入れ、スイッチを入れて作動させた。マイクロ波の照射が終わるまでの三日間、交代で監視したのは村井秀夫の他、北村浩一、山内信一、丸山美智麿らの〝自治省〟のメンバーだった。

ドラム缶に残った遺骨は、村井秀夫が硝酸で溶かし、溶液は風呂場の排水口に流した。溶けずに残った金属物は、近くの湖に捨てた。

もう一件、第二回公判で明らかにされたのは、薬事法違反の麻酔薬密造だった。ここには、教祖による教義の歪曲《わいきょく》された科学化が見てとれる。オウム真理教の教義のイカサマぶりの中核を成すのが麻酔薬密造の薬事法違反事件である。教祖にとっては、ミカンの干した皮を薬として売っていた初期段階の犯罪以来、身についた手段だった。

一九九四年六月、AHIから〝治療省〟に昇格した頃、責任者である林郁夫は〝Sチェック〟を行うようになった。スパイの疑いのある信者に対し、アモバルビタールナトリウムを点滴ラインで管注し、半覚醒状態下で尋問する方法である。

同時期、教祖は弟子に霊的エネルギーを授けるイニシエーションの中に、LSDを用いた〝キリストのイニシエーション〟を加えるようにしていた。その後、〝Sチェック〟の手法を利用して、信者の真情を吐露させるとともに、教義を植えつける〝バルドーの悟りのイニシエーション〟を思いつく。実行するのは〝治療省〟の医師たちだった。これら〝Sチェック〟と〝バルドーの悟りのイニシエーション〟は〝ナルコ〟と称された。

同年八月、教祖が〝決意の修行とセットにして行うナルコ〟を発案する。教義を復唱させる〝決意の修行〟後に、ナルコ下で教義の定着を確認するやり方で、〝法皇官房〟が主催した。

一方、林郁夫はナルコに用いるアモバルビタールナトリウムの大量購入は、業者に不審を抱かせると判断、教祖の了承を得てチオペンタールナトリウムの使用に切り替えた。しかしセットで行うナルコが出家信者から在家信者にも拡大され、チオペンタールナトリウムの購入量が増えた。業者から実際に購入量の多さを指摘された林郁夫は、危機感を覚えて、教祖に対策を相談する。

他方で、林郁夫から電気ショックで記憶を消す方法があることを知らされた教祖は、それを信者の洗脳に利用しようと考える。村井秀夫に指示を出し、通電装置を製作させた。実用化されたのは一九九四年十一月からで、教団の医師たちが実行に当たる。対象になったのは、男女のつきあいをした出家信者や、教団からの離脱を希望した信者だった。これを教祖が〝どっかん〟と言っていたのを、林郁夫の提案で〝ニューナルコ〟と改める。

対象となった信者にチオペンタールナトリウムを静注して半覚醒にし、五回から七回頭部に電気ショックを加える方法である。筋弛緩《しかん》剤が使われないので、当然、てんかんの大発作が生じる。通電後に信者が突然身体を硬直させ、時には唸《うな》り、ついで大きな痙攣を数十秒間起こし、最後にぐったりする。この間、呼吸は止まっており、しばらくして大きく息を吐いて呼吸が復活する。大発作の際に舌を咬《か》む危険性があるため、通電前の半睡状態のときに、口を開けさせ、丸めた布を奥歯に咬ませるのが通常である。大発作後はぐったりしたまま、麻酔が醒《さ》めるまで眠り続ける。

覚醒したときには、通電直前の出来事は忘れてしまい、二度と復活しない。これを一日一回か二回実施し、計五、六回の電気ショックを与えれば、実施前ひと月間くらいの記憶は見事に消去される。林郁夫は医学生のとき、精神科でこれを実見し、副作用の説明を受けていたと考えられる。

教祖が〝どっかん〟と言っていたのも、通電された信者があたかも雷撃を受けたように発作を起こすので、その強烈な印象からそう表現したと思われる。

この〝ニューナルコ〟にも注射用チオペンタールナトリウムが大量に必要となり、密造しなければまかなえなくなった。そこで教祖の指示で村井秀夫以下が手足となり、製造工程を確立したうえで、原料となる薬品の大量購入に踏み切ったのだ。実際に密造を担当したのは、遠藤誠一と土谷正実たち〝厚生省〟のメンバーだった。

原料となる薬品購入を引き受けたのは、主として教団のダミー会社のベック株式会社と株式会社ベル・エポックで、代金の受け渡し役は新實智光であり、百万円単位をその都度教祖から受け取った。

他方で実動役の土谷正実は、筑波大学図書館でチオペンタールナトリウム合成に関する文献を集め、クシティガルバ棟で合成実験を重ねる。完成を見たのが一九九四年十月中旬で、標準サンプルを遠藤誠一に渡す。しかしこのサンプルは純度が低く、人体使用には適しないことを遠藤誠一は突きとめ、今度は自らジーヴァカ棟で純度を高める実験をした。その結果、チオペンタールの遊離酸を合成する工程に、活性炭処理を加える方法を考案する。

実際の工程は四段階に分かれる。第一工程では、エチルマロン酸ジエチルを2-ブロモペンタンと反応させてエチル（1-メチルブチル）マロン酸ジエチルを合成する。第二工程では、これにチオ尿素を反応させたあと活性炭処理をし、二酸化炭素ガスの吹き込みを行う。できるのがチオペンタールの遊離酸で、ここに第三工程として金属ナトリウムを反応させたあと、メンブレンフィルターを用いて滅菌濾過《ろか》すると、チオペンタールナトリウムが得られる。最後の第四工程では、できたチオペンタールナトリウムに炭酸ナトリウムを加えて分注する。

密造品完成の知らせを受けた林郁夫は、滅菌や毒性の問題があってはいけないと教祖に相談する。そこで教祖は、まずスパイの疑いのある信者を実験台にするよう林郁夫に指示した。林郁夫は実際に信者に施用して、問題ないことを確かめ、遠藤誠一に報告する。これによって注射用チオペンタールナトリウムの量産が開始された。

一九九五年二月までに、バイアルで三千四百本、一七〇〇グラムが完成し、ジーヴァカ棟に保管され、〝治療省〟の注文に応じて、遠藤誠一が自ら納入した。

このチオペンタールナトリウムは、〝治療省〟だけでなく、〝法皇官房〟にも納入されていた。対象となった信者を五十人並べて寝かせ、注射用チオペンタールナトリウムを点滴に入れ、朝から晩まで体内に注入した。この半睡状態で〝決意〟を聞かせて教義の定着を図る〝睡眠学習〟を実施していた。これは一九九四年九月下旬から十二月中旬まで行われた。

一九九五年三月になって、警察の強制捜査が近いことを知った教祖は、この密造チオペンタールナトリウムの廃棄を遠藤誠一に命じる。遠藤誠一は部下とともに、バイアルの中味をトイレに流し、密造に関する文献も処分した。空になったバイアルは洗浄したあとビニール袋に詰め、東京大学構内の不燃物置場に置いた。ジーヴァカ棟内の空のバイアルは叩《たた》き割って処分した。

第三回公判は、一九九六年五月二十三日に行われた。ここで審理されたのは、教団の武装化とサリン量産計画、自動小銃の密造だった。

このなかで明らかにされたのが、教団による細菌兵器の開発だった。中川智正から最強の生物毒素がボツリヌス菌だと聞いた教祖は、さっそく獣医師である遠藤誠一に対して、ボツリヌス菌の採取と分離を指示した。一九九〇年二月、総選挙で全員落選の憂《う》き目にあった直後である。

遠藤誠一は早川紀代秀、新實智光と共に、北海道の十勝川流域に行き土壌を採取する。持ち帰ったあと、中川智正と分離作業を開始した。他方で村井秀夫は、渡部和実や広瀬健一と一緒に、第一上九地区のプレハブ小屋で、ボツリヌス菌を培養する大型タンクなどのプラント化を試みた。

教祖が教団幹部二十五人を前に、〝この人類を救えるのはヴァジラヤーナしかない。今の人類はポアするしかない〟とうそぶいたのはこのあとである。そして四月中旬、東京都内に大量のボツリヌス菌を散布する計画を立て、信者たちを避難させるべく、石垣島でセミナーを開いた。しかし遠藤誠一と中川智正はボツリヌス菌の分離に失敗、村井秀夫たちのプラント建設も頓挫《とんざ》する。これによってボツリヌス菌による生物兵器開発は破綻《はたん》した。

このボツリヌス菌毒素を発見したのは、ベルギーのエルメンゲムである。一八九五年、ソーセージなどの肉加工品で食中毒を起こす原因菌を発見する。ソーセージはラテン語でボツルスというため、ボツリヌス菌と命名する。嫌気性なので、通常は池や湖の底の泥に生息して芽胞を形成し、この芽胞が食品を汚染する。調理加工が不適切であると、密封された缶詰や瓶詰の中で発芽し、菌を放出する。菌は酸素の少ない所で繁殖して毒素を分泌《ぶんぴつ》する。

八種類ある毒素は、いずれも経口摂取で最も致死性が高くなる。吸収された毒素は、血液を通して全身に運ばれ、神経系に選択的に作用する。神経筋接合部に取り込まれると、アセチルコリンの放出を阻害して、筋肉を麻痺させる。このため症状は重症筋無力症と酷似している。

ボツリヌス菌毒素が生物兵器として理想的なのは、致死率の高さ、抗生物質が効かず、症状は急性で治療が長びくうえに、製造と運搬が容易な点である。第二次世界大戦中、米軍はボツリヌス菌毒素を生産し、ドイツ軍も同様なボツリヌス菌毒素兵器を完成しているという情報を得ていた。そのため、ノルマンディー上陸作戦に備えて、連合軍兵士百万人分のワクチンを製造していた。

米国のボツリヌス菌毒素生産は、一九七〇年ニクソン大統領の命令で中止される。その後一九七二年に生物毒素兵器禁止条約が成立する。とはいえ、現在もロシア、イラン、イラク、シリア、北朝鮮などは保有していると見られている。

ボツリヌス菌毒素を兵器として使用する場合、エアロゾルとして散布される。またテロリストが食品に混入させれば、経口摂取による致死量はわずか毒素一マイクログラムである。

　経口摂取では半日から一日半、エアロゾル吸入では一日から三日で神経症状が起きる。初発症状は脳神経領域であり、常に左右対称である。眼瞼《がんけん》下垂や複視、瞳孔散大、咬む力の低下、嚥下《えんげ》障害、構音障害、上気道閉塞《へいそく》が起きる。その後、筋力低下が広範に起こり、首も据わらなくなる。横隔膜と呼吸筋の麻痺によって、呼吸麻痺が死因になる。

　治療として呼吸管理を続けても、回復は遅く、筋力が戻るには数週間から数ヵ月を要する。この間、経管栄養を続けなければならない。ボツリヌス中毒が疑われたとき、抗毒素も静脈注射すべきである。

　ボツリヌス菌毒素は熱に弱く、十五分の煮沸《しゃふつ》で消失、食物中にある場合でも三十分間の加熱調理で無毒化できる。

　ボツリヌス菌培養に失敗した二年後の一九九二年夏、教祖は遠藤誠一に〝ボツリヌス菌以外の細菌では、何が強力か〟と訊く。遠藤誠一が炭疽《たんそ》菌だと答えると、さっそくその入手を命じた。遠藤誠一は在家信者から炭疽菌のワクチン株を入手し、培養して量を増やしていた。翌年四月、教祖の指示で、亀戸道場で本格的に培養を開始する。一方で上祐史浩は滝澤和義ら幹部に炭疽菌を散布する噴霧装置や培養装置の開発を指示した。豊田亨らが作製したのが〝ウォーターマッハ〟という噴霧装置であり、亀戸道場に設置した。

そして六月から七月にかけて二回にわたり、亀戸道場から外に向けて炭疽菌を散布した。これは噴射が高圧だったため炭疽菌が死滅し、悪臭を付近にもたらしただけに終わった。八月になって、教祖は遠藤誠一らとトラック数台で、同じく炭疽菌を散布しようとするも、噴霧装置のノズルが詰まって失敗に終わる。これで教祖は炭疽菌による大量殺人を断念した。

この炭疽菌を生物兵器として実際に利用しようとしたのは、日本軍の七三一部隊とイギリスだった。前に述べたように七三一部隊では、榴弾《りゅうだん》に詰める小さな弾丸に炭疽菌の芽胞をまぶした。榴散弾が炸裂《さくれつ》すると散弾が皮膚に食い込み、皮膚炭疽を引き起こし致命傷になる。実験に使われたのはマルタと呼ばれた被験者であり、十人を円形に縛りつけ、中心部で榴散弾を爆発させた。被験者は全員が感染し、数週間以内に死亡したといわれる。

イギリスでも一九四〇年、ウィルトシャーのポートンダウンに、ポール・フィルデス博士を部長とする生物兵器研究所を設立する。同年十二月に、戦時内閣のチャーチル首相の認可を得て、炭疽菌爆弾の製造に取りかかる。一九四二年春には実験準備が完了、スコットランド北西部海岸沖のグルイナード島が実験場として選ばれた。岩だらけの無人島であり、実験動物として羊が使われる。羊はそれぞれ十五個の木箱に入れられ、首だけが箱から出ていた。

爆弾の中に詰められていたのは、炭疽菌芽胞を混ぜた懸濁《けんだく》液である。爆発すると、エアロゾルの霧が羊たちに降り注ぐ仕掛けで、実際これを吸った羊たちは三日目頃から死にはじめる。鼻や口から血を流しており、検死解剖で肺に広範な出血が見られた。死んだ羊は崖《がけ》の上から突き落とされ、その崖までも爆破されて、羊の死骸《しがい》は岩石と土で覆《おお》われた。

ところが翌年春になって、対岸のスコットランド本島で炭疽病が流行、牛七頭、馬二頭、羊は五十頭近く死亡する。これは海に投棄された一頭か二頭の羊が対岸に漂着して起こったと推測された。イギリス政府は航海中のギリシャ船舶から捨てられた羊が原因だと嘘《うそ》の公式発表をする。その裏で三百ポンドの補償をして、事実を隠蔽《いんぺい》した。

炭疽には主に肺炭疽と皮膚炭疽、腸炭疽の三病型がある。しかし症例の九五％以上は皮膚炭疽である。その他には、炭疽髄膜脳炎と口腔咽頭炭疽が稀に見られる。

皮膚炭疽は、芽胞が皮膚の傷からはいって起こる。従って好発部位は手や前腕、顔と首で、一日から五日の潜伏期を経て小丘疹《きゅうしん》ができる。これは一日程して水疱《すいほう》になり、直径一、二センチの大きさになり、破れると潰瘍《かいよう》が形成される。その後、周囲は浮腫《ふしゅ》になり、中心部に痂皮《かひ》形成が起り、二、三週間後には瘢痕《はんこん》になる。死亡率は二割であり、抗生物質の投与で一％未満に減らせる。

腸炭疽は炭疽菌に感染した動物の生肉を食べて起こる。一日から一週間の潜伏期間を経て、インフルエンザ同様の発熱、吐き気、食欲不振、腹痛、全身倦怠感《けんたいかん》などが生じる。ついで吐血と血便に発展し、毒素血症や敗血症になり、死亡率二五％に達する。

生物兵器として散布された場合、肺炭疽となり、芽胞はリンパ節に運ばれて三日以内に発芽する。これが増殖して毒素を出し、肺を壊死《えし》させ、呼吸不全に陥る。こうなると死亡率八割以上である。

治療は抗生物質の投与か酸素吸入があるものの、効果は限定的であり、有効なワクチンも煩雑《はんざつ》で軍隊でしか使用されない。

第三回公判で教祖が糾弾されたのは、小銃密造だった。一九九二年十二月、教祖は村井秀夫と早川紀代秀に対して、自動小銃の製造を命じた。目標は自動小銃千丁と銃弾百万発だった。既に教団モスクワ支部を設けていたツテで、村井秀夫、早川紀代秀、広瀬健一、豊田亨、渡部和実の五人は、翌年二月にロシアに渡航、大学のロシア人研究者から、旧ソ連製自動小銃ＡＫ74の説明を聞く。各部品をビデオカメラに撮り、実物一丁と銃弾十数発を入手した。分解後に各人手分けして、写真フィルムの感光防止用の袋に入れて持ち帰る。教祖は、銃弾についても製造を命じ、五月には早川紀代秀、渡部和実、広瀬健一がロシアを再訪、火薬と銃弾製造について研究する。

同時期、教団は山梨県富沢町に〝清流精舎〟を建設し、石川県で所有下にあったオカムラ鉄工株式会社の工作機械を移設した。実際の製造を教祖から命じられたのは横山真人であり、一九九四年二月からは広瀬健一と豊田亨も加わる。設計図作成が困難だったのは弾倉で、早川紀代秀が三月にロシアに行きＡＫ74の弾倉の実物を持ち帰った。

これによって上九一色村の第十一サティアンが金属部品の専用製造工場になり、六月には量産体制が整う。作業員の信者に対しては、厳重なスパイチェックをし、サティアンの入口はひとつにして、他のドアはコンクリートで固めた。実際に自動小銃が一丁完成したのは一九九五年一月一日だった。これを供物として、第六サティアンに住む教祖に持参する。教祖は満足顔で〝今日はすごい日だ。新聞には〈上九でサリン濃厚〉の記事が出るし、お前たちは小銃を持って来る。本当にすごい日だな〟と言った。

しかし三月中旬、警察の強制捜査が近いとの情報を得て、教祖は早川紀代秀に完成した小銃の隠匿《いんとく》を命じる。一方で横山真人と広瀬健一は、部品を段ボール箱に詰めて、第二サティアンの二重構造の地下室に運び入れた。同時に信者作業員には、広瀬健一が完黙と否認を命じた。

こうして強制捜査によって、小銃大量密造は未遂に終わった。

この第三回公判における起訴事実の認否に関して、裁判長と教祖のやりとりは完全にすれ違いに終始した。裁判長が「起訴状記載の事実に何か違う点があるか」と訊くと、教祖は〝被告人としましては、今この場で何もお話しすることはありません。はい〟と答えている。「それだけですか」と裁判長が確かめると、教祖は〝はい〟と答え、さらに裁判長が「何も話すことはないとはどういうことですか」と問うと、教祖は〝認否を留保するということです〟とうそぶく。

たまりかねた裁判長が「認否を留保するとはどういうことですか。起訴状が申し立てている公訴事実が、自分の経験の中で、あったかなかったか、ということですが」

と畳みかけた。それに対する教祖の返事は〃裁判長にひとこと言いたいことがあります。ここで私は話すことはない、と言ったはずです。あなたは裁判長でありながら法律を無視するのですか〃だった。裁判長は続ける。

「黙秘というのなら分かります」

〃何も話すことはない。何も話すことはない〃

「黙秘ですか」

〃何も話すことはない〃

これでは埒《らち》があかず弁護人が「認否を留保、追って認否します」と代弁して公判は終了する。

ここでの教祖のやりとりからは、初めから裁判そのものを拒否する態度が明らかである。自分はそうした現世の法体系を超越しているのだという態度を誇示したいのだろう。この裁判そのものの拒否は、その後の公判でより明白になっていく。

一九九六年六月二十日に行われた第四回公判で明らかにされたのは、出家制度とイニシエーション、坂本弁護士一家殺害事件、薬物密造、田口修二氏リンチ殺人事件の四つだった。

教祖が指示した薬物はＬＳＤ、覚醒剤、メスカリンの三種である。まず一九九四年二月、教祖が村井秀夫を通じて遠藤誠一と土谷正実にＬＳＤ一キロの製造を命じた。数グラムの製造に成功したのは五月で、教祖はこれを〝キリスト〟と命名、〝キリストのイニシエーション〟と称する宗教儀式を考案する。信者にＬＳＤ入りの飲料水を飲ませ、個室に入れて二十四時間瞑想させるやり方である。これには量産が必要であり、早川紀代秀がロシアに渡ってＬＳＤの主原料を購入する。これによって遠藤誠一は大量に製造し、出家信者千二百人、在家信者三百人に使われた。

その後教祖は〝ルドラチャクリンのイニシエーション〟なる儀式を開始、在家信者に対する出家の強要に利用した。一九九五年五月の強制捜査で一〇〇グラム超のＬＳＤが発見されている。

覚醒剤については、ＬＳＤで幻覚作用のある薬物に興味を持ち、教祖は村井秀夫、遠藤誠一、中川智正に製造を命じる。村井秀夫の指示を受けた土谷正実は、一九九四年七月に標準サンプル五グラムを製造する。教祖はこれを〝ブッダ〟と命名し、さらになる大量製造で、二三〇グラムが出来上がる。このうち三分の一の量が、信者千人に使われた。

同時期、教祖は法的規制のない幻覚物質はないのかと、遠藤誠一に尋ね、報告を受けて、法的規制はあるもののサボテンから得られる幻覚剤のメスカリン硫酸塩の製造を命じた。一九九四年十二月までに、遠藤誠一は部下の信者に標準サンプル二〇グラムを作らせた。教祖はこれを宗教儀式に用いることを決め、さらに三キロを作るように指示した。三キロが完成したのは、教祖の誕生日である一九九五年三月二日だった。

しかしこれはわずかしか使用されず、同年五月の強制捜査で発見されるに至った。

もうひとつ、第四回公判で明るみに出されたのが、出家信者だった田口修二氏リンチ殺害だった。これこそが、オウム真理教が犯した最初の殺人で注目に値する。

田口修二氏が出家信者になったのは、一九八八年である。同年の九月、富士山総本部道場で修行中の在家信者真島照之氏が、突然大声を上げて騒ぎ出す。報告を受けた教祖は、真島氏の頭に冷水をかけるように指示した。これによって出家信者たちは、こぞって真島氏に水をかけ、挙句には顔面を浴槽の冷水に浸《つ》けたりした。この過程で真島氏は死亡、田口修二氏はこの一部始終を目撃していた。

当時教団は、団体の名称を〝オウム真理教〟と改称して一年あまりしか経っておらず、宗教法人となる一年前でもあった。そのため教祖は、信者が修行中に死亡した事実が表沙汰《おもてざた》になってはまずいと考え、遺体を秘密裏に処理することを決意する。村井秀夫、早川紀代秀、岡﨑一明、妻の松本知子に、内々の処理を命じた。

村井秀夫や早川紀代秀らは、総本部道場の敷地内にレンガを積み上げ、護摩壇を作る。田口修二氏他の信者に、真島氏の遺体をドラム缶に入れさせ、壇上に据えつけて焼却させた。このとき教祖も立ち会い、遺骨は精進湖《しょうじ》に遺棄するように命じた。

田口修二氏はこうした一連の行為に疑問を抱き、翌年の二月、岡﨑一明に対して〝こういうワークで解脱《げだつ》できるんですか〟と言い、教団からの脱会を申し出た。教祖は、村井秀夫に命じて総本部前の空地に設置した修行用コンテナに、田口修二氏を監禁させ、翻意を図らせた。しかし田口修二氏は教祖を殺してやると反発する。コンテナの外には見張り役として大内利裕《おおうちとしやす》がいた。

様子を聞いた教祖は、田口修二氏の殺害を決め、二月上旬、早川紀代秀、村井秀夫、岡﨑一明、新實智光に対し、次のように命じた。

〝田口は真島事件のことを知っている。このまま抜けられると困る。もし私を殺すという意思が変わらなかったり、オウムから逃げようという考えが変わらないなら、ポアするしかない。ロープで一気に絞めて、護摩壇で燃やせ。跡が残らなくなるまで燃やし尽くせ〟

この指示で四人はコンテナに行き、田口修二氏の脱会の意思が固いことを確認、新實智光が田口氏の首にロープを巻きつける。四人がかりで絞め、さらに新實智光が首を強く捻って殺害した。遺体はドラム缶に入れられ、教祖の指示どおり、護摩壇で焼却された。灰と骨は、教祖の指示で地面に撒《ま》かれた。

この第四回公判で、裁判長と弁護団の間で争われたのは、公判の回数だった。裁判長が月六回は公判を開きたいのに対して、弁護団はそれは多過ぎると反論し、結論は出ないままに終わった。

一週間後の六月二十七日に開かれた第五回公判でも、この論争は続けられた。検察側は月八回開催でもいいと言い、弁護団は多過ぎると反発する。裁判長の意向は月六回であり、そのための事件別の分担を提案した。選任されている十二人の弁護人の言い分は、分担になると、担当していない部分が分からなくなるので、一括で行きたいというものだった。

この論争を、教祖は苦虫をかみつぶしたような顔で聞き、両手を太腿《ふともも》の上で組んでいた。時折右手で頰を撫で、坐り直す。かと思えば左手で右の二の腕を掻《か》き、首を小さく振った。起訴事実に対する、教祖の認否の留保はまだそのままになっていた。

この第五回公判から、教団側は信者を大量動員して傍聴券を入手、最前列に陣取っていた。それは七月十一日に行われた第六回公判でも変わらず、最前列で身を乗り出したり、瞑想の恰好《かっこう》をしたりした。教祖は相も変わらぬ濃紺のパーカー風の上着に、同色のスウェットパンツという服装である。

教祖が起訴事実について認否を保留したまま審理は進行し、最後に再び罪状認否の場面になる。「それでは被告人、前へ出なさい」と裁判長が命じると、教祖は刑務官に袖《そで》を引かれて正面に立つ。〝起訴事実についてそれ以外でしたら、言うことはありますが、起訴事実についての意見ですから、何も言うことはありません〟と、教祖はまたしても言葉を濁した。

同年九月五日に実施された第七回公判では、地下鉄サリン事件に関して、検察側の証人尋問が実施された。証人は五人だった。千代田線霞ケ関駅で、電車内のサリンを駅事務室まで片づけた駅員、そのビニール袋を受け取った警官、ビニール袋の仕分けや新聞紙を実況見分した警官、千代田線電車内で実況見分した警官、霞ケ関駅で実況見分をした警官である。

この公判中も、教祖は馬耳東風、我関せずの態度を貫いた。犠牲者が何人出ようと、被害者が何千人出ようと、教祖には何の痛みもないのだ。

第十六章　逃げる教祖

教祖の弟子たちが検察側証人として出廷するのは、一九九六年九月十九日の第八回公判からである。このとき証人に立ったのは、元〝治療省大臣〟の林郁夫だった。教祖はいつもの紺色のパーカーを着て、弁護団席の前に坐《すわ》っていた。

グレーのスーツを着た林郁夫は、検察官から「オウム真理教の代表者は誰ですか」と訊《き》かれた。分かりきったことを改めて尋ねたのは、林郁夫の覚悟のほどを明らかにしたかったのだろう。〝麻原彰晃です〟と、敬称なしで林郁夫が答えると、さらに「麻原彰晃とは、この法廷の被告人松本智津夫のことですか」と畳みかける。

ここで林郁夫は顔を右に向け、教祖の顔を凝視したあと前に向き直り、〝はい、そうです〟と答えた。林郁夫の覚悟が見てとれた瞬間だった。

地下鉄サリン事件についての検察官の尋問に、林郁夫はできうる限り知っていることを全部吐き出し、途中で何度も紙コップの水を飲む。教祖はその間、じっと坐り、時々顔をしかめ、組んでいた親指をしきりに動かした。そのうち林郁夫が自分の葛藤《かっとう》を涙ながらに語り出すと、教祖は何かを呟《つぶや》くように口元を動かす。

最後に検察官が「法廷で真実を語ろうとしたのは何故《なぜ》ですか」と訊いた。〝本来ならば、麻原が自分の責任として語らなければならないはずです。まして宗教人であるならば、そうすべきです。しかし私は、彼がそれができない心の持ち主であることが分かっています。それでせめて自分が知っている限りのことを語らなければならないと思いました〟。これが林郁夫の返事だった。

翌日に開かれた第九回公判では、元〝諜報省《ちょうほう》大臣〟の井上嘉浩が証人として立った。黒いスーツ姿の井上嘉浩は、深々と頭を下げて法廷に入って来た。林郁夫とは対照的に、教祖と眼を合わせるのを避けていた。とはいえ、地下鉄サリン事件の発案と実行指示が教祖だった事実を詳細に語った。そこには井上嘉浩の決意のほどが如実《にょじつ》にうかがえた。一年四ヵ月前の逮捕以来、井上嘉浩は取り調べで供述を拒んでいた。十六歳で信者になっただけに、教祖への忠誠は抜きん出ていたのだ。しかし遺族や被害者の供述調書を読み聞かされるうちに、教祖の説く教義が間違っていることに気づきはじめる。両親が差し入れた仏教書を次々と読破し、第三者の眼で教祖と教義を見直すと、さまざまな錯誤が明らかになった。〝尊師は最終解脱《げだつ》者で、教えは宇宙の真理だから、犯罪も救済になる。そうに違いないと思い込もうとしていました〟と、井上嘉浩はかつての自分を振り返った。そして続ける。

〝結局私は弱い人間だった。救済と言いながら自分のことしか考えていない。修行者として自分はだめなんだということを、はっきり自覚しました〟

はじめは小声だった井上嘉浩の陳述は、このあと涙声ながらも次第に大きくなった。

〝この現実世界は、私たちの本質から切り離されてはいない。どんなものにも、その存在の本質の輝きがある。その生命を、救済の名の下に、邪魔だからとか、必要ないとか言って破壊することはあってはならない。そうはっきり気がつきました。そのとき、自分が犯した罪の大きさを自覚しました〟

まさしくこれは、教祖の愛弟子《まなでし》だった井上嘉浩の覚醒《かくせい》だった。最後に、堂々と大声で自らの心境を吐露した。

〝覚醒を求めるなら、最終解脱者なんていらない。階級なんていらない。組織や教団なんていらない。解脱は、グルのコピー人間になることなんかではない。そのことに気づき、オウムが多くの人を救済しなかったことが分かった以上、私はオウムを脱会しました〟

この証言が終わるとすぐ、教祖は弁護団席を振り返って何かしゃべり出す。あたかも井上嘉浩の発言をチャカすような態度だ。井上嘉浩は退廷する際、再び深々と頭を下げたあと、この教祖の姿をしっかり眼にとめた。

第十回の公判は十月三日に開かれ、〝第一厚生省大臣〟だった遠藤誠一は、弁護人の交代を理由に証言を拒否した。

翌日の第十一回公判に出廷したのは、元〝科学技術省次官〟の広瀬健一だった。教祖を〝松本被告〟と呼んだ。広瀬健一は地下鉄サリン事件の他、ボツリヌス菌と炭疽《たんそ》菌の培養、自動小銃の製造、ホスゲンプラントの建設に関与しており、その指示がすべて教祖からのものである事実を淡々と述べた。教祖はサリン製造を指示した際、〝男として生まれたからには、天下を取らなきゃな〟と言い、AK74の威力を村井秀夫から聞いて、〝それなら機動隊のジュラルミンの盾も簡単にぶち抜けるな〟と豪語していた。さらに強制捜査が開始されたあと、教祖は広瀬健一に対して、〝私が捕まらない限り、オウムは大丈夫だ。お前は安心して逮捕されて来い。それまでに、後継者を育てるために、若い者に物理でもやらせておけ〟とうそぶく。最後に教祖は、

〝逮捕されたときのために、完黙するぞ、下向しないぞ、という言葉を十万回唱えろ〟と指示したという。

包み隠さず証言するうちに、広瀬健一は涙を流し、〝地下鉄サリン事件を救済と思っていましたが、今となっては、あの行為を救済というのは非常に恥ずかしいことです〟と述べた。

「今日、言い残したことはありますか」と検察官に促されて、広瀬健一は口を開く。

〝松本被告に対しては、自己の過《あやま》ちに気づいて、被害を受けた方に謝罪して欲しい。自分は最終解脱者、救済者だと思っているかもしれないが、必ずしも松本被告の意図通りに運ばなかったことも多かった。松本被告も自分の力に気づいているのではないでしょうか。適当な予言を都合よく解釈して、自分をごまかしてきたのではないかと思います。今も何らかの形で事件を正当化していると思いますので、早くそのようなことはやめ、今までの経過を直視していただいて、真実を見極めてもらいたいと思います〟

この間、教祖は身体《からだ》を硬くして、身動きしなかった。林郁夫、井上嘉浩に続く広瀬健一の率直な証言が、教祖にボディブローのように効いているのは明らかだった。

その後、教祖は弟子たちの証言に怯え、何とか回避しようとあがきはじめる。

井上嘉浩の反対尋問が開始された、十月十八日の第十三回公判がその起点になる。教祖は裁判長に意見陳述の許可を求め、次のようにほざく。

〝証人となっているアーナンダ嘉浩は、元私の弟子です。彼は偉大なるマハームドラーの成就者《じょうじゅ》です。この事件につき、すべて私が背負うことにします。従って今日の反対尋問は中止していただきたい。これは被告人の権利です〟

〝井上嘉浩証人はダルマカーヤを得た魂です。それは私が確認しております。ダルマカーヤを得た魂は、チベットでもインドでも類稀《たぐいまれ》な成就者と言われています。この成就者に非礼な態度だけでなく、彼の精神に悪い影響を与えることを一切控えていただきたい〟

要するに教祖の意見は、井上嘉浩にこれ以上の発言をしてもらいたくないということだった。構わず反対尋問を促そうとした裁判長に、教祖は哀願する。

〝日頃の寛大な慈悲ある言葉を知り、高い心のバイブレーションを感じています。慈悲ある態度をお願いします〟

当惑した裁判長は「反対尋問は行わなくていいということですか」と問いただす。

〝それにつきましては、今朝わが主宰神のウマーパールヴァティー女神の啓示がありまして〟

「いつ啓示があったのですか」主任弁護人が引き取って尋ねる。
〝今朝です。裁判所に来て、拘置されているときです〝
「そうすると、今反対尋問をやるべきではないと言うんですか」
〝はい、先生方も死ぬんですよ〝
弁護団もあきれる教祖の言い草に、いったん休廷となり、三十分後に再開された。しかし再び、教祖が裁判長の許可なく叫ぶ。
〝私は全面無実です。しかし、全《すべ》ての魂、全国民に愛と哀れみを発します〝
これは起訴事実に対する否認ともとれる発言なので、裁判長が確かめる。〝これ以上は申し上げられません〝が教祖の返事だった。
たまりかねた主任弁護人が立ち上がって、教祖に質問する。
「井上証人は世間で言う聖者ということですか」
〝そんなレベルじゃない。大変すごいステージです〝
「いつ、そうと分かったのか」
〝二度ほどアストラル界で会いまして、正確に言うと三度、彼が拘置されてからはたくさん会っています〝
教祖の願いも拒否されて、井上嘉浩の証言が始まる。いよいよサリン生成に関する井上嘉浩の証言になると、教祖はしかめ面《つら》になって、首を前後に振り、ついには上半身を上下に動かしはじめた。〝身体の中でエネルギーが動き出して。蓮華座《れんげざ》を組んではまずいでしょうか〟と教祖は裁判長に訴える。否定されると、教祖の動きは一層激しくなった。その様子に井上嘉浩は冷たい視線を送るのみだった。

証人尋問が打ち切られるや、教祖の動きは止まった。

十一月七日の第十四回公判で、反対尋問の証人席に立ったのは広瀬健一だった。ここでも教祖はわめき続けた。

〝同じことを何回も聞いていますので打ち切って下さい〟、〝こんな馬鹿げたことは止めて下さい〟、〝ここから出していただきたい。ここは裁判所ではありません〟、〝あなた方は私を裁くことはできない〟と繰り返す。

それでも弁護側は広瀬健一への反対尋問を続行した。教祖は何度も口を挟み、邪魔した。〝この裁判は異常だ〟、〝私はあなた方に従う魂ではない〟、〝私は静かに修行したい〟。

そしてついには妄想めいた言葉を吐き続けた。

〝レーザーによる照射とか、電撃を全部やめて欲しい。あなた方の注入するイニシエーションを止めて欲しい。目の見えない私を、みんなでいじめればいいんだ。幻覚を利用した裁判はやめて欲しい。あなた方は、私を精神病院に入れるためにやっているんだな。超音波を使いながら、私をコントロールしている。私をあらゆる方法で死刑にしたいんだ。私の身体をレーザーで焼いたな〟

主任弁護人があきれて「勘違いだよ」と制しても聞き入れない。

〝何度でも言う。拘置所に帰ったら、電撃で一発で殺すのだろう。あなた方は事件を作った。これは裁判ではない。あなた方は必ず報いを受けるだろう。あなた方は事件を作った。でたらめな事件にした。あなた方は私を暖めたり、冷却したりして、いじめなさい〟

この妄想じみた発言を、裁判長は何度も止めようとする。しかし教祖はしゃべり続ける。

〝退廷させて死刑場に連れていくならそれでいい。私はこういう状態で生き続けるのは拒否する。ギロチンの音、人が落ちる音がする。退廷させていつものリンチを続ければいいだろう〟

たまりかねた裁判長は教祖に退廷を命じる。教祖は刑務官二人に両脇《りょうわき》を抱えられ、半ば引きずられて退廷した。午後の審理が開始されてわずか七分後だった。

この教祖の奇妙奇天烈には、教祖の怯《おび》えがはっきり見てとれる。〝レーザーによる照射〟や〝電撃〟などは、教祖自身が部下に命じたことだ。〝幻覚〟を利用した〝イニシエーション〟も自分が考案している。そして〝レーザー〟で〝身体を焼く〟命令を下したのも、おのれ自身なのだ。〝あなた方は事件を作った〟は、全くの責任転嫁《てんか》でしかない。〝いつものリンチ〟に至っては、教祖自身が信者に行わせた行為なのだ。オウム真理教という小さな〝王国〟に君臨していた自分の地位が、完全にひっくり返され、かつての弟子たちから糾弾されて、教祖がとったのは、幼児的な責任転嫁戦術だった。

翌日の第十五回公判には、再び井上嘉浩が反対尋問のために出廷する。午前中ずっと、教祖は欠伸《あくび》をしたり、手で顔を撫《な》でたり、顔をしかめたりするだけだった。弁護団から前日の行為を注意されていたからだろう。しかし午後の審理にはいると、黙ってはおられなくなる。〝裁判長、ひと言だけ〟と発言を求め、〝事件全体についての私の立場を明確にしておきたい。私の愛する弟子、私と一緒にがんばってくれた人たちのために、お話ししなければならない〟と懇願する。

しかし裁判長は当然取り合わない。弁護団もそのまま証人尋問を続け、井上嘉浩も教祖の姿など眼中になく、淡々と証言する。その間、教祖は何度も発言を求めたものの、「言いたいことは、次回の冒頭でやりなさい」と制され、しょげ返る。

こうして、井上嘉浩の証言を止めさせようとする教祖の目論見《もくろみ》は完全に遮断された。

かつての弟子を泣き落とそうとしても、広瀬健一と井上嘉浩はもう既に教祖を見限っていたのだ。その事実を突きつけられた教祖が、次にどういう戦術をとるかは見物《みもの》だった。

その第十六回公判の実施は、二週間後の十一月二十一日だった。出廷したのは、元〝科学技術省次官〟の豊田亨である。教祖は開廷されるとすぐ、体調が悪いのを理由に裁判長に退廷の許可を求めた。「がまんしなさい」と裁判長からたしなめられたあとも、時間を気にして、何度も弁護団席を振り返った。

豊田亨も、完全に教祖を見放していた。地下鉄サリン事件は〝救済〟ではなく〝凶悪犯罪〟だと明言し、教祖への失望を縷々《るる》吐露した。

〝きっかけは、昨年十月頃の松本被告の第一回公判引き延ばしです。もともと予定されていた初公判期日の前日に私選弁護人を解任したせいで、公判が延期になりました。松本被告は、かつて説法の中で、たとえ断頭台に立つことになっても、自分の宗教的な確信は揺がないと言っていました。自分としては、事件の背景である宗教的確信がひょっとしたら公判で語られるのではないかと思っていましたが、それが引き延ばされ、盲目的に事件を救済と思い続けられなくなりました。

二つ目のきっかけは、松本被告の初公判や、破防法の弁明手続きでの言動からです。

事件の背景となった考え方に触れなかった松本被告に、失望と落胆を感じました。弁明手続きでは、自分のことを経典の翻訳者などと言い、かつての発言と一貫性のない点にも矛盾を感じます。広瀬被告が証人として出ていた最近の法廷での行動については、コメントするのも悲しい気がします。

単に一貫性がない、という次元ですまされるべきではない。少なくとも最終解脱者と自認していたことを思うと、今の態度は、怒りや憤《いきどお》りを通り越して、もはや悲しいとしか言いようがありません。松本被告に対しては、もう何を言ってもしようがない、という感じです。

もし松本被告が、かつて〈宗教的指導者というのは非常に責任が重く、万一弟子を誤った方向に導いた場合に、その悪業は計り知れない〉と言っていた自分の言葉を覚えているのなら、本当のことを話していただきたい〃

この豊田亨の証言は潔《いさぎよ》い内省が感じられ、逃げの一手であがく教祖とは好対照だった。それは午後の審理での広瀬健一の反対尋問でも同じだった。教祖は〃体調が悪い〃と訴え、「あなたはここにいる義務がある。退廷するには裁判所の許可がいる」と、裁判長からたしなめられた。

翌日の第十七回公判では、井上嘉浩が三回目の反対尋問に出廷した。開始されて数分後に、教祖は坐ったまま発言し、かと思うと立ち上がり、〝認否をはっきりさせたい。いや認否ではなく、私の立場です〟〝私が証言する機会が与えられていない〟〝今しないと、裁判がどんどん進んでしまう〟と続けた。

弁護人もこの教祖の横槍《よこやり》には閉口する。実は弁護団の接見を教祖が拒否しているため、どう弁護していいか手探り状態だった。

午後になると、教祖の妨害はよりひどくなり、主任弁護人からも「あなたは井上さんの話を聞かんといかんよ」と注意される。午後の審理再開四十分後、ついに教祖は退廷を命じられる。弁護団は一様に溜息《ためいき》をついた。

その後も、教祖は弟子たちそして裁判から逃げ続ける。十二月六日の第十九回公判では、〝自治省次官〟だった杉本繁郎が証人として出廷した。杉本繁郎は地下鉄サリン事件で、日比谷線中目黒行き電車内での実行犯林泰男の運転手を務めていた。

教祖を今では麻原と呼び捨てにしている杉本繁郎は地下鉄サリン事件の経緯を生々しく証言したあと、教祖を口を極めて難詰《なんきつ》した。

〝今年の九月頃までは、麻原の口から本当のことを聞きたいと、ただそれだけを望んでいました。しかし最近の公判での様子を聞くにつれ、それを望んだこと自体が愚かだったと分かりました。今現在、麻原に望むことはありません。ただ、近い将来、麻原の血を引く者によって、同じような惨劇が繰り返されないように望むだけです。まだ教団に残っている人がいると聞いていますが、私たちが人生を捨てて得ようとしていた境地、つまり最終解脱の状態というのは、今の麻原の状態に他ならない。麻原のよく説く法則を真面目《まじめ》に実行した結果は私です。この事実を、教団に残っている人はよく見て判断していただきたい。もういい加減に、救済ごっこ、真理ごっこ、幼稚で下らない宗教ごっこはやめて、目を覚まして欲しい。私と同じ過ちを繰り返すことがないように――。そして被害者に対してだけは、麻原の口からお詫《わ》びを申し述べてもらいたい〟

最後は教祖への促しでもあった。しかし教祖は、眠ったように無反応だった。

十二月十九日の第二十回公判での反対尋問の証人は、井上嘉浩だった。これが四回目であり、ＬＳＤと覚醒剤を飲ませる〝イニシエーション〟が、現役自衛官とＮＨＫのプロデューサーおよびその女友達に施行されたことを証言する。自衛官を勧誘したのは井上が〝大臣〟を務める〝諜報省〟であり、ＮＨＫプロデューサーと女友達を引き込んだのは、〝法皇官房長官〟の石川公一だった。いずれも〝イニシエーション〟の目的は、強制捜査の日取りを聞き出すためだった。何故なら女友達の知人が内閣情報調査室に勤めていたからだ。

ここではからずも浮上したのが、これまで闇《やみ》に包まれていた〃法皇官房〃の役割である。すべての指令が教祖の頭で考えられたのではなく、その黒幕ブレーンとして〃法皇官房〃があった事実が、井上嘉浩の口から語られたのだ。

この証言の間、教祖は低い声で独言し、頭を左右に傾け、両肩を上下に動かすばかりだった。午後の審理になると居眠りし、身体が椅子《いす》からずり落ちそうになり、何度も裁判長から注意された。

年が明けて一九九七年の公判では、教祖は元弟子たちの証言に茶々を入れるようになる。

教祖の着衣は明るい青のトレーナーとグレーのスウェットパンツに変わり、長髪も少し短くなっていた。一月十六日の第二十一回公判の証人も井上嘉浩だった。証言に対して教祖は〃違うじゃないか〃と発言、弁護団長からたしなめられる。それでも、〃嘘《うそ》です〃〃明らかな嘘です。教団にはクーデター計画はありませんでした〃とちょっかいを出した。最後には、〃アーナンダは勘違いしている。お前、最後に死について考えろ。そんなことばかり言っていると、来世は地獄に堕《お》ちるぞ〃と脅した。

井上嘉浩は教祖の方には顔を向けず、ただ教祖のあがきを哀れむように、悲しげな表情をするだけだった。

教祖の野次は、翌日の第二十二回公判でも同じだった。この日の反対尋問の証人は林郁夫で、地下鉄サリン事件に関して証言をした。その間、教祖は〝バカヤロー。お前たちは何のために生きているのか考えろ。バカヤロー。逃げろ〟〝死んだ後のことを考えろ〟と野次を飛ばして、裁判の進行を妨害し続けた。林郁夫が〝麻原には心からお詫びして欲しい〟と述べたとき、教祖は〝永遠に、それはない〟と遠吠《とおぼ》えした。

一月三十日の第二十三回公判では、地下鉄サリン事件でサリンを検出した警視庁科学捜査研究所の第二化学科長が証人に立った。教祖は終始ブツブツとひとりごち、尋問がサリンの水に溶ける速度に及んだとき、〝質問があります〟と叫び、〝サリンはどの程度の速さで溶けるのか〟と訊いた。裁判長が制したのはもちろんであり、教祖はしぶしぶまた元の独言に戻った。

しかしその後我慢できなくなり、再び大声を出す。〝井上が主犯で、全てを動かし、結果を出したこの事件につき、なぜ他の人が共謀共同正犯で逮捕されなければならないんだ〟と叫ぶ。弁護団がなだめすかし、席に戻ると、教祖はまた声を張り上げた。〝中沢新一さんに質問したい。彼がリーダーなんだから〟〝弁護人がやらないのなら、検事総長とお話ししたい〟〝阿部文洋《あべふみひろ》先生、こういう遊びをしていても仕方がない〟

中沢新一は教祖を高く評価していた宗教学者で、阿部文洋は、教祖の公判の裁判長である。

この大声で裁判長は退廷を命じる。教祖は待っていたとばかり、誘導されて退廷した。

翌日の第二十四回公判に出廷したのは、元〝科学技術省次官〟の横山真人、土谷正実、中川智正だった。その前に鑑定や実況見分をした警察関係者三人が証言をした。教祖はのっけから野次発言をする。〝被告人はアンパイヤだ。公訴事実が正しいか、正しくないか判断するのが被告人なんだ。裁判というのは、被告人が行司であって、証拠をチェックする〟と述べたて、あくまで自分が裁判を仕切る役だと言わんばかりの虚勢を張った。まだ教祖気分が抜けていない未練がましい態度に終始した。

裁判長の制止にもかかわらず、教祖は〝こういうことをやっていても、正規の裁判にはならない〟〝こんなことやめろと言っているんだ〟とほざき、最後には〝裁判長、退廷をさせていただきたい〟と言い、立ち上がる。しかし今度はその手には乗らず、裁判長は退廷の命令は下さない。

横山真人、土谷正実、中川智正の三人は、検察官に対して共に事件に関する証言を拒否した。反対尋問の主任弁護人は何とか口を開かせようとする。その間、教祖はブツブツと独言をし、他の弁護人たちが黙らせようとした。すると教祖は妻の松本知子のホーリーネームを口にし、〝ヤソーダラー、ヤソーダラー〟と言いつつ、傍に立つ弁護人の腕や胸に触れまくった。まるで児戯だった。

それでも教祖は、野次発言の端々《はしばし》で〝村井はサリンを作ろうとしたかもしれない〟〝私は止めた〟〝私が人を殺したことがあるか〟〝私は知らない〟〝私が殺せと指示したことはない〟と述べ立てた。あくまで刺殺された村井秀夫に罪をなすりつけ、自分では手を下さなかったと主張する、逃げの一手だった。

二月十三日の第二十五回公判で検察側の証人として姿を見せたのは、坂本堤弁護士一家殺害と田口修二氏殺害に加わった岡﨑一明だった。審理が始まると、冒頭から教祖は〝嘘だ。嘘をついてはいけない。全部嘘。正しいことを言っているのは麻原彰晃しかいない〟と言い出す。岡﨑一明が証言するたび、教祖は〝嘘だ〟を連発、裁判長が注意すると、〝なぜ阻止するのですか。岡﨑が事件を指示したのです〟と罪を元弟子になすりつけた。

岡﨑一明が坂本弁護士については、教祖がポアの指示を出したと証言すると、〝ポアなんて言ってません〟と叫ぶ。最後には〝なぜ阿部裁判長を出さないんだ。拉致《らち》したのか〟と喚《わめ》く。公判担当の阿部文洋裁判長は壇上にいるのにである。拉致という言葉を教祖が口にするのも、心理的に追いつめられている証拠だった。結局、開廷から十五分後に教祖は退廷させられた。

元〝建設省大臣〟の早川紀代秀が出廷したのは翌日の第二十六回公判である。証人が姿を見せる前に、被告席に坐った教祖はすぐさま裁判長に訴えた。〝裁判長、ひと言被告人から言わせて下さい。認否もさせてもらえないなら、この裁判は無効だと思います〟。そこには教祖が早川紀代秀の証言に怯えているのが見てとれた。

実際に早川紀代秀が入廷して証言台に立ち、裁判長から名前を訊かれ、〝早川紀代秀です〟と答えると、教祖が〝なぜ嘘をつくんだ〟と野次った。ホーリーネームでなく、実名を名乗ったところに、教祖は元弟子の離反を見たのだ。早川紀代秀が構わず証言を続ける間、教祖はまた独言にはいる。早川紀代秀は教祖を今でははっきり麻原被告と呼んだ。証言しながら、早川紀代秀は何度かハンカチで目をぬぐう。それを見てとった教祖は〝これは仕組まれている。ものすごい権力が動いているんだよ〟〝こういう異常な状態を作るな〟〝お父さんと奥さんを守りなさい〟〝三悪趣に堕ちないための修行じゃないのか〟と、未練がましく命令を連発する。ついには〝ヤソーダラー、何を言っているのだ〟〝強姦《ごうかん》されているんだ、妻たちが〟と叫んだ。あたかも、早川紀代秀と妻とを混同しているような発言だった。

堪忍《かんにん》袋の緒が切れた裁判長はここで退廷を命じる。両腕を刑務官に抱えられた教祖は、引きずられるようにして廷外に出され、扉が音を立てて閉まった。この瞬間だった。早川紀代秀が嗚咽《おえつ》を始め、肩を震わせた。哀れな教祖の姿を見、その男に心酔したかつての自分に対する悔恨だと思われた。その後、早川紀代秀は、すべての事件について詳細に語り出した。

二月二十七日に実施された第二十七回公判では、坂本弁護士一家殺害事件での神奈川県警の初動捜査が、全く適正を欠いていた事実が判明する。捜査の基本を逸脱した素人《しろうと》以下の捜査は、聞く者を呆然《ぼうぜん》とさせるに充分だった。

そして翌日の第二十八回公判には、事件の実行犯である端本悟、中川智正、新實智光の三人が出廷した。ここで教祖は被告席に着くや立ち上がり、〝麻原彰晃ですが、刑事被告人として意見陳述をしたい〟と言い、裁判長から制止される。端本悟が証言を始めると、〝やめなさい。死刑になる。殺人罪だぞ〟〝麻原彰晃が守ってやる〟〝分かったか、意味がないからやめろ〟と言い続けた。

二番手の証人中川智正は、言葉を少なくして事実上、証言を拒んだ。三番手の新實智光は、持参した証言拒否の文章を読み上げたのみで、あとは沈黙で通した。その間も、教祖はブツブツと独言を続けた。

この独言は三月十三日に開かれた第二十九回公判でも同じだった。しかし〝松本サリンは完全に傷害です。殺人じゃない。悪いことをしても殺意がなければいいんです。

裁判とはそういうものです〟と屁理屈《へりくつ》をこねた。

翌日三月十四日の公判には、弁護団は出廷せず、教祖だけが被告人席に坐った。しかし弁護団がいなければ、審理を続けられない。すぐに閉廷される。不満が残ったのは、わざわざ中に呼び入れられた証人と傍聴人たちだった。

欠席した弁護団の真意は、おそらくあまりにも速いペースでの審理への抗議だろう。矢継ぎ早の審理に弁護団はついていけないのだ。検察側には充分な証拠資料が既にある。しかし弁護団はその一部しか知らされておらず、他方で教祖との意思疎通もできていない。さらに国選弁護団なので、公判のみに専念するわけにもいかず、収入のためには他の私的な仕事も続けなければならないのだ。

しかしその後の審理には弁護団も出廷する。三月二十七日と二十八日に実施された第三十一回と三十二回公判で証言したのは、宗教法人認証の東京都の担当者、教祖を登場させた文化放送のディレクター、教団の欺瞞《ぎまん》を暴こうとした『サンデー毎日』の記者、坂本弁護士に相談した元信者の四人だった。いずれの証言も教祖には耳の痛い話なので、教祖の野次は通常より度を増した。

あまりにもうるさいので、教祖の後方に陣取る弁護人も注意し、証人自らも静かにしてくれと発言するに至る。それでも教祖のちょっかいは止まず、ついに〝私には十二人の子供がいる。ヤソーダラーとの間に六人、その他にも三人と二人とひとり〟と、得意気に口を滑らせた。自ら、教団の女性幹部との親密な関係を認める結果になった。

四月十日の第三十三回公判には、地下鉄の事件でサリンを検出した科学捜査研究所の科長が証言し、四月二十四日には第三十四回公判が開かれる。このとき正式に教祖に意見陳述の場が与えられた。教祖が頭の中で何を考えているか赤裸々になった公判だった。

まず地下鉄サリン事件については、〝これは弟子たちが起こしたものであるにしても、一袋二〇〇グラムの中の一〇グラムしか撒いておらず、本質的には傷害です。私自身の共謀については、三月十八日の夜、村井秀夫にストップを命じ、十九日には井上嘉浩にもストップを命じた〟〝結局、私は彼らに負けた形になり、結果的に逮捕されたのです。従って無罪と認定されます〟と述べた。

落田耕太郎氏殺害に関する認否では、突然教祖の口から英語が飛び出した。〝アイ・キャン・スピーク・イングリッシュ〟と言ったあとは子供じみた英単語の羅列である。裁判長から日本語で話すように注意されても、片仮名英単語を口にする。英単語を思いつかないと、頭を抱えて考え込む。それでいて〝今話しているのは、上祐でなく麻原彰晃である〟とうそぶく。自分では英語がうまい上祐史浩なみの英語をしゃべっているつもりなのだ。そしてここでも〝私は殺害の指示をしていません。弟子たちが直感的なものによって殺したものと考えられます〟と逃げた。

全身麻酔薬密造は遠藤誠一が勝手に作り、假谷清志氏拉致については、井上嘉浩に対して、情報収集しろと指示したのみで、林郁夫たちの処置がまずかったせいだと、これまた逃げの一手を打った。

この逃げは坂本弁護士一家殺害についても同じだった。〝これは非常に小さい罪です。私自身は一切指示していないことを明言したい〟〝早川、岡﨑、村井が、自分たちが責任をとりますからとも言った〟

ＬＳＤや覚醒剤、メスカリンの密造に関しても、〝私はオーダーをしていない。人類の精神的な進化のための実験を行った。麻原彰晃は無罪である〟と逃げた。

正午が近づき、裁判長は休憩にはいろうとした。しかし教祖は無視して勝手な意見陳述を続ける。自動小銃密造についても〝マシンガンは作りました〟と認め、〝しかし弾はない。銃身ができても弾がなければ無罪なのです〟と、無罪を主張した。そして〝オウム真理教に全く関係ない假谷さん事件、坂本弁護士事件も、私は完全なる教団潰《つぶ》しのためのデッチ上げであると考えております〟と結んだ。

午後にはいっての意見陳述は、無罪主張を繰り返しながら、少しずつ現実離れしていく。濱口忠仁氏ＶＸ殺害では、〝この事件は麻原彰晃の指示でないことははっきりしております。従って無罪です〟。冨田俊男氏殺害は、ポリグラフにかけてクロと出たので、教団を守るためにやったという意味のことを述べた。サリンプラント建設は〝第四のプロセスの途中で停止を命令した。従って殺人予備罪は成立しない〟と、これまた罪を否定する。滝本弁護士サリン襲撃事件は〝非常に少ない量のサリンなので無罪〟と述べ立てた。

このあとの意見陳述から、教祖の発言は支離滅裂の色あいが濃くなっていく。

松本サリン事件は、〝村井君は天才肌と言われる最高の科学者であり、オウム真理教がサリン攻撃を受けており、ここで実験すればサマナが救われるという発想のもとに実験したのだと思う〟と、死んだ村井秀夫に責任をなすりつける。さらに〝私が指示をしたか、指示していないでしょう〟と、あくまで指示を否定した。これまた逃げの一手である。

これは永岡弘行氏ＶＸ襲撃事件についても同様だった。〝痛めつける必要があったのは事実です。しかし井上嘉浩にもうやめろと言いました。しかし井上君がどうしてもやりたいという言葉を発したので、針のない注射器を渡し、これを使うかと言いました。結局井上君は使わなかったのです〟。あたかも自分が犯行をやめさせようとしたと言わんばかりの口調だった。

さらに最後の水野昇氏VX襲撃事件では自分の指示を認めたうえで、奇妙な発言に及んだ。〃VXはサリンの四分の一の弱さです。サリンは周りに影響があるので使うべきではない。VXでも針は使うべきではない、と言いました。井上には頭皮の厚い部分を狙《ねら》えと言いました。新實には山形を使うように指示しております。肉体的にも負担のない状態にあるにもかかわらず、重い罪にするのは問題です。検察官も裁判官も、私の頭にVXらしいものを何度も振りかけ実験をしています〃。はからずも最後には、教祖の被害妄想らしきものが顔を出した。

教祖のこの被害妄想ないし妄想様観念、あるいはその演技は、この日の意見陳述の最後に噴出する。〃これが十七事件についての麻原彰晃の論証です。これをエンタープライズのような原子力空母の上で行うことは、非常に嬉《うれ》しいというか、悲しいというか、特別な気持であります〃

唐突な言い草にたまりかねて、主任弁護人が立ち上がって被告人質問を始める。

「じゃあ、あなたの裁判はどうなってしまったの」

〃第三次世界大戦が始まって、日本はもうありません。裁判ももうないので、私は釈放され、子供たちと自由に生活できるのです〃

「さっきのエンタープライズというのは、どういう意味なの」

〝エンタープライズのような所でみんなと〟

そう答えると、教祖は英単語を並べたてはじめた。主任弁護人があきれて制しても無駄だ。

〝アイ・セッド・マイ・フレンドリ・コンパニオン、ロシアン・ピープル、オール・オブ・ワールド、ハイアー・ピープル〟

「あなたは勘違いしている。ここは法廷だよ」

〝マイ・ドーター・プリーズ・セイ〟

「あなたの裁判ということが分からないのかな」と主任弁護人は頭をかかえた。

〝こんなエンタープライズ裁判なんかないよ。遊びだよ、遊び。十二月二十三日に釈放されているんだよ〟

話にならないと思ったのか、主任弁護人は憮然《ぶぜん》とした表情で坐った。

翌日の第三十五回公判での反対尋問は、警視庁科学捜査研究所の研究員に対して実施された。その間教祖は不機嫌な顔で右手を上げて空を切る仕草をした。あたかも研究員の証言を断ち切るような激しい動作だ。そして〝やめろよ、こんな馬鹿なことを〟と大声で叫んだ。

五月二十二日に実施された第三十七回公判には『サンデー毎日』の記者と、坂本弁護士に相談を持ち込んだ元信者の反対尋問が行われた。翌日の第三十八回公判に証言台に立ったのは元〝法務省大臣〟の青山吉伸だった。相変わらずのノラリクラリの発言で、検察側の尋問をはぐらかした。この両裁判での教祖は、顔を撫でたり、欠伸をするのみで、退屈している様子がうかがわれた。

六月六日の第四十回公判には、坂本弁護士一家殺害事件に関して、杜撰《ずさん》極まる捜査をした神奈川県警の警察官四人と、塩化カリウムの毒性に関して国立衛生試験所の薬理部長が証言した。

六月二十日の第四十二回公判には、神奈川県警に坂本弁護士の長男を埋めた場所を知らせた元幹部で実行犯の岡崎一明が証言に立つ。七月三日、七月四日の第四十三回、第四十四回公判も岡崎一明が主役だった。ここで岡崎一明は、教団が『サンデー毎日』の編集長牧太郎氏の殺害を計画していたことを明らかにした。

七月十七日、十八日の第四十五回、第四十六回公判でも岡崎一明が弁護側の反対尋問を受けた。この間も教祖は黙りこくったままだった。以降、教祖はダンマリ戦術にはいる。

被告人席に坐らされ続けた教祖が、珍しく証人として出廷したこともあった。自身の第四十二回公判が行われる少し前の一九九七年六月十七日、林郁夫の第十四回公判だった。ここで教祖は生きる屍《しかばね》の実態を示した。教祖が証言台に立ったのは弁護側の要求によるものだった。従って林郁夫は被告人席に坐り、教祖の入廷を待ち受けた。

教祖は呪文《じゅもん》か独言のようなものを発しながら、法廷に導かれて証言台に立つ。紺色のスウェットの上下を着て、長髪もさして長くない。裁判長から姓名を訊かれた教祖は、〃マイ・ネイム・イズ〃と英単語を並べた。聞きとれないくらいの小声だ。裁判長が生年月日を確認すると、頷《うなず》き、職業を尋ねられると再び呟きになる。

〃日本の国家が、人に対する、新陳代謝が、あなたの観念を――〃

全く支離滅裂な発言をする教祖を、裁判長がやめさせ、宣誓書は書記官が代読、教祖に指印をするように命じた。しかし教祖は応じず、独言を続けるのみだ。宣誓や証言そのものは国民の義務だと裁判長が説諭しても、独言は続く。裁判長がさらに、宣誓拒否は十万円以下の過料だと警告しても、教祖のブツブツは変わらない。業を煮やした裁判長が、十万円の過料を命じ、弁護人も仕方ないという様子で折れる。ここで林郁夫が被告人席から声を上げた。

〃私は非常に不満です。私が証人としてあなたの公判に出たときは、大声を出して承知しろとか言い、新聞で読んでも、他の人の証言の際、地獄に行くぞなんて大声で言ったくせに、今の声は何ですか。普段の説法とは格段に違う小声で、しかも英語を使ったりして。あなたは英語を馬鹿にしていたではないですか。あなたに反省しろとか、本当のことを言え、とか言っても無駄とは、充分私も承知してはいるものの——〃

林郁夫は裁判長に発言の許可を求めたうえで、さらに続ける。〃今のあなたの態度は石井さんの心にも及ばない〃

石井久子は元〃大蔵省大臣〃で、教祖の愛人でもあり、その子を産んだあとも教団ナンバー2の地位にいた。その石井久子は、このひと月前の公判で、教団と訣別《けつべつ》する意見陳述をしていた。〃オウム真理教の教義は、本当の仏教の教義と比べて、人を差別化することが何より大きな間違いだったと思います。ここから窮極的に殺人を犯す余地が生じたのです〃と述べ、教祖の過ちを指摘していた。

林郁夫がこの石井久子の改心に触れたとたん、教祖の独言は突如怒号に変わった。

〃クリシュナナンダ、いい加減にしろ。お前のエネルギーは足から出てるぞ〃

〃まだそんなことを言っているんですか。しかも今度は大きな声で〃

林郁夫が苦笑する。

〃悪業を積んでどうするんだ、馬鹿者〃

〝あなたはかつて哀れみだとか何だとか言ってきた。杉本にしろ、豊田にしろ、井上にしろ、今ではあなたを哀れだと思って見ています。私だって同じで、ここであなたを吊《つる》し上げるつもりはない〟

〝ふざけるな〟

〝あなたは、あなたなりの証言をすればいいんです。判断するのは、聞いているみんなや、裁判官なんだから〟

林郁夫はあくまでも冷静そのものだ。教祖は再びもとのブツブツに戻った。その教祖を哀れむように、林郁夫は自分なりの訣別宣言を投げかけた。

〝私はまだこういう人について行く人がいると思うと、情けない。英語でしゃべれば、あなたは現実と向き合わなくてすむし、自分の世界に逃げられるのでしょう。しかし真に仏教を信じているなら、輪廻《りんね》転生を信じているなら、自分が起こした事件が恐ろしくて、生きていけないはずです。結局、あなたは転生も信じていないんでしょう。あなたは宗教を自分の道具にしていた。盲信していた人たちは、あなたの手足にしか過ぎなかった。そこをあなたはひとりでよく考えて欲しいと思います〟

裁判長はここで証人の退廷を命じ、教祖は刑務官二人に導かれて退廷した。林郁夫はその間目を閉じ、哀れな教祖を見送ろうともしなかった。

第十七章 教祖の病理

林郁夫が、教祖は宗教を道具にし、信徒たちも手足に過ぎなかったと指弾したのは、正鵠《せいこく》を得ている。また教祖が仏教の教義を身勝手に解釈し、人を差別化したという石井久子の指摘も、的を射ている。

教祖に宗教心、ましてその基礎になる道徳心が皆無だった事実と、周囲を使い走りにして、差別する性向は、教祖の少年時代からして明らかであり、年を重ねるたびにそれを肥大化させたと言える。その他にも、根っからの暴力癖、権力志向、お山の大将気質、さらにペテンと金権崇拝も、その生育過程で獲得されている。オウム真理教は、そうした教祖の病理性の上に築かれた砂上の楼閣だった。

盲学校時代から、教祖は級友たちを暴力で怯《おび》えさせ、あらゆることに使い走りをさせている。体格がよく、柔道を習っていたため、暴力は恰好《かっこう》の支配手段だった。加えて他の級友たちよりも視力が残っていたため、断然優位な立場を確保できた。先天的な緑内障のため、左眼はほとんど見えなかったものの、右眼は弱視だった。柔道も、教祖にとっては、修養の場ではなく、暴力性獲得の手段だったと言える。

しかしこの優位性は、盲学校という限定された集団でしか通用しないのは明らかで、社会では却《かえ》って軽蔑《けいべつ》の対象になる。事実、教祖は、鹿児島県の加治木町で鍼灸《しんきゅう》マッサージ師として働いていた一九七六年に、傷害罪で一万五千円の罰金刑をくらっている。教祖が犯した最初の犯罪が傷害罪であった事実は、その後犯した数々の犯罪を象徴している。またこの傷害罪によって教祖は、自分の力を発揮できるのは、通常の社会ではなく、特殊な集団内に限られると、はからずも思い知らされたに違いない。

その後、一九八四年、東京都渋谷区で「オウム神仙の会」を作り、翌年には信者十五人ほどを集める。この小集団は、かつての盲学校同様、教祖にとっては居心地のいいものだった。あとはこれを膨らませていけばいいだけだ。早くも三年後の一九八七年には、「オウム真理教」に名称を変更する。さらに二年後には、教祖の常套《じょうとう》手段である暴力的脅迫で、東京都から宗教法人の認証を獲得する。これによって、かつての盲学校と同じ、限定された集団を自分の手中にしたのだ。

盲学校にいた頃、教祖があからさまに狙《ねら》ったのが生徒会長の座だった。選挙で選ばれるため、教祖は暴力に訴えて、使い走りさせていた同級生を恫喝《どうかつ》して自分への投票を強要する。しかし開票してみると、当選したのは人望のある同級生だった。教祖は盲学校ではついぞ、名誉を手中にすることはなかった。この名誉欲の実現が、〝宗教〟集団の中で可能になる。しかしここで、教祖は表向き暴力を自らに禁じ手とする。暴力の代わりに前面に出したのは〝宗教心〟だった。

とはいえ、他の宗教団体には代議士を国会に送って権力を持っている例もある。代議士をひとりでも当選させれば、世のなかで地位を得、自らはその党首になることも可能だ。それこそ閉ざされた盲学校や宗教の小集団の中ではなく、一般社会の中での権力獲得への道だった。そこで、宗教法人の資格を手にした一九八九年八月、政治団体「真理党」を設立する。そして翌年、自らと配下を含めて二十五人が衆議院選挙に出馬する。教祖は東京四区から立候補し、ここでさまざまな違法行為を重ねる。性来のイカサマ性を発揮する。しかし二月十八日の総選挙で教祖が獲得したのは千七百八十三票だった。もちろん他の二十四人も、見るも哀れな惨敗《ざんぱい》だった。

この衆院選立候補には、教祖の社会的な視野狭窄《きょうさく》がはからずも露呈されている。立候補による教団の宣伝という効果を、教祖は狙っていたのかもしれない。しかし総崩れになれば世間の笑いものにもなる。従って教祖には本気での勝算があったはずである。小集団の中で得た権力が、そのまま世間で通用するのではないかという誇大感と視野狭窄が、教祖にとりついていたのだ。

そして教祖にはもうひとつ重要な目論見《もくろみ》があった。教祖とその一味は、総選挙の三ヵ月半前の一九八九年十一月四日、坂本堤弁護士一家を殺害していた。その犯行はまだ明るみに出ていない。ただ犯行以前から『サンデー毎日』が、教団批判の連載をしていた。正々堂々と国政選挙に立候補すれば、まさか世間はその犯人たちがそこにいるとは思わないだろう。教祖はそう踏んで、選挙に打って出る。いわば一石二鳥である。選挙カーの上に並んだ信者たちが奇妙なお面をかぶらせられたのには、犯罪がバレるのを恐れる心理が働いていた。

信者が一万人以上はいると胸を張っていた教祖が、獲得した票が二千以下という総選挙惨敗に直面し、持っていた暴力性が噴き出す。この暴力性は、教団を非難する勢力を抹殺《まっさつ》するのには欠かせなかった。ここには教団が過去に犯した人殺しが助走として働いていた。二年前には、在家信者の真島照之氏を水責めによって死亡させていた。ちょうど一年前には、脱会しようとした出家信者の田口修二氏も殺害している。さらにその九ヵ月後には、坂本弁護士一家を惨殺していた。ここに至れば、もはや教団の罪、殺人集団という実態は永遠に消えない。ましてそれを暴露されれば、教団の求心力はガタ落ちし、空中分解し、教祖と取り巻きの幹部は重罪犯として制裁される。教祖にとって、この事態は自滅であり、何としても防がなければならなかったのだ。

　暴力装置として教祖が考えたのは、まずは薬物、そして生物兵器だった。肉親を教団に取られた家族が、坂本弁護士の助言で「被害者の会」を結成したのは、一九八九年十月下旬だった。その数日後、坂本弁護士はＴＢＳの取材を受け、教団の裏の実態を語った。これが放映されれば、教団非難の嵐が起こると危惧《きぐ》した教祖は、早川紀代秀、青山吉伸、上祐史浩をＴＢＳに派遣し、ビデオを開示させたうえで放映を中止させる。目下教団にとって最も危険な人物は坂本弁護士だと判断した教祖は、村井秀夫に殺害を下命する。村井秀夫は隠密裡《おんみつり》に殺害する方法として、毒物をまず考える。殺人の痕跡《こんせき》を残さないやり方で薬物に優るものはないからだ。さっそく医師幹部の中川智正を呼びつけ、〝人を殺せる薬はないか〟と訊《き》いた。数日後、中川智正はかつて勤務していた大阪市内の病院に侵入、塩化カリウムを盗み出した。

　坂本弁護士の殺害には、この塩化カリウムを静脈注射する方法をとる予定だった。一九八九年十一月四日未明の襲撃の際、抵抗されて注射に至らず、結局は三人とも窒息死させられた。坂本弁護士の首を絞めたのは岡﨑一明、坂本夫人のネグリジェの奥襟を摑《つか》んで絞め殺したのは中川智正、幼い長男の口を塞《ふさ》いだのは、中川智正と新實智光だった。

薬剤による殺人が困難だと分かると、教祖は遠藤誠一に生物兵器開発の指示を出す。総選挙敗退のひと月後、遠藤誠一はボツリヌス菌の培養を開始する。しかしこれはうまくいかず、三年後の一九九三年春には炭疽《たんそ》菌の培養を開始した。六月から七月にかけて二回、亀戸の教団施設から炭疽菌を噴霧するも失敗する。八月、同施設から今度は教祖自身がトラックに乗ってスイッチを押して、炭疽菌を噴霧しようとした。結果は悪臭を放っただけに終わった。これによって教祖は生物兵器を断念する。

あとの望みは、ほとんど同時に指示を出していた化学兵器だった。幸いその分野には、遠藤誠一の下に土谷正実という化学畑出身の出家信者がいた。化学兵器の筆頭ともいうべきサリンについて、教祖が説法の中で言及したのは、炭疽菌培養開始と同時期である。ハルマゲドンで使用される武器としてサリンを挙げた。もちろん説法の中では、自分たちが使うのではなく、攻撃されるのだと、例によって主客を転倒させた。

実際に、説法から半年後、土谷正実はサリン六〇〇グラムの製造に成功する。これを使って実施されたのが、教祖にとって目の上のたんこぶである創価学会名誉会長襲撃である。もちろん失敗に帰す。さらにひと月後には合成量は三キロに達した。これを使って再度、名誉会長を襲撃、しかしこれも新實智光がサリンを吸って重傷を負うだけに終わる。教祖はこれでは満足せず、村井秀夫を通して中川智正と土谷正実に対して五〇キロ生成を指示した。他方で教祖は〝科学技術省次官〟の滝澤和義にサリンプラントの建設を命じている。その後、早川紀代秀にも加担を指示した。三〇キロができたのが一九九四年二月である。四ヵ月後の六月二十七日、これが松本サリン事件で使われ、七人の犠牲者を出した。

その直後、今度はVX製造が、教祖から村井秀夫に命令された。村井秀夫は土谷正実に指示、早くも二ヵ月後にはVXの生成に成功する。VXが初めて使われたのは同年十二月の水野昇氏襲撃だった。教団から逃げた元信者一家を保護した水野氏に山形明がVXをかけ、意識不明の重体に陥らせた。実は水野氏への襲撃はこれが三度目だった。さらに十日後、スパイだと誤解された濱口忠仁氏が山形明にVXをかけられ、死亡する。翌年一九九五年一月四日には、また山形明が永岡弘行氏にVXをかけ、意識不明の重体に陥らせる。永岡氏は「オウム真理教被害者の会」の会長だった。

しかし教団が生成した化学兵器はそれだけにはとどまらない。イペリットとホスゲン、青酸がある。教祖が仙台支部で、公安警察によって教団が毒ガスのイペリットなどで攻撃をされていると説法する。全くの責任転嫁《てんか》であり、一般信者に恐怖を抱かせ、不手際《ふてぎわ》で毒ガスが漏れ出たときの予防策でもあった。一方で、これによって信者の結束がより強くなることも、教祖は頭の中で考えていた。

六月二十七日の松本サリン事件の二ヵ月前、教祖は、中川智正、土谷正実、林郁夫に対して、富士川河口付近でサリンの噴霧実験をさせた。その感触を得て、五月九日に実施されたのが、甲府地裁での滝本太郎弁護士襲撃事件だった。このあと、前年末に早川紀代秀が購入契約をしていた旧ソ連製二十六人乗りの大型ヘリコプターが教団に到着する。これによって、いつでもどこでも空からサリンを撒布《さっぷ》することが可能になった。

土谷正実が合成したイペリットは結局使われず、ホスゲンが松本サリン事件の三ヵ月後、教団の闇《やみ》を厳しく追及していたジャーナリストの江川紹子氏の自宅襲撃に使われた。青酸は、地下鉄サリン事件の後の五月五日、中川智正と林泰男が新宿駅のトイレに発生装置をとりつけた際に使われた。

教祖の暴力装置拡大策は、生物兵器と化学兵器だけにはとどまらず、並行して自動小銃製造も思い立つ。早くも一九九二年末に、早川紀代秀をロシアに送り、実物を実見させ、翌年二月には村井秀夫、広瀬健一、豊田亨、渡部和実もロシアに渡り、自動小銃ＡＫ74を分解して採寸し、一部を持ち帰った。その後横山真人に自動小銃千丁の製造を命じた。しかし山梨県富沢町の清流精舎で自動小銃一丁が完成したのは、二年後の一月で、まだ弾丸はできていなかった。

こうして化学兵器のサリンとホスゲン、ＶＸ、未完成ながらも生物兵器の炭疽菌、そして自動小銃を手にした教祖は、本気で自作の〝ハルマゲドン〟を信じていた。そのとき生き残るのは自分たち教団の信者だけなのだ。

その過程で多くの人間を殺す言い逃れとして教祖が思いついたのが、〝ヴァジラヤーナ〟だった。つまり、殺害はその人物を救済するためだとする詭弁《きべん》である。これを説いたのは、総選挙で落選したあとの一九九〇年四月十日だった。幹部二十五人を集めて、〝今やこの世はマハーヤーナでは救済できない。これからはヴァジラヤーナで行く〟と説法する。その前年の坂本弁護士一家殺害も、それで正当化できた。殺人ではなく〝ポア〟なのだ。

教祖が編み出した自己流〝ハルマゲドン〟は、自分の完全失明の時期と一致していた。わずかに視力の残っている右眼が少しずつ悪化しているのは、教祖も分かっていた。完全失明になれば、白杖《はくじょう》を必要とするほど動きを人に頼らざるを得なくなる。多少見えるのと完全な視力喪失とは大違いなのだ。その日を〝ハルマゲドン〟とすれば、世の生まれ変わりと、自分の再生が一致する。いうなれば、自分の運命を信者に共有させる最良のやり方であり、イチかバチかの勝負だった。

これ以前、教祖が信者獲得に使った手が、やはり生来のペテン癖だった。その方便は、一九八二年、船橋市内で薬局を開いていた際の延長でよかった。このとき教祖は干したミカンの皮などを万能薬であると虚偽の宣伝、販売をしたとして薬事法違反の罪で二十万円の罰金を食らっていた。今度はニセ薬は使えない。代わりになる虚偽宣伝の一大バクチは〝空中浮揚〟の写真だった。誰でもちょっとした訓練で可能になる〝空中浮揚〟を、〝解脱《げだつ》者〟の証拠だとしてオカルト雑誌『ムー』と『トワイライトゾーン』に持ち込む。ニセ薬販売から三年後の一九八五年十月だった。わずか三年間で〝解脱〟とは笑止千万である。しかしこの一枚の写真の効果は絶大で、その後『トワイライトゾーン』連載記事も獲得し、十五人ほどだった信者は漸増しはじめる。翌年の初めての著作『超能力「秘密の開発法」』が売り物にした〝超能力〟に魅きつけられた若者は多かった。誰でも、手っ取り早く〝超能力〟を手にしたいのはやまやまだからだ。そして一九八七年、「オウム真理教」への改称とともに『マハーヤーナ』を創刊する。丹沢の集中セミナーで殺人を容認する説法をするのはこの半年前だった。

とはいえ本格的に教団の宣伝を派手にし出したのは、総選挙敗退の翌年の一九九一年からである。その頃教団は窮地に追い込まれていた。選挙惨敗のみならず、信者である複数の母親が子供と一緒に出家したのに対して、父親のほうが人身保護請求を大阪地裁に申し立て、勝訴していた。また熊本県警が国土法違反等で全国十二ヵ所の施設を強制捜査していて、青山吉伸を逮捕した。同じく国土法違反で、早川紀代秀も逮捕された。さらに石井久子までが証拠隠滅で逮捕される。

こうした事態にあって、教祖は悪評を払拭《ふっしょく》する必要にかられたのだろう。一九九一年九月末、テレビ朝日の「朝まで生テレビ！」に、ロ八丁手八丁の上祐史浩とともに出演する。その他にもテレビやラジオ、雑誌にいけしゃあしゃあと顔を出して、教団の宣伝をした。

さらに十一月にはこの勢いを駆って、信州大学、東北大、東大、京大などで、教祖が講演する。若い頃、自ら東大を受験すると豪語して断念しただけに、教祖は学歴に対して根深い劣等感を抱いていた。これを消し去る有力な方策は、そうした有名大学で講演をし、あわよくば、在学生、卒業生を信者にし、手足として使うことだった。

特に教祖が必要とし、信者にしやすい手応《てごた》えを感じていたのは、理系の高学歴を持つ人間だった。理系の人間は、科学的な素養から離れて、一足飛びに超現実的な解脱や人間救済の思想に飛びつきやすい。哲学的、倫理的思考に理系の人間が弱いのは、文系の人間が科学的思考に弱いのと対照的だった。

逆に言えば、大学院まで進んだ高学歴の理系の若者にとって、将来の展望は限りなく灰色だった。そのまま大学に残って研究を続けたとしても、やれる範囲は極端に狭かった。所属する研究室の教授の意向は絶大であり、思い通りの研究はできない。あくまで教室の研究範囲内でしか動けない。しかも、その予算は驚くほど貧弱だった。他方、企業に就職したとしても、研究の方向性はその企業の生産範囲内に限定される。ここでもまた、年長の先輩や上司の意向は無視できない。五年や十年は下働きを余儀なくされる。予算とて潤沢であるはずはなかった。

それに比べると、教団にはふんだんに金があった。必要な物品は四の五の言わず購入できた。まるで科学研究の楽園そのものだった。倫理観の代わりに、教祖に忠誠を誓った科学者は、もはやそこから抜け出せない。土谷正実こそその典型だったと言える。

教祖は翌一九九二年四月、突如としてモスクワ放送の番組枠を買い取って、ラジオ番組を始める。ロシアの要人が献金ないし賄賂《わいろ》に弱いのは、つとに分かっていたのだ。教祖はモスクワ放送という虎の威を借りて、ロシアの科学系の大学で講演もする。さらに五月から十一月にかけて、スリランカ、ブータン、アフリカ、インドに教団ツアーを実施したのも、宣伝活動の一環である。翌一九九三年十一月にはモスクワツアーも敢行、何とオリンピックスタジアムでイベントも開催した。この間、裏ではサリンや炭疽菌、自動小銃を作っていたのだから、ツアーは目くらましとしても有効だったのだ。

考えてみれば、教祖が虎の威を借りた最大の行為は、〝空中浮揚〟を宣伝した二年後、オウム真理教を設立した一九八七年に、インドのダラムサラでダライ・ラマ法王に面会したことだろう。その後も数回会って、これによって仏教指導者のお墨付を貰ったも同然になったのだ。

教祖の特徴として、金の亡者である点も強調しておく必要がある。金権志向は、既に二十代後半のニセ薬の製造販売にもその兆候を見てとれる。教団発足当初から出家制度を設けた目的は、信者の囲い込みのみならず、その財産没収にあった。あり金すべてを教団に寄付させたあとは、教団施設で奴隷《どれい》なみの安宿生活をさせ、使役にも駆り立てる。修行の名を借りた人足宿と考えていい。文句を言えば制裁を科せられるので、暴力団が支配する蛸部屋《たこべや》同然だったのだ。

さらに修行の名目で、在家信者からも数十万、数百万単位で金を吸い上げた。オウム真理教創設の翌年、早くも〝血のイニシエーション〟と称して、教祖の血を飲ませる儀式を設ける。この売血なみの商売がひとり百万円だった。その後は、教祖の髪を刻んだもの、教祖が入浴したあとの湯さえも、飲む儀式として高額を要求した。これによって教祖と一体化できるという屁理屈《へりくつ》をつけたのだ。

笑えない〝傑作〟は、電極付きのヘッドギアをかぶって電流を流す〝PSI〟だろう。教祖の脳と同一化をはかるという突拍子もない理由をつけ、在家信者には、一千万円の値段をつけた。十人いれば一億円、百人で十億円という途方もない収入を教団は得た。

出家制度が財産の収奪として犯罪化したのが、目黒公証役場事務長の假谷清志氏拉致殺害事件である。実妹が出家するにあたって、その財産を根こそぎ入手するのが目的だった。

こうして出家信者からかき集めた巨額の金の収支を任されたのが、教祖の愛人、〝大蔵省大臣〟の石井久子だった。石井久子は、教団が強制捜査を受けたあとも、遠藤誠一らに逃亡資金を渡していた。

もうひとつ、石井久子が教祖の愛人であり、双子の女児を含めて三人産ませているように、教祖の色欲についても触れる必要がある。妻である松本知子と子供たちは、当初教団とは別のアパートに住まわせられ、上九一色村に教団施設ができたあとも、教祖はよく別のサティアンに出かけていた。信者には男女の関係を厳禁する一方で、教祖自身は放蕩三昧《ほうとうざんまい》だった。各地の支部を訪問しては、そこの信者をホテルに呼び寄せて説法をする。男性信者が全員一緒に教祖の部屋に呼び入れられたのとは逆に、女性信者はひとりずつ、しかもその〝説法〟はひとり二時間に及んだ。教祖はベッドに横たわっての〝説法〟だったから、推して知るべしである。

教祖の女性関係を最も知っているのは、専属運転手だった杉本繁郎で、法廷でも証言している。石井久子の住む第一サティアンまで教祖を送ると、石井久子は教祖の腰に手を当てて迎え入れた。この石井久子は、最初は死産、そのあと産んだのが三人である。杉本繁郎によると、〝それ以外にも少なくとも二人の愛人がいた〟。もちろんそれと感づいた妻の知子と教祖の間には、いさかいが絶えなかった。教祖に次ぐ〝正大師〟の地位にいながら、教祖から殴られて鼓膜を破られたり、独房で〝修行〟させられたりした。嫉妬《しっと》にかられて暴れたときは、電極つきのヘッドギアPSIを二ヵ月以上被らされている。

男女の仲を禁じた教祖の掟《おきて》を破った幹部としては、井上嘉浩がいる。魅力的で〝信仰〟に一途《いちず》だった井上嘉浩は、女性信者の憧《あこが》れでもあった。福岡支部長だった頃、かつて教祖の愛人だった女性が、福岡支部に異動させられ、井上嘉浩の身の回りの世話をするようになる。誘われるようにして男女の仲になったとき、この〝破戒〟が教祖にバレて、本部に呼びつけられる。教祖が命じたのは、コンテナの中での四日間の断水と断食だった。夏だったからコンテナの中は蒸し風呂状態になる。断食だけならまだしも、断水なら確実に死が待っている。真暗闇の中でそう覚悟した井上嘉浩を救ったのは、三日目に降った雨だった。コンテナの温度が下がり、天井に水滴ができた。井上嘉浩はそれをティッシュでぬぐい、口に含んだ。大雨は一日中続き、四日目には暑さが戻ったものの、死は免かれて生還した。

裁判で石井久子は〝仏教は人を平等とみなしているのに、教祖はそこに差別を持ち込んで歪曲《わいきょく》している〟と批判していた。この教団内に設けた教祖の恣《し》意的な階級制は、差別の露骨な現われだった。〝正大師〟の上に自分を据え、ピラミッド状に信者たちを階層に分けることによって、自分の地位はもはや揺がない。命令も滞りなく下達できる。階級の上げ下げによって、自分に忠誠を誓わせることも可能になる。

この階級制が音を立てて瓦解《がかい》したのが、逮捕から裁判にかけての間だった。改心した幹部たちから一斉に批判の矢が教祖に向けられたのだ。その先鋒《せんぽう》に立ったのが林郁夫であり、井上嘉浩だった。広瀬健一、杉本繁郎、石井久子もこれに続いた。

化けの皮を剝《は》がれた教祖の反応は、まずは怒号であり、次は支離滅裂の弁明、そして最後は、何やら自分流の呪文《じゅもん》らしいブツブツである。これら一連の反応は、すべて生き延びるためのあがきであり、窮余の一策としてのブツブツは、あわよくば精神異常の診断を勝ち取るための詐病《さびょう》でしかなかった。このブッブツは、最期《さいご》を迎えるまで独房の中で、教祖の口から漏れ続けるはずである。所詮《しょせん》このブツブツ以外、語るべきものは何も持っていなかった教祖だったのだ。

第十八章　証人召喚

教祖以外でも、各々《おのおの》の幹部信者に対する裁判が続けられているなかで、証人召喚状が届いた。覚悟はしていたものの、大学の教官としての日々の務めの他に、こうした任務は重荷になった。とはいえ、拒絶はできない。立ち向かうしかなかった。

まず出廷したのは、滝本太郎弁護士に対するサリンによる殺人未遂事件だった。被告人は青山吉伸である。通常は東京地方裁判所で行われている裁判が、証人の居住地を考慮して福岡地方裁判所に変更されたのはありがたかった。

第一回の出廷は一九九七年六月十三日で、弁護側の尋問は、サリンによる攻撃で滝本弁護士が感じた「目の前の暗さ」についてだった。弁護側としては、どうしてもこれをサリンと結びつけたがらず、他の要因、例えば体質、別の病気、あるいは他の化学物質に起因するのではないかと、あれこれと屁理屈《へりくつ》としか思えない質問をぶつけてきた。

証人召喚はもちろん初めてではなかった。神経内科医として、これまで証人として出廷した回数はもう軽く三十回は超えていた。チェーンソーによる振動障害、東大でのタリウム殺人事件、福大病院でのタリウム中毒事件は、まだ記憶に新しい。弁護人がまず問題にするのは、証人が真に専門家としての資質を持っているかどうかだった。証人に値しない人間として、こちらをこきおろすために、矢継ぎ早に質問してくる。腹が立つのをおさえ、じっと耐えられなければならない。第二は、結論の信憑性《しんぴょうせい》を薄めるために、AやB、Cの可能性も考えられるのではないかと、これまた執拗《しつよう》に食い下がる。「その可能性もないとはいえない」などと証人の言質《げんち》を得れば、弁護人としては大きな収穫なのだ。

弁護人が被告の立場に立って代弁する役目については、よく理解できる。しかし時としてその任務に忠実なあまり、検察側の証人をはなから侮蔑《ぶべつ》するのは公平ではない。証人とて、損得勘定から証言台に立つのではない。あくまでその道の職業人、専門家としての責務を果たすべく、いわば手弁当で出廷しているのだ。大学の教官としての任務は、臨床と研究、教育であり、この三本柱だけで日々の予定はぎゅうぎゅう詰めになっている。そこに裁判がはいり込む余地など、通常はありえない。しかし証人を断れば、国民の義務を放棄することにつながると思えばこそ、引き受けているのだ。精神的な身銭を切っているのに等しかった。

第一回の尋問を終えたとき、担当の栗田検事が労をねぎらってくれた。

「沢井先生、本当にご苦労さまでした。弁護人の人数がいつもより多いのには気がつかれましたか。五人も揃《そろ》えていました」

「はい。弁護側も力を入れているなとは思いました」

「弁護人は全員、京都大学出身で、被告人の同期生ですよ。被告人も京大出です」

「司法研修所でも一緒ですか」

「もちろんです。それで入れ込み方が普段と違うのです。いわば身内です。先生には嫌な思いをさせたかもしれません。そのあたりは、実に申し訳ないです」

「構いません、それは」そう答えるしかなかった。

「来月の公判で、先生の出廷は終わりですから、よろしくお願いします」

栗田検事が頭を下げた。ご苦労なのは、二人の検事、弁護人、裁判官、そして被告までが、この日のために、わざわざ福岡まで出向かなければならないことだった。こちらが不満をぶちまけるのは、それこそ僭越《せんえつ》の極みだろう。

二回目の出廷は七月十八日だった。例によって開廷は午前十時で、昼休みをはさみ、夕方五時まで証言台に立たねばならない。青山吉伸被告は、前回同様、顔馴染《かおなじみ》の弁護人たちの前に神妙な表情で腰かけていた。

——前回、証人にお聞きした際、サリンの被曝《ひばく》後四、五時間経《た》って縮瞳《しゅくどう》が現れたような文献は存在しないということでしたね。

「はい」

——現に証人が出されている文献、そして前回、証人に訳していただいた文献でも、サリンに被曝してから数秒、遅くても十五分から三十分で症状は発現するという内容ですね。

「はい」

——証人の御証言、あるいは意見書にも書かれていましたが、あれが唯一《ゆいいつ》、サリンに被曝してから後の経過に関する文献ですね。

「はい」

——前回の証人の御証言で、松本サリン事件と地下鉄サリン事件についての報告が出ているということで、『救急医学』に載っている五篇か六篇の文献を取り寄せました。しかしその中にも、被曝してからの経緯、症状の変化についての記載は確かに何もありません。証人は読まれたでしょうか。

「はい、読んでおります。症状経過についての論文はないように思います。一般論ではなく、ケースレポートとしては、あるかもしれませんが、見ていません」

——松本サリン事件、地下鉄サリン事件の後に出た文献で、被曝してからどのように症状が変わったのかを書いている文献は、何かあるのでしょうか。

「前回紹介した以外には知りません」

——紹介していただいた文献では、時間的経緯、症状の変化について記載した文章はあったでしょうか。

「重症例については、いくつかあったように思いますが、一般論としての記載はなかったと思います」

——すると、特に縮瞳だけで終わっている症例については、どういうふうにして縮瞳が起こったかを記載した文献はないということですね。

「縮瞳に関して、いつ頃起こって、どういう経過を辿《たど》ったかについての記載はありません。ただ、その後どのくらいしてよくなったかという記載は、一部ございました」

——つまり、縮瞳が起こるまでにどのくらいの時間がかかったかという記載はないけれども、その後どのように治癒したかの文献はあったということですね。

「はい、そうです」

——それから、証人の意見書の資料として引用されているものの中に、地下鉄サリン事件の被害状況捜査報告書というのがあり、二千六百五十五名の方の症例が記載されていますね。

「はい」

——これは確かにものすごい記録で、すべて見たのですけれども、縮瞳が現れるまで、どのような経過をたどったかについての記載はゼロですね。

「はい」

——ですから報告書は、どういう症状が出たかについての記載のみであり、どのような経過を辿って縮瞳が出たかについては書かれていないということですね。

「はい」

——それから、証人は地下鉄サリン事件の後、二十人くらいの患者さんに会われたとおっしゃっていましたね。

「はい」

——その二十人くらいの患者さんに会われたときの記録なり、あるいはそれを基にして証人が論文か何かを発表されたことはあるのでしょうか。

「いえ、記録は自分で持っていますが、正式には発表していません」

――客観的なデータとしては出されていないということですね。

「はい」

――証人が会われた二十人の患者さんの中に、本件のように縮瞳だけあるいは縮瞳にプラスアルファ、例えば呼吸器系の症状とか、そういうのが出た患者さんは、何人くらいいたのでしょうか。

「縮瞳については充分に把握していません。目の前が暗くなったとか鼻水が出るとか、そういう自覚症状を主に調査したので、縮瞳についての詳しい客観的な頻度については存じません」

――自覚症状で、目の前が暗いという人は何人くらいいたのでしょうか。

「約六割くらいだったかと思います」

――それでは、今ここで、どういう人がどういう症状を辿ったかについて、ひとりずつお話しになれるでしょうか。

「いえ、それはできません。アンケート用紙を使って、それに記載してもらう方法で聞き取ったものですから、詳しい名前や年齢など、手元に記録がないのでできません」

――名前はプライバシーもあるので結構です。すると証人の調査は、アンケートでなさったのですね。

「はい、アンケート用紙で直接本人に聞くという形式を取りました」

――そうすると、アンケート用紙で聞き取る事項というのは、具体的にどうだったのでしょうか。

「それは、松本で起こった有毒ガス事件の報告書を基にして、そのとき用いられたアンケート用紙の形式に従って、聞き取り調査をしました」

――具体的にどういう事項を質問されたのでしょうか。

「自覚症状が主で、有機リン中毒で考えられるべき症状が、すべて並べられています」

――つまり、サリン中毒にかかったときに、こういう症状が現れるだろうということを全部書き出して、それに沿って質問したのですね。

「はい。松本では、信州大学でそういう調査用紙が作成されていて、その同じ形式のものを使いました。松本の事件と地下鉄サリン事件とを比較したいと考えたものですから」

――その松本サリン事件で使われたアンケート様式は、誰が作られたのでしょうか。

「信州大学の公衆衛生学の那須《なす》という先生が作られたものです」

――そうすると、本件に関連しては、主に縮瞳になるのですけれども、どういう質問項目があったのでしょうか。

「縮瞳自体については、質問項目はありません。ただ、目のいろいろな症状、例えば目がかすむとか、目の前が暗くなるとか、ものがぼやけて見えるとか、目が痛いとか、非常に詳しいことを聞くようになっています」

——そうすると、目の症状については、暗くなるということだけではなく、かすむとか痛いとか、そういうことを全部聞かれたということですね。

「はい」

——そして目の症状を訴える人が六割くらいいたと。

「はい。六割以上あったかも知れませんけれども」

——それで、目の症状を聞くとき、被曝をいつして、いつ症状が出たかも細かく聞かれて、それもアンケート用紙にメモを取られたのでしょうか。

「はい」

——前回の証人の御証言では、被曝して家に入ったとき、あるいは病院に行ったときに暗く感じたという患者さんがおられたということでした。何歳くらいの年齢の人で、どういう経過を辿って、そういう状態になったかについて、二、三の例をちょっとお話しいただけないでしょうか。

「年齢は大体二十歳から四十歳くらいの男性ばかりです。いつ頃から症状が出たかについて聞いたところ、目の前が暗くなるという症状についての訴えが最も多く、その次に目の痛みが多かったのです。さらに聞くと、目の痛みについては、比較的、曝露を受けて早い時期から訴えています。目の前が暗くなるという症状については、曝露直後から訴えた人も何人かおられました。しかし、多くの場合は、自分の職場に戻ったときとか、病院に行って初めて気がついたということでした」

——その病院に行ったというのは、事件が起きて、一時間かそこら後に病院に行ったということでしょうか。

「一時間かどうかは分かりませんけれども、少なくとも半日以内に全員が病院に行っておりました」

——そうすると、証人は、被曝して何時間後に病院に行ってというような、具体的な聴取はされていないということですね。

「そうしたケースもありました。しかし全部が全部そうしたわけではありません」

——被曝して何時間後かに病院に行ったケースですが、証人がメモされている中で、大体何時間だったのでしょうか。

「確か五、六時間だったと思います」

——その人のことを具体的に聞きたいのですけれども、男性か女性か、何歳ぐらいの人でしょうか。

「男性で、確か四十歳くらいの方だったと思います。病院に行って、目の前が暗いので、びっくりして病院の鏡を見て、縮瞳が起こっているのに気がついたという例でした」

——その方が五時間も六時間も後に、病院に行かれたというのは、どういう理由からでしょうか。

「同じ職場の人がみんな同じような症状を訴えているので、自分も何か異常が起こっているのではないかと心配になり、病院に行ったと聞いております」

——その病院は何という病院でしたか。

「警察病院です」

——警察病院は、地下鉄サリン事件のとき、かなりの患者さんが運び込まれた病院ですよね。

「はい」

——かなり重症の方も運び込まれたのではないでしょうか。

「いえ、その警察病院のデータは知りませんので、どのくらい重症の方がいたかは全く存じません」

ここで発言を買って出たのは裁判長だった。さすがに適確な質問だった。

――その四十歳くらいの男性というのは、地下鉄に乗っていた乗客なのですか、それとも捜査に携わった警察官なのでしょうか。

「後者でございます」

この返事に驚いたのは弁護人だった。

――警察官ですか。

「はい」

――そうすると、患者さんを運び込んで来たり、警察の内部で重症の患者さんの手当てに立ち会ったりとか、いろんなことをなさった方ではないでしょうか。

「捜査に当たったのは事実でございますが、それ以外、具体的な任務は聞いておりません」

――治療に当たられた看護婦さんや、お医者さん自身が、軽いサリン中毒にかかられたことは、あちこちの資料に出ていますよね。

「はい」

――ですから、その警察の方がいろんな捜査に立ち会われたということであれば、別に地下鉄サリン事件のときに被曝して、その症状が五、六時間後に現れたというのではなく、どこか他の場所でサリンが蒸発している場所があって、そこで吸われたのが、五、六時間後に現れたということではないのでしょうか。

「そうではないと思います。やはり直接地下鉄サリンの現場に行かれての曝露だったと、記憶しています」

弁護人としては、サリン被曝後五、六時間が経過しての縮瞳は、何としても否定したいのだ。というのも、滝本太郎弁護士が、自分で運転する車の窓を開けてサリンに被曝したあと、目の前が暗いと感じたのが、かなりあとだったからだ。それがありえないとすれば、サリンの被曝はなかったことになる。

――その方は、警察病院にも頻繁に出入りはされているわけですよね。

「警察病院には、そのとき初めて行かれたようです」

――警察病院には、重症の患者さんも運び込まれているはずで、そういう服についているサリンを吸うとか、いろんなことがあると思います。現に、看護婦さんやお医者さんがかなり重症になった例もあると聞いております。その辺のことは、細かくは検証されていないということですね。

「はい」

――それから前回、証人の意見書に添付された英文を、証人に訳してもらった際、その文献の著者が自覚症状と所見を混同しているというような御証言が、確かにあったと思うのですけれども、具体的にはどういうことなのでしょうか。

「通常、症状と所見ははっきり分けて記載するのが常識でございます。しかしその文献では、それを全く区別せずごっちゃにして記載しており、それが問題だと申し上げたように思います」

――我々には、どれが所見で、どれが症状かよく分からないのですけれども、どのあたりが混同されていたのでしょうか。ご記憶の範囲で結構です。

「縮瞳については早く出てくるけれども、その他の症状については、具体的には書かれていませんでした」

――そうすると、証人が訳された文献ですが、これは症状を書いているのでしょうか。所見を書いているのでしょうか。

「最初のうちは縮瞳という所見を書き、その後はどういう症状を示すかについては、書かれていませんでした」

――非常に少ないサリン濃度の曝露では、縮瞳または他の症状は、数分間起こらない。曝露中止後、縮瞳は十五分から三十分間、完全とはならない、というように証人は訳されています。この部分で、症状の記載はどこにあるのでしょうか。

「それは縮瞳という所見のみを書き、どんな症状が出たかは書いていません」

――証人が縮瞳と言われるのは、所見なのですね。

「そうです」

――ただ、症状でも所見でも、縮瞳と書く場合もあるのではないですか。

「いえ、症状で縮瞳ということは、通常言いません」

――少なくとも専門家が書く場合は、所見は縮瞳、症状としては暗黒感とか、そんな記載になるのですね。

「はい、目の前が暗いとか」

――いずれにしましても、証人の御意見では、この文献での所見としての縮瞳は、非常に少ない量の曝露でも、数分後に起こり、長くても十五分か三十分後には起こっていると、こういう形になるわけですね。

「はい。私どもは縮瞳がいつ頃から起こるかに非常に興味を持っております。サリンの場合、蒸気で直接目から曝露を受けるので、蒸気がごく薄い場合、他の症状が出なくても、縮瞳という所見は真っ先に出てくるのではないかと思っておりました。それで多くの文献を集め、探していたときにあの文献が出てきたわけで、非常に貴重な資料だと考えています」

——それで証人の知る限りでは、これが唯一の資料になるのですね。

「はいそうです」

——証人が被害調査をしようと思われた動機と目的なんですが、もう一度正確に言っていただけますか。

「いろんな文献に、種々の中毒症状と所見が書いてありますが、私ども神経学者が見て、信頼できるものか、直接本人に会って聞いてみる必要がございました。松本の場合は行く機会がございませんでした。東京の場合は、たまたま行く機会があったので、聞き取り調査をしたわけです。重症例については多くの論文が出ておりますけれども、軽症例については意外と報告はなされておりません。それで、軽症例でどういうふうに症状が起こり、どんな所見があり、どういう経過を辿るかを、自分の目で確かめ、直接聞いてみたかったので、調査をしたわけです。それから松本と地下鉄で、何か症状の面で差があるかも、是非知りたかったので、そういう意味で調査を行ったのです」

——これは、どこからか依頼を受けてやったのではなく？

「私の自主的な調査です」

——全くの学問的興味ということですね。

「はい」

――先程から何回も出ていますように、どういう経過を辿って、縮瞳、あるいは自覚症状が現れるというような文献が全くない現在、証人が将来、これをまとめて論文なりを発表される御予定はあるんでしょうか。

「はい、したいとは思いますけれども、もっと肉付けが必要かもしれません。今回の調査で分かったことは、目の前が暗くなるという症状が、非常に前景に出てくるという事実でした。そういう意味で、普通の農薬中毒と、サリンみたいな蒸気曝露を受けた場合とは、症状に違いがあるということが理解できました」

――先程、四十歳くらいの警察官の方の症状をお話しいただいたのですけれど、他に被曝したと思われるときから長時間たって自覚症状が現れたような事例があれば、お話しいただきたいのですが。

「同じような症例が一、二例あったように思います」

――具体的に、今記憶はないのでしょうか。例えば何歳くらいの方で――。

「みんな年齢は二十歳代から四十歳代でした」

――今すぐ頭には浮かばないのですね。

「はい」

——思い浮かぶのは、その警察の方で、五、六時間経っていた例のみですか。

「はい」

——それから縮瞳というのは、入ってくる光の量が少なくなるということですよね。

「はい」

——縮瞳と視野が狭くなるのは、正確には別のことですよね。

「いや全く無関係ではございません。縮瞳が非常に強くなれば、視野が狭くなっても おかしくはないと思います」

——正確には、視野というのは、自分が見える角度ですね。

「はい」

——それで、視野が狭くなるというのは、見える角度が狭くなるというものですね。

「はい」

——そして縮瞳というのは、入ってくる光量が減ってくることですから、視野狭窄《きょうさく》とは本質的には違うことではあるけれども、縮瞳という現象が起こると、目の構造上、視野狭窄も起こるというふうに考えていいということですね。

「はい。特に縮瞳が著明な場合には、視野も狭くなり、逆に縮瞳が軽い場合に視野狭窄があれば、別な原因があると私どもはいつも考えています」

――それは証人のお考えなのか、確かな文献とか何か、あるいは相関データがあるのでしょうか。

「いや、それはないと思います。ただ重要な点は、通常著明な縮瞳が起こるようなことはめったにございません。この前、主尋問のときにお話ししたように、橋《きょう》という脳幹に出血が起こった場合は、瞳孔が直径一ミリ以下に縮んでしまいます。その他の条件で一ミリくらいになるような状況を作ってやれば、視野が狭くなっているかは確認できますけれども、今までそういうものはありません」

――それから、同じようなことを聞きますけれども、縮瞳によって青のものが赤になったり、白に見えたり、ねずみ色に見えたりすることはないですね。青は青でいいですね。

「はい、そう思います」

――要は、光の青い、赤い、白いは、波長の問題ですよね。

「はい」

――もうひとつ、視野が狭くなったからといって、太陽を見て、太陽が見えなくなるということも、当然起こらないですよね。

「はい、起こらないと思います」

──太陽が前にあるとして、太陽に向かって、太陽を見ていて、太陽が見えないというようなことも、当然起こらないですね。

「はい、そういうことはないと思います」

くどい質問だとは思いつつ、ありのままに答えたところで休憩にはいった。どっと疲れが出て、その場にへたり込みそうだった。弁護人席の前の青山吉伸も、ほっとしたように一礼していた。

「いやあ、本当にご苦労さまでした」

控室で昼食をとりながら、栗田検事が労をねぎらってくれた。

「ともかく執拗な尋問でした。先生を疲れさせるのが目的かなと思ったくらいです」

脇から貝島検事も言う。「とにもかくにも、弁護側の目的は、サリン曝露から五、六時間たっての縮瞳はありえないという一点を確保することです」

「それが否定されれば、サリン曝露はなかったことになりますから」

栗田検事が念をおす。「午後は、五時までの長丁場です。よろしくお願いします」

考えてみれば、二日目の証人尋問も、まだ始まったばかりだった。溜息《ためいき》が出そうになるのを抑えた。

午後一時から始まった尋問には、二人目の弁護人が立った。先方は入れ替わり立ち替わりすることができる。しかし受けて立つ方は常にひとりなのだ。

弁護人は滝本太郎弁護士の検察に対する供述調書を示した。

——ここに、太陽は西の空の低い位置にあったと記載されていますね。

「はい」

——そうすると、仮に縮瞳があったとしても、太陽があるという供述とは矛盾はないということですね。

「はい」

——同じく調書に、この日は晴れていたと書いてありますが、仮に縮瞳があったとしても、晴れているのは分かっても不思議はない、ということですね。

「はい」

——ということは、縮瞳があっても晴れと曇りの区別はできるということですね。

「はい」

——先程の証人の御証言では、昼間明るい所にいると縮瞳は気づかないけれども、部屋や病院とかの建物の中に入ったときに、縮瞳に気づく場合が多いと、こうおっしゃいましたね。

「いいえ、正確には、目の前が暗くなるという症状に気づくということで、縮瞳ということにはなりません」

――証人自身は詳しくはご存じないと思うのですけど、当日、滝本弁護士は山梨での裁判が終わったあと、別荘地に行き、あちこち別荘を見て、それから帰って来たということはご存じですね。

「はい」

――証人も、ご存じだと思うのですけど、滝本弁護士はその途中、八ヶ岳パーキングエリアでうどんか何かを食べ、富士見町役場にも立ち寄ったと書かれています。

「はい」

――証人の先程の御証言では、既に縮瞳が所見として現れていれば、パーキングエリアでうどんを食べたり、役場に行っていろいろな人と話をした場合に、目の前が黒くなるとか暗くなるとかの症状が現れるのではないでしょうか。

「そういう症状が出ても、おかしくはないと思います。本人が気づくか気づかないかは、別問題ですけど」

――ですから、気づいていないということは、縮瞳がなかったか、ない可能性もありますね。

「ない可能性よりも、あった可能性が強いような感じがします。縮瞳が軽度であれば、気づきにくいし、その部屋の明るさによっても、気づきの程度は変わると思います」

――役場というと、大体暗いところなんですけどね。

　不満気に弁護人は言い、証拠品になっている地図を示した。

――滝本弁護士は、ここにある中央自動車道を通って帰って来ています。別荘を見たあと、この自動車道にはトンネルが十ヵ所近くあります。特に笹子トンネルは非常に長く、五キロくらいあります。こういう暗いトンネルを通ったときに、縮瞳としての所見がある場合に、自覚症状が出てもおかしくないと思うのですけれども、そのあたりはどうでしょうか。

「おかしくはないと思いますけれども、本人が異常に気づいたかどうかが、一番問題になります。しかし記録には記載がありません」

――我々も入手している記録に、トンネルの中で暗いということに気づいたとは、一切書かれていません。トンネルを通った時間帯は、本人が暗く感じた時点からさかのぼって、三十分ないし一時間前なのです。その点について、証人はどうお考えでしょうか。

「暗い明るいは感覚の問題で、多少暗い所を通っても、本人が気づかないのであれば、それはそれでおかしくはないと思います」

——しかし本人が気づいていなかったということは、トンネルを通るまでは、本人に所見としての縮瞳はなかったと考えるほうが普通なんじゃないでしょうか。

「そうではないと思います。暗く感じるかどうかが一番重要であって、縮瞳があったか、なかったかの問題には結びつかないと思います」

弁護側が、どうしても縮瞳はなかったという結論にしたいのは、これで明白だった。ここで弁護人が代わり、背の高い眼鏡をかけた弁護士になった。質問が別の角度から飛んでくるのを覚悟する。

——一般にアレルギー反応というものがありますね。微量物質が身体《からだ》にはいり、後になって同じ物質がはいって感作し、異常な反応を起こすことで、化学アレルギーと呼ばれていますよね。

「私どもは、化学アレルギーという用語は使いません。個々の物質、例えばアスピリンならアスピリン過敏症とか、そういう言い方をしております」

どうやら弁護人は、サリンではなくアレルギーの問題にすり替えたがっているようだった。

——しかし天然にあるものや、人工的に合成した物質でアレルギー反応を起こすことはありますよね。

「はい」

――例えば農薬とか殺虫剤でアレルギーを起こす、建物に使われている建材でアレルギーを起こすことはありますよね。

「はい」

――それを一般に化学物質によるアレルギー、あるいは化学物質過敏症とか言うのではないですか。

「化学物質による過敏症という言葉は使いますけど、化学物質過敏症と続けて言うことはございません」

――滝本弁護士がアトピーの疾患を持っているということは、先生はご存じでしょうか。

「はい」

――アトピーというのはアレルギーの一種ですよね。

「はい」

――アレルギー反応というのは、誰でもが起こすわけではないですよね。

「はい」

――アレルギーを起こす人、特にアトピーを起こす人なんですけど、これはもともと体質的に敏感なのか、それとも一般の人でも条件が整えばなるのか、そのあたりはどうでしょうか。

「後者だと思います」

——遺伝的にはあまり関係がないと。

「遺伝というよりも、通常私どもは体質によるものだというふうに言っております」

——去年、朝日新聞に、東京の杉並区で喉《のど》の痛みや目の痒《かゆ》みなどを訴える人が集団的に出て、眼科の専門家が診たところ、縮瞳が見られたという記事が出ていたことは、ご存じないでしょうか。

「全く存じません」

——新聞の記事によると、近くにゴミ焼き場があるので、それが原因ではないかと書いてありますけど、そういうゴミ焼き場から出る物質で目に障害が出て、縮瞳が起こるというような研究論文が発表されたことはないでしょうか。

「全くございません」

——東京都では、公園に散布された農薬や、電柱に使われた防腐剤なんかを調べているようですけど、こういうことから先程言った目の障害は起こるのでしょうか。

「粘膜に刺激性のある物質が出れば、目の痒みなどが起こってもおかしくないと思います。そのときたとえ縮瞳があっても、どのくらいの程度の縮瞳があったかを、具体的に示していただかないとコメントはできません」

――証人が前回言われた証言では、農薬で症状が現れるには大量に使われないと出ないということでしたね。

「はい」

――最近では農薬や殺虫剤による過敏症というのが、本でも新聞でもよく取りあげられます。証人が前回言われた大量の農薬ではなくて、過敏症であれば、ごく微量の農薬か殺虫剤によって身体的な反応が出ることもあるのではないでしょうか。

「最近の農薬については、ごく微量で症状が起こった事例は出ていません。他の化学物質で微量で反応した例は、聞いたことがございますけれども」

――証人は公害物質をいろいろ扱われているので、実験室でそれを抽出したり、分析したり、なさっているわけですね。

「分析はしておりません。共同研究で、公共の機関に分析をお願いするようにしています」

――そうすると、証人のほうは、化学物質を実験室では扱わないのですか。

「いいえ、動物実験で、動物を化学物質に曝露させ、どんな影響が出てくるかについては、毎日のようにやっています」

——動物に化学物質を与え、尿を採ったり、血液を採ったりして、代謝物を分離して測定するということはなさっているのですか。

「代謝物の測定は、他の機関に頼んでやってもらっています」

——証人のご経験についてですけど、お医者さんとしては、化学物質をいろいろ取り扱われていて、化学物質のことは詳しいと考えていいのでしょうか。

「研究としては動物実験をいろいろやって、研究データを出しておりますけれども、研究の主眼は、あくまで人間に対してどんな影響が出るか、神経学的な方面から分析しております」

ここでまた弁護人が、前の弁護士と交代した。まるで投手の交代と同じだ。しかし打者は交代を許されず、打席に立って、最後まで球を打ち返さなければならない。

——証人の前回の御証言では、サリンに揮発性があるのだというふうにおっしゃっていましたね。

「はい」

——以前、三菱ギャランの会社の人に証言してもらったときに、車を二五度Cくらいの晴れた日に外に出しておくと、車体の温度は一〇度くらい上がるという証言をされました。例えばサリンのような揮発性のある物質を車にぶっかけると、大部分は地上に落ちる形になり、サリン自体は薄く被膜として残ると思うのですけど、それがどのくらいの時間が経てば蒸発すると、証人は思われますか。

「私自身は化学者ではないので、お答えできません」

――直感的に分からないですか。

「仕事自体は、他の領域の専門家と相談しながら進めていくわけで、その部分については全くの素人《しろうと》で、お答えできません。他の方から意見を聞かれたほうがいいと思います」

――証人の前回の御証言、それと文献から、目に障害が現れたのは一立方メートルあたり、一分間五ミリグラムの曝露を受けた場合とおっしゃったし、文献にも書いてありましたね。

「はい」

――一般論でお聞きします。滝本弁護士が乗った車に、仮にサリンの入った液が振りかけられたとして、約五時間についてはサリンを一切吸わなかった、五時間後に、車の窓を十秒程開けたために、サリンが車に流入してきて、それを吸ったとした場合に、目にサリンの障害が出るかという問題について、お答えいただけますか。

「車内にサリンがいつ、どのくらい入ったかについては、分かりません。しかし重要な問題は、サリンがいつ入ったかだと思います」

——それで、いつ、どのくらい入ったかについて、今からおうかがいしていくのですけれども、仮に車に一グラムのサリンが付着したとします。五時間後にどのくらいのサリンが入ってくるかを考えると、まず第一の仮定として、五時間でサリンが全部蒸発してしまう場合があります。そのとき同じ速度で蒸発してしまうと仮定すると、一時間は三千六百秒ですから、五時間で一万八千秒になります。一グラムが一万八千秒の間に蒸発しているとすると、一秒間あたりのサリン蒸発量は、〇・〇〇〇〇五五五グラムになります。これをミリグラムに直すと、一秒間に〇・〇五五五ミリグラムが蒸発している形になります。十秒間窓を開けたとしても、蒸発した分が全部車内に入ったとしても、〇・五ミリグラムというサリンの量になります。

疲れた頭を懸命に研ぎ澄まして聞いていても、どこか前提がおかしいような気がして、素直には頷《うなず》けない。助け舟を出してくれたのは栗田検事だった。

——異議がございます。第一に、適当な前提とは思われません。第二に、これまでの証言で明らかにしたつもりでおりますが、窓を開けなければ一切入らないなどという前提は間違っています。

——ですから、仮定の話をしているわけです。

——仮定の話を証人に聞くとしても、正当な仮定でなければ、証人は答えようがないと思われます。この尋問は不当な尋問だと考えます。

——仮定の尋問をさせていただき、実際はどうだったのかについては、適宜修正していったらいいと思います。まず叩《たた》き台がないと、どう考えたらよいか分かりませんので——。

——証人と仮定の話で議論しても始まらないと思います。

　水かけ論になったとき、裁判長が割って入った。

——検察官の異議は分かりました。弁護人のご意見としてはどうでしょうか。

——ひとつの叩き台を作って、それを聞いていく形にしたいと思います。

——であれば異議は棄却します。しかし仮定の話を長く続けても意味がないと思いますので、適当なところでまとめて、次に進んで下さい。

やれやれと思いつつ、頭の中を整理する。その時間だけでも稼げたのは、栗田検事の助け舟のおかげだった。

——先程の仮定の話でいきますと、十秒間に全部車の中に入ってくるとして〇・五ミリグラム、車の外で蒸発したものの五分の一が車内に入ったとして、〇・一ミリグラムです。〇・一ミリグラムのサリンが車の中に入ってきた場合に、どういう症状が起こるのでしょうか。

「まず、はっきりお答えしたいのは、一立方メートルあたり五ミリグラムというのは、論文中の数字です。たまたま文献にあったというだけで、本当にその量で症状が起こるのか、確証はありません。私自身はもっと少ない量でも充分起こる可能性があると思っています。第二の疑問は、サリンの揮発率です。どの程度の温度で、どのくらい揮発するかは、まだ明確にされていないと思います。第三は、車外から一定量のサリンが入ったとしても、被服についた場合は残留するという事実です。これは有機リン系の農薬では、いつまでも残留し、かなり高濃度のものを吸い込む場合があります。従って単に空気中の濃度からだけでは、ものが言えません。第四に、これはあまり文献にはないのですが、曝露を受けた場合の蓄積性です。微量でも時間が経ってくると、ある程度蓄積して、中毒症状が出てくるのではないかと考えています」

——その蓄積性ですが、十秒間窓を開けて全部サリンを吸っても、最大、入ってきたものしか吸収しませんよね。

「はい。しかし滝本弁護士の車にどの時点でどのくらいサリンが入ったかがはっきり分からないので、そういう意味ではお答えしかねます」

もう議論にならない、というように弁護人は首をかしげて退き、新たに四人目の弁護人が立って前に出た。

――前回の御証言で、農薬には有機リン系とカーバメイト系があるとおっしゃいましたね。

「はい」

――それから、サリンの予防薬として、同じくカーバメイト系で臭化ピリドスチグミンがあると言われましたね。

「はい」

――それで、臭化ピリドスチグミンは、原理的には農薬の副作用と同じなのですね。

「はい」

ここで弁護人は『日本医薬品集』を持ち出して、示した。

――ここに臭化ピリドスチグミンの記載があり、製品名がメスチノンで、日本ロシュが発売し、適応として重症筋無力症に使われるのですね。

「はい」

――その作用機序は、前回もご証言いただいたように、コリンエステラーゼに作用し、その作用は農薬と同じだと、こういうことでいいわけですね。

「はい」

——そうすると、農薬と同じような作用ですから、証人の前回のご証言では、縮瞳が現れるということでいいわけですね。

「はい」

——確かに重大な副作用として、ムスカリン様作用として、腹痛、下痢、発汗、流涎《りゅうぜん》、そして縮瞳もあると書かれていますね。

「はい」

——そうすると、別に重症筋無力症の人でなくても、メスチノンを飲むと縮瞳が現れてもおかしくありませんね。

「はい」

——さらに、呼吸が苦しいとか、むかつくとか吐き気がするとか、農薬と同じように現れても不思議ではないですね。

「それは飲んだ量によります。自殺目的で大量に飲まないと、呼吸困難や嘔気《おうき》、意識障害は出てこないと思います」

——基本的には、程度の差はあれ、農薬と同じような症状が現れるということでいいわけですね。

「はい。ただ重要なのは、重症筋無力症の患者さんだと、臭化ピリドスチグミンを飲んでも全く症状は出ません。健常人が飲みますと、腹痛、腹鳴、下痢が顕著に出ます。私自身飲んだことがありますが、一錠六〇ミリグラムで、そういった症状が出ました。縮瞳に関して言えば、確かに出ますが、著明なものは出ません」

――著明でないというのは、縮瞳の度合いが少ないということですか。

「はい、そうです」

――例えばどの程度でしょうか。

「正常ですと、瞳孔の大きさは二・五ミリから五ミリくらいです。臭化ピリドスチグミン服用で二ミリ程度までは落ちてきますけど、一ミリまで落ちることはございませんでした」

――証人は、この臭化ピリドスチグミンを投与された経験は何回もあるのでしょうか。

「はい」

――それは重症筋無力症に投与したということでしょうか。

「はい。長年、重症筋無力症の患者さんの治療にあたったことがありました。その際、これは重症筋無力症か健常人であるか区別するとき、テストの意味でこの錠剤を飲んでもらうわけです。別な検査法もあって、例えばエドロフォニウムという薬を注射しますと、重症筋無力症では疲労感が取れますが、それ以外では症状の変化はございません。臭化ピリドスチグミンの場合、症状が改善すれば重症筋無力症の可能性が非常に強くなります。逆に今言ったような腹痛、下痢などが出れば、健常人であると考えて、治療にあたってまいりました」

――そのエドロフォニウムとかいう薬を注射して、重症筋無力症であることになれば、さらに臭化ピリドスチグミンを飲むという手順になるわけですか。

「はい、そうでございます」

――エドロフォニウムで一応重症筋無力症であると分かれば、臭化ピリドスチグミンは飲む必要はないのではないでしょうか。

「ただ、エドロフォニウムを注射して反応がない場合、その薬でたまたま反応がない可能性があり、確かめる意味で、臭化ピリドスチグミンを飲んでもらうことにしていました。そのとき、やはり患者さんで疑わしい場合は気の毒ですので、自分自身も一緒に飲むようにしていました。従って、この薬に関しましては、自分自身で詳しく症状を経験しております」

――一般に薬の副作用は、各人各様であるように副作用の文献にも書かれております。証人の今のご証言では、ほとんどの人に腹痛と下痢が現れるように言われましたが、それはそれでいいのでしょうか。

「はい。この薬に関しては、それが一目瞭然《りょうぜん》でございまして、健常人ですと、みんな同じような症状が出てきます」

――ほぼ百パーセントですね。

「はい、百パーセントです。健常人ですと、お腹がぐるぐる鳴る腹鳴がして腹痛が起こり、さっとトイレに駆け込むということが、よく起こってまいります」

――縮瞳もある程度、ほぼそれぞれの人に現れるのですね。

「はい、軽度でございますけれども」

ここでまた弁護人が交代した。何のために弁護人が臭化ピリドスチグミンにこだわったのか、解《げ》せなかった。しかし、これらの質問が、証人の知識と経験を値踏みするためであったと考えれば、腑《ふ》に落ちる。全く時間の無駄遣いと言えた。

――意見書を作成するにあたって、証人は検事さんとお会いになりましたか。

「いえ、会っておりません」

全く異なる方角からの質問なので、息を整える。どういう方向から質問が飛んでくるのか予想がつかない。

――どういう方法で意見書の依頼があったのでしょうか。

「警視庁の捜査一課からの依頼です」

──捜査一課から文書で依頼があったのですか。

「はい」

──刑事さんとお会いになったのですね。

「いいえ。送られてきた資料を見せていただいたうえで、意見書を書きました」

──意見書の一頁《ページ》目に資料として記載のある五つの資料ですね。

「はい」

──それ以外の資料は。

「一切見ておりません」

──それで依頼の趣旨というのは、これら生の資料をもとにして、どういう事実があったのか、判断してくれと、こういうことですか。

「はい」

──意見書の二頁目に、概略として事実経過が記載されています。これは証人ご自身がまとめられた概略ということでしょうか。

「はい」

──警察のほうから、こういう事実があったということをお聞きになったわけではない。

「そうではなく、見せていただいた資料を中心に意見書を書いています」

――そうすると、証人の意見書に書いてある概略が事実のもとになっていますね。

「はい」

――こういう事実があったとすれば、滝本弁護士の症状はサリン中毒のものであると考えられると、こうなるのですね。

「はい」

――証人が前提とされている資料は、中川智正の供述調書とか、滝本弁護士の車のフロントアンダーパネルの付着物についての鑑定書とか、そういうものであり、それが事実であれば、合理的に考えればサリンかなということになっています。もしその事実が覆《くつがえ》った場合、証人の意見書は意味があるのでしょうか。

「どのあたりの部分がどの程度覆った場合でしょうか」

　腹立ちを覚えながら質問を返した。

――仮にそのサリンを撒《ま》いたという事実がなかった場合、それから、それが分からなかった場合はいかがでしょうか。

　ここで貝島検事が立ち上がって異議を唱えた。

——分からなかったというのは、何が分からなかったということなのでしょうか。

——では質問を変えます。証人の意見書は、滝本太郎弁護士がサリンに曝露する可能性があったということを前提として記載されていると思うのですが、本件で問題となっているのは、果たしてサリンに曝露したかどうかという点なのです。もし証人の意見書をもとにして、反対から見て、滝本弁護士の症状をひとつの証拠として、滝本弁護士がサリンに曝露したと立証できるかどうか、これについての証人のお考えはいかがでしょうか。

「滝本弁護士の症状からして、サリンの可能性は大きいと私は考えます」

——しかし、他の原因の可能性も否定できないということは言えませんか。

「サリンの曝露の場合は、目の前が暗くなるという症状が重要な点で、しかもそれが一定の時間続くという事実があります。ですから、逆に考えても、サリン曝露の可能性は限りなく強いと考えます」

——いや、それは分かりますけれども、症状があるから滝本弁護士はサリンに被曝したと言えるかどうかです。

「それは完全には言いにくいと思います」

何とも煮えきらない質問なので、返事も歯切れが悪くなってしまう。証人から留保のある返答を得て、弁護人は一応満足気だった。

ここで検事からの反対尋問に移ってほっとする。栗田検事が立った。

――滝本弁護士が一九九四年五月九日にトンネルを通過した際、目の前が暗いと気づくかどうかについて、弁護人から質問がありました。トンネルで目の前が暗いと気づかなかったとしても、証人の意見書の結論を変える必要はないのですね。

「はい、ないと思います」

――トンネルは暗いのですから、一般的に考えても暗いことに気づかないのは当然だと思うのですけれども、そのようにも考えられませんか。

確かにそうだと答えようとする前に、弁護人が立ち上がった。

――それは立証された事実ではないのではありませんか。

そこで裁判長がおもむろに弁護人に問いただした。今のは正式な異議かと聞かれて、弁護人はそうだと答えた。栗田検事が反論する。

――一般論としてうかがっております。

それを受けて裁判長が判断を下した。

――異議は棄却します。トンネルの中はもともと暗いので、暗いことに気づかなかったのではないかという問いのようです。証人はどう思いますか。

「そのように思います」

返事に栗田検事が納得して、次の尋問に移った。

——証人御自身がメスチノンを服用された御経験があるということですけれども、その際、証人に目の前が暗いという症状はなかったのですか。

「その当時、全くそういうことは記憶しておりません」

——意識的なものとしては出なかったと伺ってよろしいのですか。

「まずお腹の症状のほうが強く出るものですから、目の症状は記憶にございません」

今度は貝島検事が立った。

——先程、サリンには蓄積効果が認められるという御証言がありましたね。

「はい」

——そうすると先程の弁護人の仮定とは逆に、サリンがこもってしまった場合に、遅れて症状が出るということはあり得るのでしょうか。

「あり得ると思います」

——では、化学物質によるアレルギーで、目の前が暗くなるという症状が出るものなのでしょうか。証人の御承知になっている限りで結構です。

「私の経験では全くございません。化学物質による過敏症で目がやられる場合、結膜炎の症状が多く出ます。目が痛いとか、かすむとかの訴えはよく聞きますけれども、目の前が暗くなるという症状は見たことがございません」

——縮瞳はどうですか。

「縮瞳はあると思います」

——それはあり得るのですか。

「あり得るとは思いますけれども、目の前が暗くなるほどの著明な縮瞳があるかどうかについては分かりません」

——それから、メスチノンの副作用の持続時間はどのくらいでしょうか。

「私どもは一回六〇ミリグラムを飲んで、大体三時間で症状は消えます。中には六時間かかったという報告はございます」

ここでまた弁護人が立って質問を浴びせてきた。

——化学物質による過敏症で縮瞳が出るかどうかについて、もう一度確認します。当初証人の御証言では、縮瞳が起こるかどうか分からないということでしたが、その後の質問で縮瞳の可能性はあるだろうと変わりました。可能性はあるでよろしいのですね。

「可能性はあってもおかしくないと思います。私自身は見たことはありませんけど」

——証人御自身は、そういう化学物質による過敏症で瞳孔の検査をやられたことはあるのですか。

「中毒の場合は必ず瞳孔を診ることにしています」

——中毒と過敏症は違うのですか。

「違いますが、因果関係が疑われる場合は、必ず瞳孔を診ております」

——証人はもともと神経内科医ですね。

「はい」

——神経系統が御専門で、その後、毒物学のほうに行かれたと思いますけれども、過敏症となると免疫を専攻している方の専門分野になりますね。

「でもやはり同じ化学物質なので、神経系に作用することもありますし、全身に影響することもございます。私ももともと内科医ですので、神経系以外にも、必ず全身を診るようにしております」

——証人は化学物質の過敏症について、専門的に研究されているのでしょうか。

「化学物質について、特に医薬品について、どういう影響が出るかについて調べております」

——証人が過去に、化学物質による過敏症の症例を扱われた中には、どのようなものがありますか。

「ニッケルとかの金属類と医薬品によるものが多うございます」

――金属というのは、ネックレスなんかで皮膚のアレルギーが出るやつですね。

「時計でも出ます」

――その場合、わざわざ瞳孔を調べたりはなさらないと思うのですけれども。

「私のところに依頼があった場合、必ず全身を診ることにしています」

――目の瞳孔も。

「はい」

――それから医薬品というのは、具体的にどういうものでアレルギーが起こるのでしょうか。

「アスピリンにしても抗生物質にしても、ありとあらゆる医薬品でアレルギーが出る可能性はあります。ですから常に全身の影響を診るようにしています」

――医薬品ではなく、壁の建材とか殺虫剤からの物質に対する過剰反応で、瞳孔の検査をされたことがあるのでしょうか。

「あります。その場合も、瞳孔の異常は見つかっておりません」

――証人が調べられたのは何件くらいなのでしょうか。

「それはもう何十例というか、非常に多く経験しております」

――証人自身は、化学物質の過敏症の場合、必ず瞳孔は調べるということになるのでしょうか。

「はい。家庭用で使っている薬剤の場合、過敏症ではないかと疑って診察を受けに来られるものですから、全部が全部過敏症というわけではございませんけれども、必ず全身を診ることにしております。過敏症を疑って病院に来られる方は多いのですが、本当の過敏症は少のうございます」

被害にあった滝本弁護士の症状を、どうしても化学物質による過敏症にしてしまいたいのが、弁護側の意図だった。見当違いの執拗《しつよう》な尋問には、うんざりさせられた。

幸い、ここで別の弁護士に替わり、質問の鉾先《ほこさき》も変わった。

――先程の検察官の尋問でトンネルの中の場合が出てきて、ちょっと聞きもらしたかもしれませんが、前回の検察官の尋問では、非常に明るい場所では、瞳孔が縮小していても、目の前が暗いのを自覚しませんけれども、周囲が暗い場所では目の前が暗くなるのを感じると、御証言なさいました。そうなりますと、トンネルの中ではどうなりましょうか。前回の証言とは違うようですけれども。

「トンネルの中は暗く、暗くなるのは当然ということで、仮に自覚してもそれを記載するほどのものではなかったかと考えます。従って、私自身は前回の証言と同じことを今も考えております」

——例えば滝本弁護士が、夕方の五時から六時頃にかけて、目の前が暗くなったのを感じたことが前提になっていれば、五月の五時、六時頃になれば多少なりとも暗くなっています。それとの関連で言えばどうなのでしょうか。

「夕方に全般的に暗くなって、初めて自覚することが多いのではないでしょうか」

——トンネルの中なら、暗く感じてもいいと思うのですが。

「滝本弁護士自身、トンネルの中で暗いと感じたかも分かりませんけれども、何も記載されていないところからすると、トンネルの中は暗いので、それを当然だと思って何も書かれなかったのではないかと、私は解釈しております」

くどい質問だと思いつつ、やっと切り抜けられたように思った。するとまた弁護人が交代した。これが最後の尋問になって欲しかった。

——先程、蓄積効果の話がありました。蓄積効果というのは、要はコリンエステラーゼというのがあって、それがサリンにくっつき、非常に薄いサリン濃度の場合は、サリンにくっついたコリンエステラーゼが段々増えていくと考えたらいいわけですよね。

「はい」

――しかし逆に、サリンが非常に薄い場合は、くっついたサリンがはずれて分解していくという効果もあるのではないでしょうか。つまり蓄積効果を起こすためには、サリンの一定濃度が必要で、薄い場合はむしろ分解速度のほうが速いのではないでしょうか。

「その点については、明確にしておく必要がございます。コリンエステラーゼにくっついた場合、普通の有機リン系のものだと自然に離れていく現象があります。しかしサリンのような神経剤の場合、いったんコリンエステラーゼにくっつくと離れないようです。ですから、少しずつくっついたものが離れずに蓄積していくわけです。この点で、同じ有機リン系であっても、サリンと農薬では体内の動態が大きく異なると考えております」

――証人のおっしゃる意味はよく分かります。しかしコリンエステラーゼは体内で次々と補給されますし、サリンがくっついたものもある程度は分解していくので、理屈のうえでは、サリンが非常に薄い場合は、蓄積効果はないということもあり得るのではないでしょうか。

「ここで問題になるのは、反復曝露した場合でして、一度きりの曝露では今おっしゃったようなことが起こって当然だと思います」

――私の質問は当然継続的に曝露された場合の話をしています。サリンが非常に薄い場合は、理屈のうえでは競合関係が成り立ち、その結果としてサリンがくっついていないコリンエステラーゼが一定になるか、増えていく場合もあり得るのではないかと言っているのです。それはあり得るでしょう。

「あり得ると思います。ただしサリンがくっついたものは離れないということです」

弁護人の質問は、どこか重箱の隅をつつくような枝葉末節の問いだと感じられ、徒労を覚えた。貝島検事が立ち上がったのはそのときだった。

――化学物質による過敏症について弁護人がお聞きになり、要するにそれが原因である可能性を示唆《しさ》されていると思うのですけれど、端的に結論から聞きますけれども、一九九四年五月九日に、滝本太郎弁護士が車を運転中に、目の前が暗くなるという症状があった、これはサリンなどの神経剤によると考えたほうが妥当なのか、あるいは弁護人が示唆されていたような化学物質による過敏症が原因と考えたほうがいいのか、この点はいかがですか。

「サリンによる中毒であると思っております」

この単純な結論のために、何とも長い迂回路《うかいろ》を辿ったものだとまた別種の徒労感が全身を包む。この長々しいやりとりに結着をつけるように、裁判官のひとりが直接の質問をした。

――中毒症状自体から、サリンの曝露によるものか、他の有機リン系農薬の曝露によるものか、区別できるかどうかという点で、証人の御証言では、目の前が暗くなる状況が一定程度続いてそれが消えていったことから、サリンによると判断したと、そう理解してよろしいですか。

「はい、そうです」

さすがに要点をつく問いかけだと感じて頷《うなず》く。

――メスチノンについてお伺いします。メスチノンはもともとは重症筋無力症の治療薬であるとお聞きしました。これが一方で、サリンを含めて有機リン系中毒の予防薬として使われるようになったのは、何か研究の結果からなのでしょうか。

「これは神経剤に対する予防効果を狙《ねら》って、多くの動物実験が繰り返され、その結果、臭化ピリドスチグミンを前以《もっ》て動物に投与しておくと、動物が死なない、中毒にならないと分かったのだと聞いております。それが人間に適用されるようになったわけです」

――次に、治療薬のＰＡＭについてもお伺いします。ＰＡＭは有機リン系農薬による中毒の治療薬としても使うという、そういう御証言でしたね。

「はい」

――それで、カーバメイト系の農薬にＰＡＭは効くのでしょうか。

「いえ、全く効かないので、ＰＡＭは使いません」

――ちょっと話が前後しますけれども、メスチノン、臭化ピリドスチグミンというのは、カーバメイト系の薬であるという御証言でしたよね。

「はい」

――前回の御証言で、メスチノンが予防薬として効くメカニズムについて、カーバメイト系のメスチノンが前以てコリンエステラーゼに結合すると、後からＰＡＭを投与しても効果がないと御証言されていました。つまりメスチノンとコリンエステラーゼが結合し、後から入ってくる有機リン系農薬とくっつかないようにするということですね。

「はい。くっつかないようにし、神経剤もコリンエステラーゼから離れていくということでございます」

――それでＰＡＭをやっても効かないのは、どういう理由からでしょうか。

「ＰＡＭがカーバメイト系とコリンエステラーゼの結合を離せないからです。もうひとつ、カーバメイト系農薬とコリンエステラーゼの結合は自然に離れるので、ＰＡＭ

を使う必要もないのです」

――それに関連して、前回の御証言の中で、サリンを撒いた犯人たちは、予防薬としてメスチノンを飲んでいたのに中毒症状が出たのは、サリンの濃度が濃かったのではないかとおっしゃっていました。それに対してはPAMは効くのでしょうか。

「臭化ピリドスチグミンを前以て飲み、そのあとにPAMを打って、その効果があるかどうかについては、私どもは詳しいデータを持っておりません。オウム真理教の連中は、そうしたデータを何か持っているのではないでしょうか」

――オウム真理教の医師たちがそういうことを知っていたというのですね。

「はい」

――サリンの被曝によって縮瞳が生じた場合、最初は軽い縮瞳がだんだん重くなっていくということは、あり得るのでしょうか。

「診療録を見てみると、大抵は数分以内に急速に縮瞳が出ています。その理由としては、サリンの蒸気が直接に目に当たって吸収されやすいからだと考えられます」

――その縮瞳は、最初は軽く、だんだん重くなってくるということはあり得るのでしょうか。

「あり得ると思います」

——弁護人のほうから聞かれていましたけれども、地下鉄サリンの被害者二十名近くの調査をし、そのデータは公表されていないということでした。それには特に理由がありますでしょうか。

「公表しないという前提で調査させていただいたものですから」

——いずれは公表するかもしれないというような御趣旨の発言があったのですけれども。

「まあ、現時点ではできないと思っています」

ここで質問が左側の若い裁判官に代わった。

——御証言では症状と所見を区別して使っておられますが、端的に言って、症状はいわゆる自覚症状、所見は他覚的所見、診察による所見というような趣旨でしょうか。

「はい、症状というのは、あくまでも自覚症状という意味で使っております」

——御証言の中で、縮瞳についても症状とおっしゃっておられたこともあったように思ったのですが、所見も含めて広義の症状というふうに使うこともあるのではないですか。

「はい、ございます」

——それから瞳孔の大きさについては、先程正常では二・五ミリから五ミリ程度とおっしゃられましたけれども、一般的に、健常人の瞳孔でも光を受けると小さくなり、暗い所では大きくなるということですね。

「はい」

――それで、この二・五ミリから五ミリというのは、いわゆる対光反射の範囲での値でしょうか。

「通常の室内の明るさの中での瞳孔の大きさでございます」

――一般的な話で結構なんですが、明るい所で大体何ミリくらい、暗い所で何ミリくらいということは言えますでしょうか。

「いやそれは、データを持っていません」

――縮瞳の症状が起こった場合なんですが、例えば暗い所なら五ミリ、明るい所なら二・五ミリがその半分くらいになるのか、どちらも大体一ミリになるのか、その辺はお分かりになりますでしょうか。

「それにつきましては、サリンに関しては眼科医が詳しく診ておりまして、どちらも一ミリ、つまり明るい所に行こうと暗い所に行こうと全然変わらず一ミリくらいで、対光反射の検査をしても反応がないというのが特徴です」

――暗い所では五ミリあるはずのものが一ミリになり、明るい所だと二・五ミリあるはずのものが一ミリとしますと、自覚症状としては、暗い所のほうが感じやすいのでしょうか。

「はい、そのようです。同じ縮瞳が起こっても、明るい所ではあまり暗く感じず、暗い所で初めて気がつくというのが多いように思います」

――例えば先程のトンネルの話では、トンネルに入れば当然暗いので、自分では暗い所に入っているので暗いのだと余り感じなかったという趣旨の御証言だったように聞こえましたが。

「はい、トンネルの中では当然暗いと自分自身で自覚しておられたので、何も記載されなかったと考えています」

――暗いと感じていたかもしれないけれど、そういうことで記載もせず、記憶にも残らなかったという可能性を考えておられるのでしょうか。

「はい」

裁判官がよくまとめてくれたという気がして、肩の荷をおろす。ここで真ん中の裁判長が質問をしてきた。

――弁護人の質問、あるいは検察官の質問で、大体証人の言わんとするところは分かったのですけれども、念のために確認させていただきます。五月九日の滝本弁護士の症状から判断して、その原因がサリンであったとしても矛盾しないというのですね。

「はい」

──それから、それ以上にサリンであった可能性が高いと、積極的に言うことができるという、そういう趣旨でよろしいですか。

「はい」

──ただし、症状だけから判断して、サリンであったと断定することまではできないと、こういうことも言えますか。

「はい」

──証人のいわば結論に当たる部分を、今、三点に整理したのですけれども、それでよろしいでしょうか。

「はい」

申し分ないという気がする。その結論のために、二日間も証言台に立たされたのだ。ちょうど五時少し前であり、裁判長が閉廷を告げた。

控室に戻って栗田検事と貝島検事から労をねぎらわれる間も、頭はもう空っぽの状態だった。

「あの裁判長のまとめで、こちらの目的は果たしたも同然です。ありがとうございました」

二人から礼を言われ、裁判所を後にする。大通りに出る通路が下り坂でよかった。逆であれば、しばらく縁石に腰をおろして休みたい気分だった。

その五ヵ月後、よりによってクリスマスの十二月二十五日にも、元〝法皇官房〟にいた富永昌宏の殺人未遂事件について証人召喚を受け、福岡地方裁判所に出向いた。富永は滝本弁護士襲撃以外に二件の殺人未遂事件にかかわっていた。その二件はいずれも、一九九五年三月二十日の地下鉄サリン事件後、姿を隠した教祖の命令で、捜査攪乱《かくらん》を狙った犯行だった。四月下旬、中川智正と豊田亨が、日光の山中に埋めていた青酸ガスの原材料を掘り出し、隠れ家で青酸ガス発生装置を作った。四月三十日と五月三日の二回、新宿駅の公衆トイレで散布を試みるもうまくいかず、装置を改良して、五月五日に同所に設置した。しかし発見が早く消火活動によって青酸ガス発生までは至らなかった。富永昌宏はその犯行に加担していた。

この失敗に怒った教祖は、別の犯行を命令、中川智正が爆薬ＲＤＸを作製する。単行本の中に仕掛けた爆薬は、表紙を開いたとたん爆発するようになっていた。この小型爆弾を青島幸男《ゆきお》東京都知事に郵送する際、富永昌宏は宛名《あてな》書きと投函《とうかん》を担当した。

小包爆弾は秘書担当副参事の左手の指をすべて失わせた。

この富永昌宏は、灘《なだ》高から東大医学部に入学し、医師となったあとに、教祖を霊的指導者として仰いだ人物である。〝法皇官房長官〟だった石川公一といい、富永昌宏といい、東大医学部出身者を側近として〝法皇官房〟内に置いたのも、教祖の学歴に対する劣等感の裏返しである。手下として高学歴の者を思うがままに動かすとき、教祖はたとえようのない高揚感を味わったに違いない。

逆にまた〝法皇官房〟にいる頭脳集団の〝智恵〟を借りて、さまざまな策を教祖が編み出したのではないかとも想像できる。今に至っても全くその内奥《ないおう》の事実が闇《やみ》の中にある二つの重大事件で動いたのは、他の部門とは隔絶された〝法皇官房〟の面々ではなかったろうか。地下鉄サリン事件の十日後に起きた三月三十日の國松警察庁長官狙撃事件は、犯人の手がかりさえも摑《つか》めず、四月二十三日の村井秀夫刺殺事件にしても、下手人の背後は全く手つかずのままになっている。

ともあれ、今回の証人召喚は地下鉄サリン事件後の犯行ではなく、滝本太郎弁護士殺人未遂事件に関してであった。富永昌宏の役目は、甲府地裁の駐車場に停めてあった滝本弁護士の車のナンバーを確認し、地裁外に待ち受けている遠藤誠一にその位置を教えるという使い走りだった。弁護人も国選であり、追及の尋問も鋭くなく、前回でおさらい済みだったので、さして疲労も感じなかった。福岡地裁を出て天神まで歩いた。クリスマスで賑《にぎ》わう通りの音と明るさはまるで別世界だった。厄落しを兼ねて妻のために、小ぶりなクリスマスケーキを買い求めた。休日も不在がちで妻に淋しい思いをさせている罪滅ぼしでもあった。

それから一年後の一九九八年十一月十日に証人召喚状が届き、年が明けた翌年二月十九日に福岡地裁に出向いた。寒い日で、北風が吹きつけるなか、コートの襟を立てて、濠端《ほりばた》の坂道を登った。

裁判の被告人は遠藤誠一で、殺人等被告事件の中のひとつ滝本太郎弁護士殺人未遂事件が、今回の証言の目的になっていた。滝本弁護士が被害にあったのは一九九四年五月九日だから、もう四年九ヵ月が経っている。これも松本サリン事件や地下鉄サリン事件、そして薬物密造などの重大事件が先に裁かれたからだろう。さすがに遠藤誠一被告の出廷はなく、被告不在での裁判になった。

前回の裁判から一年以上経つ間に、新たに滝本弁護士に事情聴取が行われたのか、新事実が明らかになっていた。滝本弁護士は几帳面《きちょうめん》な性格からか、車に乗り込んで発車する前、フロントガラスの汚れをウォッシャーで洗い流す習慣があった。そうするとワイパー収納部分に流し込まれたサリンは加水分解され、効力が半減する。この習慣に加えて、走行中は窓を開けず、エアコンを車内循環させるという習慣もあった。この二つの習慣が、まさしく滝本弁護士の命を救ったと断言できる。幸運が重なっての生還だったのだ。

担当検事によると、弁護人は国選だという。このためか、尋問は執拗ではなく、事実を覆すような意図は感じられなかった。

午後五時を過ぎて裁判所を出るとき、もう外は黄昏《たそがれ》近くになっていた。朝ほどの寒気はなかったものの、濠の中の枯れた蓮が寒々とした雰囲気をかもし出していた。もうこれで証人召喚は最後だろうと胸を撫《な》でおろした。

ところがその年の九月下旬、再び証人召喚状が届いた。中川智正の殺人等被告事件についての裁判であり、秋晴れの十月十二日、福岡地裁に赴いた。

先の遠藤誠一以上に中川智正の裁判が長引いているのも、犯した罪の多さによるものだった。松本サリン事件以降の犯罪のほとんどに関与し、合計十一件で起訴されていた。中川智正の犯行では、これまで二件に関して意見書を書いていた。ひとつは一九八九年十一月四日に起きた坂本堤弁護士一家殺害事件だった。犯人たちは当初、中川智正が塩化カリウム液を坂本弁護士に注射して殺害してしまう計画だった。しかしこの注射は激しい抵抗にあってうまくいかず、最終的には絞殺《こうさつ》になっていた。この塩化カリウムがどの程度の殺傷能力があるのか、意見書を警察から依頼されたのだ。多くの文献を渉猟するのに多大な労力を使ったのを覚えている。

もうひとつは、一九九五年二月二十八日に起こった、假谷清志目黒公証役場事務長の拉致《らち》殺害事件だった。假谷事務長に自白をさせる手段として林郁夫と中川智正が使った全身麻酔薬の塩酸ケタミンとチオペンタールナトリウムの過剰投与が、結局は假谷事務長を死に追いやっていた。警視庁から正式に依頼されたのは、そのチオペンタールナトリウムと塩酸ケタミンの毒性に関する意見書で、これまた文献を徹底的に調べて書き上げた。

しかし幸い、その二件の意見書で裁判に呼び出されることはなかった。今回の召喚は、やはり滝本太郎弁護士の殺人未遂事件についてだった。

例によって今回も、裁判の前日に裁判所まで出向き、担当の吉田検事と鈴本検事と事前の打合せをした。

「中川の弁護人は、よく勉強しています」

吉田検事の表情は真剣そのものだった。

「国選弁護人と違うのですか」

意外に思って聞く。

「違います」

鈴本検事が重々しく首を振った。「この滝本弁護士殺人未遂事件に限らず、オウムの別事件に関しても、よく勉強しています」

「なかなか手強《てごわ》い相手です」

吉田検事が口にし、自分で肯《うなず》いた。

このあと弁護人が提出している請求書証を基にして、相手の尋問をいくつも想定し、いわば半日がかりで予行演習をした。

「ともかくこの事件に関しては、中川智正が中心人物なのです」

鈴本検事が言う。

「いわば本丸なのです」

吉田検事も言い添えた。

そうか、これまで青山吉伸、富永昌宏、遠藤誠一の裁判に出廷したのは下準備に過ぎなかったのだと複雑な気分になる。特に青山吉伸のときは二日にわたっての、うんざりさせられる尋問だった。それ以上になるとすれば、一体どう対応すればいいのか、全く心許《こころもと》ない。

案の定、裁判の冒頭から、弁護人は証人の値踏みを始めた。つまるところ、この地方大学の衛生学教授など、証人としての資格がない、つまり提出された意見書に価値は認められないという趣旨の発言を連発した。

腹立ちを抑えて冷静を装《よそお》い、丁重あるいは慇懃《いんぎん》無礼になるくらいの答弁をするのがコツだった。激昂《げきこう》しては弁護人の思うつぼであり、裁判官の心証も悪くするだけなのだ。

不愉快なやりとりの後、弁護人が高飛車な態度で言った。

――証人はこの薬を知っていますか。

弁護人が右手に掲げたのは、メスチノンと書かれた薬箱だった。黙っていると、弁護人が近づき、目の前に薬の箱をかざした。

若い頃から見慣れている治療薬で、知らないはずがない。しかしわざと知らない風を装い、当惑気味の顔をしてみせた。沈黙は一分くらい続いただろうか。検事席に坐《すわ》る吉田検事と鈴木検事が、困惑した表情をしているのが分かった。弁護人はにんまりと勝ち誇ったような顔をしている。

「充分知っております」

余裕たっぷりに言い放つと、弁護人が驚いた顔になり、腰を浮かしかけた二人の検事もほっとしたように坐り直した。

「メスチノンつまり臭化ピリドスチグミンは、サリン中毒の予防薬としても有効な薬です。サリン事件の犯人たちは、犯行前にその臭化ピリドスチグミンを服用していたはずです」

――それは分かります。しかしこのメスチノンは、本来どういう薬か、証人はご存じでしょうか。

なるほど、ここで納得がいく。検事によるとよく勉強している弁護人も、他の被告の裁判にまでは眼を通していないのだ。メスチノンがもともと何の薬か証人が知悉《ちしつ》していることは、青山吉伸の裁判記録を読めば分かるはずだった。とはいえ、それは当然ではある。中川智正の犯罪があまりにも多岐にわたっているため、それのみにかかりっきりにならざるを得ないのだ。

ここでも即答を避け、故意に困惑している表情を装い、一分ばかり沈黙した。弁護人はまた活気づき、余裕たっぷりの顔で再度問いかけてきた。

――証人はご存じないのですね。

「メスチノンは重症筋無力症の治療薬であり、また一錠六〇ミリグラムを服用することによって、重症筋無力症の診断にも使います」

ここまで答えると、今度は逆に弁護人のほうが困惑顔になった。追いうちをかけるように続ける。

「重症筋無力症の患者さんが飲むと何でもありませんけれども、健常人が服用すると、腹痛と下痢が起こり、すぐにでもトイレに駆け込むはめになります。私自身神経内科医として、何十人もの患者さんを治療した経験があります。もちろん、メスチノンは何十回服用したか分かりません。診断のために、患者さんに飲んでもらい、私も一緒に飲むのです。患者さんは平気ですけれども、私のほうはそのたびに、トイレに走らなければなりませんでした」

ここまで言うと、弁護人はさらなる意地の悪い尋問は断念したようだった。証人が単なる衛生学の教授であり、臨床経験などないものと頭から侮《あなど》っていたのだ。

その後の尋問は、青山吉伸のときほどしつこくはなかった。

サリンを滝本太郎弁護士の車に振りかける役をした少女が、前以て中川智正から渡された錠剤がメスチノンだった。少女はメスチノンを、遠藤誠一が途中で購入したジュースで飲み下す。前の席に坐っていた中川智正と遠藤誠一がジュースを飲んでいるのを少女は見ており、二人がメスチノンを犯行前に服用していたのは間違いなかった。

犯行後、少女は待ち受けていた遠藤誠一の車の後部座席に乗り込み、中川智正がさし出したゴミ袋に、白手袋とその下のゴム製の手袋、帽子、サングラス、マスク、ショルダーバッグ、サリンのはいった容器を入れた。

そのあと中川智正が〝目の前が暗くないか〟と訊《き》き、縮瞳の有無も確かめる。少女は目の前が暗いだけではなく、呼吸も苦しく感じはじめていた。そこで中川智正は少女の腕にPAMを静脈注射する。すると中川智正と遠藤誠一も目が変だと言い出し、注射を自分たちでした。

富永昌宏が運転し、青山吉伸が乗った車と空地で合流したのはそのあとであり、少女はさらに呼吸が苦しくなり、吐き気にも襲われる。もちろん目の前の暗さも、今では明らかだった。そこで中川智正は少女に二本目のPAMを注射していた。

弁護人はこのPAMの作用についても、執拗に尋問してきた。ここでも証人が九大医学部で、サリン中毒に関する治療マニュアルをまとめている事実を知らないようだった。

PAMはプラリドキシムヨウ化メチルの略であり、サリン中毒の治療には、硫酸アトロピンやジアゼパムとともに不可欠な薬剤だと、詳しく説明してやる。それから先は、学生や医師に対する講義と同じ要領だった。

「硫酸アトロピンは、軽症の場合は〇・五から一ミリグラムの皮下注射でよく、中等症であれば一から二ミリグラムの静脈注射で、十五分から三十分おきに一ミリグラムを静注します。重症なら二から四ミリグラムの静注で、三十分毎《ごと》に二ミリグラムを追加します。これで気道内の分泌《ぶんぴつ》液は大幅に抑制されます。

ＰＡＭは中等症から重症のときに使い、二アンプルつまり一グラムを三十分かけてゆっくり点滴で流します。一グラムを一時間毎に計四回、点滴に入れます。

もうひとつのジアゼパムは、痙攣《けいれん》予防と鎮静化が目的です。一アンプル一〇ミリグラムの半分を、筋注あるいは静注します。痙攣があれば一アンプルの投与です。痙攣がおさまったあとは錠剤の内服でも結構です。この際、人工呼吸の準備をしておくと、もしもの場合に備えられます。

さらにサリン中毒で必発の縮瞳に対しては、ミドリンＰの点眼が勧められます」

長々と説明するのを、弁護人はあきれた面持ちで聞き、証人の独擅場を中断させるのも忘れていた。いちいち頷きながら聞き入っていたのは吉田検事と鈴本検事だった。

「こうした治療法は、オウム真理教の医師たちも知らないはずです」

そう言い切ったあと、被告席の中川智正を見やった。中川智正は、昼休みの休憩にはいるときも、再開の際も、深々と頭を下げていたのだ。

目が合ったとき、中川智正が真剣な顔で軽く会釈《えしゃく》をした。

それから先の弁護人の尋問は尻切《しりき》れトンボになり、最後の検察側の確認するような質問には、「はい」と答えるだけですんだ。

「いやあ、上首尾でした」

控室に戻ったとき吉田検事が言ってくれた。

「終わりのほうは、聞いていて痛快でした。真正面に坐っている中川智正は、まるで講義を受けている学生のようでしたよ」

鈴本検事も言い添えた。

夕暮時の坂道を下りながら、これでサリン事件への関与は終わったのだと胸を撫でおろす。あの何とも訳の分からなかった松本サリン事件が起こったのが一九九四年の六月であり、滝本弁護士の殺人未遂はその前の五月九日だ。五年余りが経過していた。

オウム真理教の犯罪者たちの裁判は、まだ続くだろう。しかし証人としての責務はこれで終わりに違いない。残された仕事は、オウム真理教の犯罪者たちが生成し、また造ろうとしていた生物・化学兵器に関する本を執筆することだった。幸い文献は、歴史的な研究書を含めて手元に集めている。書かねばならない本の題名として、『生物兵器と化学兵器』あるいは『化学・生物兵器概論』が思い浮かぶ。そして最後には、こうした毒ガスによる殺し合いが始まった第一次世界大戦を、大局的に見つめ直す本を書く必要があった。それには少なくとも五年、いや十年はかかるかもしれない。

九州大学の定年まで、あと三年半ある。おそらく定年後の宿題としても格好な仕事になるはずだった。

この中川智正公判への出廷が終わった四日後、吉田検事と鈴本検事の連名で、丁重な礼状が届いた。

拝啓

去る十月十二日には証人として出廷していただき、大変ありがとうございました。

本当に先生のおかげをもちまして、当方としても所期の目的を達成することができました。

今回の中川智正の弁護人は、従来の別事件においても大変勉強をして尋問に臨む、いわば手強い弁護士でした。特に本件の滝本サリン事件については、中川智正が実質的に中心人物でした。予防薬としてメスチノンを飲み、サリン被曝後はＰＡＭを注射するなど、通常ではありえないような臨床経験を何度もしております。弁護人はそれに関して充分な知識を有しており、当方としてもどのような反対尋問に出てくるのか、緊張して見守っておりました。

案の定、弁護人は通常の証人では答えられないような質問を連発し、いわば証人としての足元をつき崩すような手段に出ました。それに対して沢井先生は、それを上回る知識と臨床経験で、弁護人の反対尋問が奏効するのを防ぎ、さらに再主尋問で押し返すことができました。

私どもは、ちょうど向かい側に坐る中川智正が、半ば驚き、半ば畏敬《いけい》の念を持って、先生の証言に聞き入っているのを観察しておりました。さしもの弁護人自身も先生の見識を目のあたりにして、尋問の意欲を失っていったようです。

これらの点において、先生のご協力に深く感謝申し上げる次第です。重ね重ね本当にありがとうございました。

今後につきましては、オウム関係事件で先生に証人出廷をお願いする予定は、今のところございません。しかしこれとても、今後の裁判の推移や、裁判所の意向等によって絶対とは言い切れない面もございます。

いずれにしましても、昨年七月二十五日に発生した例の和歌山の砒素《ひそ》事件も含め、検察として先生にご協力をお願いしなければならない立場でございます。今後ともよろしくお願い申し上げます。

和歌山地検の寺内検事と喜多検事にも、吉田から、先生のことをよく伝えておきます。あのカレー事件については、先生のお力にすがるしかなく、今回同様、多大のご尽力をお願いすることになるのは必至です。検察としましては、今回の事件も含め、和歌山の事件でも、先生がわが国におられたのが、どれほどの幸運だったか、身をもって痛感しております。どんなに感謝しても感謝しきれないと、胸を撫でおろしている次第です。

最後になりましたが、ご多忙中のなか、どうかお身体に気をつけられてお過ごし下さい。

失礼致します。

敬具

一九九九年十月十四日

検事　吉田和彦
検事　鈴本正敏

九州大学医学部衛生学教授
沢井直尚殿

第十九章 死刑執行

その後、二〇〇三年に九大を退官し、私立の総合病院で、神経内科医として臨床三昧の生活になった。時が経《た》つにつれ、診る患者はパーキンソン病が多くなった。いったんパーキンソン病になると、治療は生涯続く。患者はたまっていくばかりなのだ。

診療のかたわら、講演を頼まれれば気軽に引き受けた。年に五、六回はそうした講演依頼があった。その準備をするのは全く苦にならない。以前の資料を取り出し、最近の文献も集めて、新しい知見を加え、スライドの用意をするのは逆に楽しかった。

その一方で、出版社から依頼があった単行本は、好機とばかりに書き進めた。すべてが国民全部に知ってもらいたいことばかりだった。そして誰かが書いておかねばならない真実だった。二〇〇三年には、早くも『生物兵器と化学兵器』を出版し、二〇〇八年には『生物・化学兵器』を刊行した。加えて、まだ大学に在任中の二〇〇一年には、コロラド州立大学のトゥー名誉教授との共著で、『化学・生物兵器概論』を出していた。

論文を書き、講演をし、本を執筆すると、思いがけず、台湾の大学や国防機関からも招聘《しょうへい》されるようになった。台湾語ではサリンを「沙林」、オウムを「歐姆」と表記することも知った。

ひととおりオウム真理教関係の仕事をやり終えたあと、念願の第一次世界大戦の毒ガス戦に関する本にとりかかる余裕ができた。これこそライフワークであり、毒ガスから第一次大戦の実態を見つめ直す画期的な仕事になるはずだった。この草稿が間もなく完成するという時期に、思いがけない事件がマレーシアで起こった。忘れかけていた悪夢を思い出させる椿事《ちんじ》だった。

それは二〇一七年二月十三日、マレーシアのクアラルンプール国際空港の第二ターミナルで起きていた。三階にある出発ロビーにはいって来た恰幅《かっぷく》のよい男は、白いスーツを着て、右肩に黒っぽいバッグをかけていた。チェックインカウンターまで進んだところで、前を若い女性にはばまれ、立ち止まった瞬間、後方から素早く近づいた別の若い女性に、顔に何かをなすりつけられた。その後、男は体調の異変を、近くにいた空港職員数人に訴えた。男は職員に伴われて、エスカレーターで下の階に降り、診療所に辿《たど》りつく。しかし気分悪そうにソファーに坐《すわ》り込み、目を閉じた。やがて呼吸困難を訴えたので、本格的な治療が必要だと判断されて、担架で外に運び出され、救急車に乗せられた。しかし搬送先の病院で死亡が確認されたのだ。午前十一時だった。そして翌日の深夜、マレーシア警察は、

「男は北朝鮮で発行されたキム・チョル名義の旅券を所持しており、死亡したのは朝鮮人男性」と発表した。

十五日の午後三時過ぎ、NHKの女性記者から勤務先の病院に電話がかかってきた。

「クアラルンプール空港での事件はもうご存じでしょうか」

はい、と答えると、即座に次の質問が飛んできた。「韓国政府は、犠牲者は金正男《キムジョンナム》で、神経性の毒ガスで暗殺されたと見ているようです」

「やっぱりそうでしたか。画面の人相からそうではないかと思っていました」

「その神経性の毒ガスとは何でしょうか」

「状況からしてVXでしょう。オウム真理教の連中が二十三年前に使った神経ガスです」

「VXですか。ありがとうございます。一応こちらで裏付けします」

あわただしく電話は切れた。

そのあと五時に、またその女性記者から電話がはいり、「どう考えてもＶＸ以外に考えられない」と返事した。

夜七時、病院の医局で見たＮＨＫのニュースでは、自衛隊や大学の専門家がＶＸ中毒について解説していた。

暗殺されたのが金正男であれば、真犯人は北朝鮮の工作員であることは間違いない。実行犯の女性二人は命令されただけに過ぎないはずだ。

翌十六日の午前中に、再びＮＨＫから電話がはいった。今度は男性記者だった。

「ＶＸとは一体何でしょうか」

記者は単刀直入に訊《き》いてきた。

「Ｖは蛇の毒液を意味し、Ｘは未知の物質だったのでそう名づけられました。致死量は一〇ミリグラム以下です」

「一〇ミリグラムですか。じゃあ顔にべっとり塗りつけられれば死にますね」

「死にます」

「ありがとうございました」

もっと説明しようと思ったのに、記者は急いでいるらしく、そそくさと電話は切れた。

オウム真理教の犯人たちが、一九九四年と翌年に、ＶＸで殺人未遂と殺人を犯した事件からして、ＶＸの臨床症状の概略は明らかになっていた。

一九九四年、教祖から遠藤誠一に指示が出、配下の土谷正実がＶＸ生成に成功したのは九月だった。そして十二月、教団から脱出した元信者一家を匿《かくま》った水野昇氏が何度もＶＸをかけられ、意識不明になった。その十日後には、大阪在住の濱口忠仁氏がスパイと疑われてＶＸで殺害された。翌年の一月早々、今度は「オウム真理教被害者の会」の永岡弘行会長が、やはりＶＸをかけられて意識不明の重体に陥っていた。この三つの事件から明らかになったのは、ＶＸは注射器に詰めて持ち運びができ、皮膚から極めてよく吸収され、ＶＸ曝露《ばくろ》から中毒症状発現までに一定の潜伏期間があるという事実だった。

その後、犯行の詳細が少しずつ明らかになった。金正男を前方から遮ったのはインドネシア国籍のシティ・アイシャであり、後方から素手でＶＸを金正男の顔に塗りつけたのは、ベトナム国籍のドアン・ティ・フォンだった。二人とも犯行のあと二秒で別々に逃走、階下に降りてトイレで手を洗滌《せんじょう》したと考えられた。

金正男は金正日《キムジョンイル》と成蕙琳《ソンヘリム》の間に生まれた長男であり、本妻との間に生まれた息子一人は北京に住んでいる。また第二夫人と二人の間に生まれた一男一女は、マカオで中国政府に保護されているという。

金正日は高容姫《コヨンヒ》との間にも二男一女をもうけていた。金正男を長男とすれば、次男が金正哲《ジョンチョル》、三男が金正恩《ジョンウン》で、その妹が金与正《ヨジョン》である。金与正が現在も重用されているのに対して、金正恩の兄である金正哲の消息は杳《よう》として分かっていない。正統を保つため、金正恩によって抹消《まっしょう》されたとも考えられる。

金正恩にとって明示できないのは、母親の高容姫の出自が、北朝鮮では一段低く見られている在日朝鮮人だという点だった。このため高容姫の人物像については、今もって国民には明らかにされていない。金正恩にとっては、あくまで秘匿《ひとく》しておきたい事実だからだ。

高容姫は、日本の軍需工場に勤めていた朝鮮人を父として大阪で生まれ、北朝鮮に戻り万寿台《マンスデ》芸術団のスター女優として活躍していたときに、金正日に見初められていた。金正恩としては、金日成《イルソン》、金正日と続く純粋の北朝鮮血統である白頭山血統を標榜《ひょうぼう》するためにも、実母の背景はあくまでぼかし続ける必要があった。

これに対して長男である金正男は、正真正銘の白頭山血統であり、スイスに留学させられ、名門ル・ロゼで寄宿生活を送りながら英才教育を受けていた。ル・ロゼこそは、アラブの王族や世界の富豪の子ばかりが集う学校だった。

この金正男が突如として日本で有名になったのは、二〇〇一年五月一日、成田空港で偽造パスポート所持で拘束された事件が起きてからだ。金正男とその妻、息子、通訳兼付き人の四人は、シンガポールから日本航空のビジネスクラスで成田空港に到着する。この動きは、日本の公安調査庁が摑《つか》んでおり、情報が入国管理局の係官に伝えられていたので、パスポートの偽造が判明し、身柄を拘束された。金正男は胖熊《パン・シオン》の名義で、ドミニカ共和国の偽造パスポートを持っていた。拘束された金正男は、家族揃《そろ》ってディズニーランドに行くのが目的だと説明した。当時の田中真紀子外務大臣は事を荒立てず、即国外退去を決定する。

しかしその前にも、金正男が同じ偽造パスポートで入国していたことが分かっている。日本の公安調査庁は、いわば金正男を泳がせていたのだ。そのときの来日の目的は吉原のソープランド、赤坂の韓国クラブだった。

金正男は色好みだけでなく、賭博《とばく》好きであり、その拠点がマカオだった。ポーカーやバカラではプロ級の腕前を持ち、VIPルームでのゲームの間、時折携帯電話で本国の実父金正日と話しながら、チップを置く場所を決めていたと言われる。金正日もバカラ好きだったのだ。

そうした放蕩《ほうとう》の一方で、金正男は中国や東南アジア、欧州での人脈を利用して、貿易や不動産仲介、ＩＴ関連事業で北朝鮮の海外進出の役目を担《にな》っていた。決済は常に、北朝鮮党指導部のクレジットカードだった。

しかし二〇一一年十二月に金正日が死去し、翌年に金正恩体制が始まると、北朝鮮からの送金が途絶えたのか、金正男はカジノに姿を見せなくなる。このあたりから長男の金正男に対する三男金正恩の当たりが強くなったことは、容易に想像できる。新体制反対派が、金正男こそ正統だとして御輿《みこし》に乗せ、中国と太いパイプを持つ叔父の張成沢《チャンソンテク》と組み合わせて反乱を起こす事態も考えられるからだ。

事実、二〇一三年十二月、金正日の妹婿《むこ》である張成沢は、国家反逆の罪で処刑される。金正男の運命も、この時点で風前の灯だったと言える。

犯行後、マレーシアの警察当局は、犯人のひとりのベトナム国籍のドアン・ティ・フォンが泊まっていたクアラルンプール空港近くのホテルの部屋に残されていた鞄《かばん》から、毒物が発見されたと伝えた。一方、金正男の行く手を阻《はば》んだインドネシア国籍のシティ・アイシャは、マレーシアを頻繁に訪れ、短期滞在を繰り返していた。この二人の女の犯行について、かつて北朝鮮の工作員で大韓航空機爆破事件で死刑判決を受けた金賢姫《キムヒョンヒ》は、「厳しい訓練を受けた工作員とは思えない」と、メディアに語った。

やがてマレーシア当局は、犯行に及んだ二人の供述として、ホン・ソンハクという男が背後にいることを摑んだ。二人に、マレーシアやカンボジアの空港で液体を通行人になすりつける行為をさせ、これは日本のテレビの番組のためだと説明していたのだ。

この時点で、韓国の情報機関である国家情報院は、二人の女を操った背後グループについて詳細に報告する。ドアン・ティ・フォンを動かしたのは、北朝鮮の国家保衛省所属のリ・ジェナムと、外務省のリ・ジヒョンであり、二人とも逃亡中だった。他方のシティ・アイシャを取り込んだのは、国家保衛省のオ・ジョンギルと前述した外務省のホン・ソンハクで、この二人も逃亡中だ。さらに支援グループとして、在マレーシア北朝鮮大使館の二等書記官で、国家保衛省所属のヒョン・グァンソン、高麗航空職員とも見られるキム・ウクイルとリ・ジウ、さらに四人目にマレーシア在住の北朝鮮人リ・ジョンチョルがいた。このうち逮捕されたのはリ・ジョンチョルのみで、あとの三人も逃亡中だった。

殺害されたのが金正男だと判明したあと、マレーシア政府は遺体を司法解剖し、二月十七日には、犯行に及んだ二人の女を立ち会わせて実況見分を実施する。

これに対して北朝鮮の反応は迅速だった。金正男の死亡が確認されるや、すぐさま火葬を要求する。これをマレーシア政府は拒否して、二月十五日に第一回目の司法解剖をしたのだ。すると十七日、在マレーシアの北朝鮮大使姜哲《カンチョル》は、遺体の即時返還を求める声明を出した。そして、指示役と見られる北朝鮮籍の四人の出頭を求めるマレーシア警察の要請も拒否する。

二月二十四日、マレーシア警察は殺害に使われたのがＶＸだったと、正式に発表した。しかしこれ以前に、犯行に使用されたのがＶＸだと見抜いていたのは、他ならぬ東京拘置所に収監されている中川智正死刑囚だった。この中川智正とは、コロラド州立大のトゥー名誉教授が特別面会人として面会を続けていた。二月二十二日付の手紙で、中川智正は教団の事件の経験から、〝目にＶＸを付着させれば、通常は発症まで一、二時間かかるのがもっと早くなる〟と書いていた。トゥー名誉教授はこの手紙を二十四日に受け取り、報道陣に開示した。

実はトゥー名誉教授も、早い時点でこれがＶＸだろうと推定し、バイナリ・ウェポンであると取材陣に語っていたのだ。まずひとりが薬物を金正男の顔になすりつけ、次にもうひとりが別な薬物を塗りつけ、そこでＶＸを発生させたという見解だった。

しかしこれは、トゥー名誉教授が米軍の化学兵器に対する造詣《ぞうけい》が深いゆえの誤解だった。米軍が使用しているＶＸのバイナリ・ウェポンは、ＶＸの前駆体であるイソプロピルアミノエチルメチル亜ホスホン酸エステルと、硫黄を別々に砲弾に詰め、攻撃直前に混合するか、破裂させてVXを発生させる方法をとっている。

トゥー名誉教授は、中川智正らが水野昇氏、濱口忠仁氏、永岡弘行氏に対して実行したVX攻撃の詳細については、当然知らない。バイナリ・ウェポンだと思い込むのも無理はなかった。個人を襲撃するには、VXそのものでこと足りるのだ。

トゥー名誉教授は、二〇一一年から死刑執行まで中川智正に十五回ほど拘置所で面会している。その目的はどうやら、VX中毒の症状を聞き出すことだったようだ。他方で、VX中毒事件の鑑定を私がしていることを知ると、米国から時々訪ねて来るようになった。話をしているうちに、トゥー名誉教授の真の興味がVXの合成法であるのを感じた。土谷正実がA3の紙に書いた図があると言うと、是非見せてくれと言う。絶対に公表しないという確約がとれたので、そのコピーを渡した。数年後にトゥー名誉教授が出版した欧文の本には、堂々とそのコピーが掲載されていた。一躍、彼はVXの世界的〝第一人者〟となった。以来、私はその〝第一人者〟との交流を断った。

マレーシアと北朝鮮は友好国で、貿易が活発な他、鉱山労働者や飲食店従業員など、およそ三百人の北朝鮮人がマレーシア国内で働いているという。金正男暗殺によって、二国間の関係は一気に悪化する。マレーシア警察が唯一《ゆいいつ》逮捕できたのは、クアラルンプールの会社の社員で就労ビザを持つリ・ジョンチョルだけだった。この男は勤務の実態はなく、会社社長も給料を払っていなかった。手配されている四人のうち三人は、事件のあった二月十三日の夜の便でジャカルタ空港から中東のドバイに飛んでいた。もうひとりは、事件前の一月十九日に、ジャカルタからバンコクに出国していた。四人とも既に北朝鮮に戻ったと推測された。

マレーシア政府は、重要参考人として行方を追っている北朝鮮大使館のヒョン・グアンソン二等書記官に対し外務省に出向くように求めていた。しかし北朝鮮大使館はそれに応じる気配はなく、逆に姜哲大使は、あくまで暗殺されたのは金正男ではなくキム・チョルだと主張、北朝鮮側の許可や立ち会いもなく解剖が実施されたのは、人権侵害であり、マレーシアの捜査は信用できないと批判した。

指名手配されている北朝鮮国籍の男たちは、事件前にクアラルンプール空港を下見していた。男たちは一月末から二月初めにかけてマレーシアに入国、空港の下見をするとともに、市内のショッピングセンターで殺害の予行演習をしていた。空港の下見では、空港職員に監視カメラが作動しているかを訊いていた。職員は、本当のことは言わないとしたマニュアルどおりに、動いていないと回答していた。これによって、犯人たちは白昼堂々と金正男を殺害、実行犯の女二人は、あくまでテレビの番組のためだと信じていたと考えられる。

ＶＸがマレーシアで製造されたはずはなく、北朝鮮大使館の職員によって運び込まれたと思われる。外交官は機密文書を運ぶ外交行嚢《こうのう》を携行でき、税関職員は中味を調べられない。

一方でウィーン条約により、外交官の拘束や大使館への立ち入りを禁じる外交特権が保障されている。北朝鮮大使館が捜査協力を拒んでいるのはそのためなのだ。

二月二十四日に、マレーシア警察が遺体からＶＸが検出されたと発表した直後、日経新聞の記者から電話がかかってきた。

「先生、マレーシアの事件でＶＸが検出されたのはご存じですね」

「はい。映像から見てＶＸだと思っていました」

「発表前からですか」

男性記者が驚く。

「ＶＸを使ったオウム真理教の犯行から考えて、おそらくそうだと思っていました。金正男の被曝から死亡に至る経緯がそっくりです」

「そうなんですか」

記者はたぶん三十代後半だろう。そうなると二十三年前はまだ記者になっていない。驚くのも無理はなかった。

「ＶＸについて、Ｑ＆Ａの形で記事にしたいと思いますので、お答え願えますか。もちろん分かる範囲で結構です。質問項目は五つです。あとでファックスを入れますので訂正可能です」

「結構です。どうぞ」

知っているだけ答えればいいのだ。間違いがあればファックスで正せる。

「まずＶＸはどのくらい危険でしょうか」

「一般の化学兵器は噴霧して吸い込ませますが、ＶＸは常温では油状の液体です。一九五〇年代に英国で開発されています。一部の殺虫剤や毒ガスのサリンと同じ有機リン系の化学物質です。毒性は、人間が化学合成した毒物の中では最も危険とされます。致死量は一ミリグラムです。注射器を使って微量のＶＸを皮膚に垂らしたり、クリームに混ぜて塗りつけても、皮膚からの吸収で命を落とします」

男性記者は当然電話を録音しているはずだった。

「そもそも、なぜ猛毒なのでしょうか」

「神経が情報を伝えるのに使う、重要な酵素の働きを妨げるからです。毒が全身に行き渡るまでは歩けますが、次第に瞳孔《どうこう》が縮小するなどの症状が出、最後は痙攣《けいれん》や呼吸困難、意識障害で死亡します」

「治療はできるのでしょうか」

「サリンと同じように治療薬はあります。しかし毒性が強いので治療は困難です。さらに初期症状は脳血管障害などと間違いやすく、ＶＸだと分かったときは、もう手遅れです」

オウム真理教の犯行で被害に遭った三人の症状を想起しながら答える。

「犯行に及んだ女二人は生存していますが、これはどうしてでしょうか」

「ＶＸが皮膚につかないようにすれば、理論上危険性は下がります。予防薬については、動物実験はあるものの、人間での効果はまだ未知数です。従って、犯行メンバーが無事だった理由は分かりません」

実行役の女が手袋でもつけていれば、被曝しなかった可能性はある。しかし映像からすると素手であり、どうして助かったかは謎《なぞ》だった。

「最後になります。ＶＸの合成は簡単でしょうか」

「生成には複雑な化学反応が必要です。それでも、化学兵器は貧者の核兵器と言われるくらいで、一定の技術があれば大量生産ができます。現に、オウム真理教の連中がそうでした。大量破壊兵器というと核兵器ばかり問題にされますが、化学兵器も大きな脅威です」

「ありがとうございます。すぐにまとめて、ファックスします」

記者はこちらの病院のファックス番号を訊いて、電話を切った。一時間半後にファックスが届いた。よくまとめられていて、ほとんど訂正の必要がなかった。記事は二月二十五日に掲載された。

北朝鮮は、マレーシア政府が金正男の遺体を引き渡さないことへの対抗策として、平壌《ピョンヤン》のマレーシア大使館の外交官とその家族計九人を足止めしていた。この強硬策に折れたのはマレーシアだった。九人の出国と引き替えに、遺体の引き渡しと、駐マレーシア北朝鮮大使館員や高麗航空職員の帰国を認めた。

金正男の遺体は三月三十日、事件以来四十日以上安置されていたクアラルンプールの病院を出て帰国の途についた。これによって北朝鮮は、金正男暗殺を完全な闇《やみ》の中に葬《ほうむ》ることができた。もともと北朝鮮国民の九割は、金正男の存在自体を知らないと言われる。ここに至って、長男の金正男、次男の金正哲という枝葉を伐採して、三男の金正恩は自らが正統な幹と成り得たと言える。

世上では北朝鮮の核問題のみを問題にしている。しかし北朝鮮の本来の恐怖は、貧者の核とされる化学兵器である。核自体はそう無闇には使えない。使うときは最終戦になる覚悟を必要とする。それに対して化学兵器は姑息《こそく》な手段として、いつどこでも使用できる。

一九五〇年代初頭に英国のゴッシュによって生成されたＶＸは、ほぼ同時期にドイツのシュラーダー、スウェーデンのタンメリンも合成に成功していた。一九五〇年代末には、ソ連のイヴィン、ソボロフスキー、シラコワも、Ｒ-33つまりＶＸを開発する。一九六一年になると、ソ連はこのＶＸの大量生産に成功、米国でも生産が開始される。

北朝鮮が導入したのは、このソ連の技術だと考えられる。核の開発と併行して、化学兵器の生産にも着手し、現在では二十五種の化学兵器を所有していると推測されている。

まずＶＸやサリンなどの神経剤が六種類、イペリットやルイサイトなどのびらん剤も六種類、シアン化水素などの血液剤が三種類、ホスゲンなどの窒息剤が二種あり、この他に嘔吐《おうと》・催涙剤が八種である。

これらの化学兵器は、開発中の核兵器と違って、今でも使用可能である。その標的になり得るのは、まず韓国、次に日本であるのは間違いない。

米国のトランプ大統領は、二〇一七年に政権につくと、さっそく軍の高官たちから、軍事情勢に関する報告を受けた。もちろん最も重要な課題は、北朝鮮の核問題だった。

示された地図から、南北軍事境界線とソウルが十五マイルしか離れていないことを初めて知った大統領は、すぐさま質問する。

「どうしてソウルは、こんなに国境近くにあるのだ。移転させるべきだ」

軍の高官たちは、大統領が冗談を言っているのだと思う。

「ソウル市民は引っ越すべきだ」

トランプは怒鳴った。ソウルの人口が一千万人であり、それはほとんどスウェーデンの総人口と同じである事実など、大統領の無知な頭にはなかったのだ。

北朝鮮はその気になれば、核兵器を使う前に、いや核兵器の使用と同時に、種々の化学兵器で、ソウルを攻撃できる。その意味では、ソウル市民は北朝鮮の人質になっているのも同然である。ちょうど金正男殺害事件で、北朝鮮が平壌のマレーシア大使館員と家族を人質にして、遺体と犯人たちの身柄を思うがままに帰国させたように――。

金正男暗殺の翌年、二〇一八年の七月六日、オウム真理教の教祖以下七人に死刑が執行された。七人は東京拘置所に収容されていたが、新實智光五十四歳と井上嘉浩四十八歳は大阪拘置所、中川智正五十五歳は広島拘置所、早川紀代秀六十八歳は福岡拘置所に移送されていた。従って東京拘置所に残っていたのは、教祖六十三歳、遠藤誠一五十八歳、土谷正実五十三歳の三人だった。

この六日の早朝、小菅《こすげ》の東京拘置所には小雨が降っていた。教祖はいつものように七時に起床して朝食をとり、刑務官の指示で独房から出て、死刑台の前まで進み、執行を告げられる。遺体の引き取り手を訊かれたとき、四女だと答えたとされる。午前八時過ぎに死刑が執行された。

ここ数年、教祖はトイレのある独房に収容され、一日三回の食事を受け取って自分で食べていた。風呂にもはいり、看守に〝ありがとう〟と礼を言うこともあった。週に数日ある運動の時間は、運動場で歩いたりもした。前年二月に教祖を診察した拘置所の精神科医は、明らかな精神障害はないとの所見を提出していた。

東京地裁で教祖の死刑判決が下されたのは、二〇〇四年二月だった。控訴審では、弁護団が控訴趣意書を期間内に提出せず、控訴が棄却され、二〇〇六年九月に死刑が確定する。というのも、控訴審の弁護団は教祖と意思疎通《そつう》ができず、控訴趣意書を書けなかったからだ。その後、三度出された再審請求はすべて退けられた。

一審のときも、教祖は弁護団の接見を拒否し、意思疎通もできない状態だった。教祖に変化が起きたのは、一審の途中からだと解される。控訴後、弁護側に精神鑑定を依頼された六人の精神科医は、いずれも教祖の訴訟能力に疑問を呈していた。長年の拘置所生活によって、拘禁反応を起こしていたと考えられる。

拘禁反応とは、外界と遮断された拘禁状態で生じる身体的・精神的な変化である。軽症では、種々の自律神経症状や身体的愁訴に、不安や気分変化、被刺激性亢進《こうしん》が認められる。重症になると、寡動《かどう》・無動状態に陥り、外界からの刺激に反応せず、不食や失禁、意識障害を伴う拘禁昏迷《こんめい》状態にまで進行する。

もちろんこのとき、詐病《さびょう》との鑑別が問題になる。一連の事件を捜査していた東京地検の検事によると、裁判が始まる前の一九九五年秋、教祖は〝私が助かる方法はひとつだけですね〟と話していたという。そのひとつとは、精神障害があるような振る舞いをする詐病を意味したと思われる。詐病の意志が意識下にあれば、拘禁反応に拍車がかかるのは当然である。従って教祖の一審後の状態は、詐病願望を背景にした拘禁昏迷を呈していたと判断するのが妥当である。この点を勘案せずに、東京高裁が教祖の訴訟能力を認め、性急に裁判を打ち切ったのは、早計だったと言える。

拘禁反応の治療は、あくまで環境調整である。外界との風通しをよくして、外からの働きかけを続けることで、症状は大きく軽快する。死刑確定後の十年間、その点で拘置所の対応が功を奏して、教祖の昏迷状態は消失したと判断できる。

教祖の死刑確定の三年後、二〇〇九年七月に早川紀代秀の死刑も確定する。公判では、教祖を〝狂信者〟と批判した早川紀代秀は、死刑確定前は〝被害者に本当に申し訳ない〟と述べる一方、〝命がなくなるのは、とても恐い〟と話していた。自ら綴《つづ》った著書では、〝『時間よ、戻れるものなら、戻ってくれ！』と叫びたい〟と心境を記した。さらに死刑前の二〇一八年六月七日付の手記では、〝自分では一人も殺していない者が死刑で、自分で二人も殺している者が無期というのは、どうみても公正な裁判とは言えません〟と述べた。早川紀代秀の念頭にあったのは、無期懲役に処せられた林郁夫だった。

二〇一〇年一月に死刑が確定した井上嘉浩は、死刑確定前から支援者に対して繰り返し手紙を書き、事件への反省と遺族への謝罪を綴っていた。

同じ年の二月に死刑が確定した新實智光は、井上嘉浩とは逆に最後まで謝罪を口にしなかった。公判でも〝宗教的に正しいことをした〟と言い、教祖に帰依《きえ》する姿勢を崩さなかった。控訴審でも〝尊師が伝授したものが私の心にある限り、グルはグルです〟と述べた。一、二審では証言台の椅子《いす》で座禅を組み、瞑想《めいそう》するように死刑判決を聞いた。刑が確定したあとの二〇一五年、高橋克也の公判に証人として出廷したときも、〝地下鉄サリン事件は救済の一環だったし、今もそう思っている〟と語った。しかし二〇一八年五月以降に、法務省に出したとみられる恩赦関連書類の中では、〝私たちの徳が無かった、霊性と知性が足りなかったのでしょう。深く反省しています〟と記していた。

二〇一一年三月に死刑が確定した土谷正実は、一九九五年の初公判でも黙秘を宣言、その後の審理でも一貫して教祖に帰依する態度を示していた。しかし死刑確定前の手記では〝私がいなければサリン保有はありえなかった。『すいませんでした』では、あまりにも軽すぎる〟と書いた。さらに近年は、面会人に対して〝だまされた〟と教祖に対する激しい怒りを口にしていたという。

同年の十二月には中川智正と遠藤誠一も死刑が確定する。これによってオウム真理教の裁判は、いったん終結した。ところがその直後、目黒公証役場事務長監禁致死事件で特別手配中だった元〝諜報省《ちょうほう》〟の平田信が、警視庁に出頭し翌日逮捕された。さらに翌二〇一二年六月、地下鉄サリン事件などで特別手配中だった元〝諜報省〟の高橋克也が逮捕された。

これによって死刑囚たちも、それぞれ二人の裁判の証言台に立たされる。その結果、平田信の懲役九年が確定したのが二〇一六年一月であり、高橋克也の無期懲役が確定したのは二〇一八年の一月だった。こうして実質的にオウム真理教の裁判は終結した。

この終結のわずか半年後、七人の死刑囚に刑が執行された計算になる。

裁判の過程で、〝タガが外れて狂っていた〟と教祖を批判していた中川智正は、その後被害者や遺族に謝罪の手紙を書き送っていた。さらには短歌や俳句を詠《よ》むようになり、二〇〇七年の控訴審判決前には、〝あの人があの人がというは終りなり我がなしたこと我が前で見る〟と詠んだ。刑確定後の二〇一六年、面会を続けているトゥー名誉教授の仲介で、「当事者が初めて明かすサリン事件の一つの真相」と題する論文を『現代化学』に寄稿、十一月号に掲載された。その論文の冒頭に以下のように書いた。〝私はかつてオウム真理教（教団）に所属していました。現在は東京拘置所に死刑囚として収容されています。私のかかわった事件の被害者の方々、ご家族の方々にはこの場をお借りして心よりお詫《わ》び申し上げます〟。支援者と作った同人誌には〝遺《のこ》しおくその言の葉に身を替えて第二の我に語りかけたし〟の歌を記した。

七人目の死刑囚である遠藤誠一は、この中川智正とは対照的だった。当初は起訴事実を認めたものの、後に弁護人を解任してからは否認に転じ、一時は証言も拒んだ。二審でも教祖への帰依を口にし、〝尊師の弟子である〟と述べた。遺体は後継団体〝アレフ〟の施設に運ばれ、その後埼玉県内で火葬されたという。

七人の刑執行から二十日後の七月二十六日、残る六人の死刑囚に刑が執行された。

刑執行の前に、六人のうち三人は東京拘置所から別の拘置所に移されていた。

仙台拘置支所で刑が執行されたのは、林泰男六十歳だった。この林泰男の死刑前の心境は不明のままである。

名古屋拘置所で死刑執行されたのは、岡﨑一明五十七歳と横山真人五十四歳だった。岡﨑一明は坂本堤弁護士一家殺害事件のあと、三ヵ月後の一九九〇年二月、立候補した衆院選の最中に、選挙資金を持ち逃げし、教団を脱会していた。その後の二〇一一年、支援者への手紙の中で、〝広瀬健一君や豊田亨君、端本悟君たちは生きて欲しい。彼らは社会経験のないまま洗脳された〟と記していた。

横山真人は、丸ノ内線の電車内にサリンを撒《ま》いていた。この車両からは死者は出なかったものの、結果全体の責任は免かれず、死刑とされた。一審判決後に接見した弁護士には、〝死刑になったほうが、被害者に少しでも納得してもらえる〟と語っていた。

東京拘置所で死刑が執行されたのは、広瀬健一五十四歳、端本悟五十一歳、豊田亨五十歳だった。

同じく丸ノ内線でサリンを撒いた広瀬健一は、公判中積極的に事件への関与を供述していた。坂本堤弁護士殺害の実行犯だった端本悟は、公判では教祖について〝八つ裂きにしても許せない〟と述べ、自らの罪を謝罪していた。再審請求を促した弁護士にも、首を縦に振らなかった。日比谷線でサリンを撒いた豊田亨は、公判ではほとんど弁解しなかった。一審の最終意見陳述では、〝今なお生きていること自体が申し訳ない〟と述べた。他の死刑囚が出廷するなかで、ただひとり拘置所内で証人尋問に応じた。〝自分は拘置所から一歩も出てはいけない。それが贖罪《しょくざい》だ〟という心情からだった。

以上のように死刑囚十三人のうち、最期《さいご》まで悔恨の情を示さなかったのは教祖と遠藤誠一の二人のみで、林泰男だけが分からない。あとの十人は罪を悔いた。

上川陽子法務大臣が死刑執行を急いだのには、すべてを二〇一八年に片付け、二〇一九年を迎えたいという政治的意向が働いたと思われる。二〇一九年には御代替りで、天皇の退位と新天皇の即位に伴う皇室行事が相次ぐ。そして二〇二〇年には、東京オリンピック・パラリンピックが開催される予定だった。死刑執行は二〇一八年のうちにすませておきたいという、政府と法相の思惑があったのは間違いない。

二十九人の死者と六千五百人を超える負傷者を出した一連のオウム真理教の事件では、百九十二人が起訴され、無罪は二人のみだった。罰金刑が三人、執行猶予《ゆうよ》付き懲役刑が八十七人、実刑が八十一人、無期懲役が六人、死刑が十三人だった。

この拙速のそしりを免れない死刑執行に対して、松本サリン事件で長野県警から犯人視され、妻を意識不明のまま二〇〇八年八月に亡《な》くした河野義行氏は、「死刑で真相は分からなくなった」と述べた。

霞ケ関駅の助役だった夫を亡くし、「地下鉄サリン事件被害者の会」代表世話人の高橋シズヱ氏は、「十三人の刑が執行されて刑事司法としては終わりかもしれないが、後遺症を抱える被害者らの被害はまだ続いている」と語っている。

「坂本弁護士と家族を救う全国弁護士の会」の事務局長である影山秀人《かげやまひでひと》弁護士は、「事件について未解明の部分が多いのに、死刑囚から話を聞くことができなくなってしまった。同様の事件が再発しないよう、今後もオウムの一連の事件について考え続けなければいけない」と話した。

七月六日に死刑執行された教祖の遺体と翌日対面したのは、滝本太郎弁護士だった。教祖の四女も同行していた。七月九日、遺体は都内で火葬された。しかし遺骨と、現金、衣服、修行用のヘッドギアなどの遺品はまだ拘置所に保管されている。

教祖は死刑執行直前、四女に遺骨を引き渡すように意思表示したとされる。四女の代理人でもある滝本太郎弁護士は、遺骨が崇拝の対象にされるのを恐れ、太平洋での散骨を主張している。

しかし妻の松本知子や他の子供たちは、教祖の意思表示に疑いを持ち、妻側への引き渡しを要求している。話し合いは結着しないまま、二〇二〇年九月十七日、東京家庭裁判所が次女への引き渡しを決定した。しかし四女側は九月三十日、東京高裁へ即時抗告を申し立てた。

十三人の死刑執行を命じた上川陽子法相は、執行後の二〇一八年八月、一連の事件の刑事裁判記録を永久保存する方針を表明した。この事件の解明は、後世の研究者に委《ゆだ》ねられたと言える。

オウム真理教は二〇〇〇年に〝アレフ〟と改称している。さらに二〇〇七年、上祐史浩が〝ひかりの輪〟を設立して分派、二〇一五年には〝アレフ〟の内部対立によって第三の集団が設立された。三団体の拠点は、十五都道府県に合計三十一施設あり、信者数は千六百五十人、資産もここ十年で四倍に増え、十二億九千百万円だという。

その一方で事件の被害賠償は遅々として進んでおらず、事件から二十五年後も、約十億円が未払いである。〝ひかりの輪〟は年数百万円の支払いを続けているものの、〝アレフ〟は二〇一七年七月に二千五百万円を支払ったのが最後である。公安調査庁によると国内信者は、アレフ約千五百人、ひかりの輪約百二十人、新集団約三十人である。

団体規制法に基づく観察処分も、二〇二一年二月から三年間更新された。

これらの団体には、教祖の写真や説法を収録した教材が保管されているので、後継教団の中では、教祖がまだ生きているとも見なすことができる。

これらの後継教団は、信者を勧誘する際、決して正体を明らかにしない。ヨガや占い、食事会などのイベントをSNSや街頭で呼びかけて接点を探る。そのイベントでは、先輩信者たちが親密さを装《よそお》って人間関係を築いていく。社会に対する不安や、自分の内に寂しさや孤独感を抱く若者は、この親身な人間関係に心を開き、そこに生き甲斐《がい》を感じるようになる。このとき、自己変革意識や神秘体験への憧憬《どうけい》を持っていれば、若者は容易にそこに吸いつけられる。ここに至って教団は名を明かして、入会を促す。この第三段階まで足を踏み入れると、誘われた者は引き返せない。引き返せば、再び元の不安と孤独に満ちた冷たい社会が待っているからだ。

その意味で、オウム真理教現象がもはや消滅したとは、誰ひとり言えないのだ。

地下鉄サリン事件から二十五年が経過した二〇二〇年三月二十日、現場となった東京メトロの各駅には献花台が設けられた。関係者が犠牲者を慰霊するなか、花を手向けた当時の地下鉄職員や遺族、被害者は「事件を風化させてはならない」と一様に訴えた。

六千人以上が負傷したこの事件では、今なお目などにサリン被害の後遺症を訴える人たちが多い。被害者の中で、この二十五年間寝たきりの闘病生活を続けてきたのが、浅川幸子さんである。事件当日、丸ノ内線に乗り、中野坂上駅でサリンを吸い、心肺停止状態で搬送された。二〇〇九年、丸ノ内線にサリンを撒いた犯人の最高裁判決は、法廷で聞き、後の会見で感想を問われ、「おおばか！」と声を絞り出したという。しかし壮絶な闘病空《むな》しく二〇二〇年三月十日、享年《きょうねん》五十六で亡くなる。死因はサリン中毒による低酸素脳症だった。オウム真理教によって、人生を絶ち切られたその無念さは、いかばかりだったろう。

後記

化学兵器サリンが世界で初めて使用されたのは一九九四年六月の長野県松本、そして大量殺人を目的として使われたのが翌年三月の東京地下鉄だった。いずれも犯人はオウム真理教である。それから四半世紀が経《た》ち、平成生まれの多くの人たちにとっては記憶にもない事件になっているのではなかろうか。それより年長の人にしても、事件の記憶は薄らぐか、細切れになっていると危惧《きぐ》される。確かに教祖以下の主謀者たち十三人は、二〇一八年七月に死刑執行され、一連の事件は片がついたように見える。しかしオウム真理教が犯した未曾有《みぞう》の犯罪は、日本人のみならず人類の記憶に、永遠に刻印されるべき重大さを有している。

事件当時、多くのメディアが事件をつぶさに追い、膨大な裁判でも個々の事件が長期にわたって裁かれた。これによって事件はすべて明るみに出されたような錯覚を与える。事実はそうではなく、メディアにも裁判にも欠けていたのは、犯罪の全体像である。さらに、高学歴の連中が何故《なぜ》いとも簡単に洗脳され、やみくもに殺人兵器を作製したかについては、何ひとつ解明されていない。

もうひとつ、教団に対する警察の捜査が後手に回った事実も忘れてはならない。この原因はひとえに、警視庁を含めて県警間の連携が全くなされなかったことに帰す。坂本弁護士拉致《らち》事件は神奈川県警、国土法違反は熊本県警、松本市の土地売買事件と松本サリン事件は長野県警、公証役場事務長拉致事件は警視庁、上九一色村の異臭騒ぎは山梨県警がそれぞれ担当し、教団本部があるのは静岡県だ。これらの情報が〝総合的・俯瞰《ふかん》的〟に一元化されていれば、強制捜査は早く行われ、地下鉄サリン事件は防ぎ得たはずで、痛恨の極みである。こうした警察史上の汚点も、記録の改竄《かいざん》と廃棄を宗《むね》とする国策が続く限り、闇《やみ》に葬《ほうむ》られたままになる。

さらに、私たちひとりひとりが胸に刻まねばならないのは、人はいとも簡単に洗脳されるという事実である。密室あるいは外部と隔絶された空間で、四六時中、単純な論理を繰り返し吹き込まれると人は誰でも洗脳される。そのとき、高学歴の専門性など何の楯にもならない。むしろ偏狭な専門家であればあるほど、洗脳される。オウム真理教の高学歴集団がその好例である。

この洗脳が起こりやすいのは、何といっても宗教である。もちろん、この世に対する不安感と空虚感が培地になる。頼りにされるのは、安寧をもたらすごく単純な論理であり、オウム真理教では〝解脱《げだつ》〟だった。目の前に最終解脱者と自称・他称する教祖がいれば、もうそこに我が身を託す他ない。教祖が操る思考は、白か黒かの二分法であり、その中間がない。正統な宗教であるのはオウム真理教だけであって、他の宗教はすべてニセモノになる。全知のグル、つまり教祖のみが暗闇に光をもたらし、行く道をさし示すことができる。

そうした偏狭な宗教心を洗脳によって植えつけるためには、まず判断力や批判力を奪わなければならない。もちろん他者との交流も断って、閉鎖空間の中で、単純な教理を何万回も吹き込む。それが何日も何週間も続けられると、もはやヒトの脳が抗《あらが》うのは無理である。

加えて教団のホーリーネームは、教祖への帰順の証《あかし》になるとともに、各個人を分断する力を持っている。これによってひとりひとりは閉鎖空間に閉じ込められ、洗脳は強化される。洗脳された宗教心は感染しやすく、疫病《えきびょう》と同じになり、自分たちが行使する暴力はすべて、正当防衛と化す。世界の歴史上類を見ない教団による残虐《ざんぎゃく》行為は、その行き着いた先だったのだ。

そこで肝腎なのは、土着ともいうべきコモン・センス、常識だろう。生活の実体験と言い換えてもいいかもしれない。世の中を広く見渡す力は、そこから生まれてくる。

動物と違う知性を授けられた人間には、いつの世、いつの時代でも、この洗脳の問題はついてまわる。オウム真理教の実態は、洗脳に対する教訓をまたとない形で示してくれる。その意味でも、私たちは絶対に、オウム真理教という現象を忘れてはならないのだ。

さらにもうひとつ、オウム真理教が犯した犯罪で、未解決になっている事件がある。第一は何といっても、國松孝次警察庁長官殺害未遂の犯人である。教団の犯行であるのは明らかで、ロシアとのつながり、射撃をよくする点で自衛隊員や警察官の信者の関与が取沙汰《とりざた》されたものの、今もって真相は分からない。

第二は、教団の犯行をすべて知り尽くしている村井秀夫に、刺客を送ったのは誰かという謎《なぞ》である。教祖とその側近たちが謀議のうえで、暴力団に依頼したという推理が成り立つ。しかしこれらの真相解明は、改元を前にしての拙速極まる死刑執行によって、永遠の謎と化した。

一連の事件を通覧して痛感するのは、医療機関の奮闘である。松本サリン事件、地下鉄サリン事件、そしてVX事件など、治療法が不明ながらも、最大限の知識を駆使して救命に尽力した。この事実は、当然のようなこととして、あまり称揚されていない。わが国の卓越した医療技術と体制は、絶対に等閑視してはならない。

オウム真理教の犯行の全貌《ぜんぼう》を明らかにしなければならないと感じたのは、いつ頃だったろう。今となっては思い出せない。ひとまず完成は、地下鉄サリン事件から二十五年になる前と思い定めた。幸い、物語を織る材料になる糸はふんだんにあった。それらのどれを縦糸にし、どれを横糸にするかを細かく選別したあとは、想像に任せて、実在の人物の名前を使いながら機《はた》を織ればいい。とはいえ、経緯の間に杼《ひ》を入れていく作業は、決して容易ではなかった。しかし、これが犯罪の犠牲となった人たちに対する鎮魂と思えば、耐えられない作業ではなかった。脱稿は予定通り二〇二〇年二月になった。刊行までには、さらに一年を要した。

本書を、オウム真理教の一連の犯罪で、命を絶たれた人たち、傷ついた方々、今なお後遺症に苦しむ人々に捧《ささ》げる所以《ゆえん》である。

主要参考文献

井上尚英、槇田裕之：サリン―毒性と治療―、福岡医学雑誌八五（九）：二五七―二六二、一九九四
井上尚英、槇田裕之：サリンによる中毒の臨床、臨牀と研究七一（九）：一四四―一四八、一九九四
井上尚英：松本の毒ガス集団中毒事件――私なりの長かった一日――、學士鍋第九二号：三〇―三四、一九九四
井上尚英、林田嘉朗：化学兵器（上・下）――その歴史、現状と対策――付、サリンによる中毒、日本医事新報No.三六七七：六三―六五、No.三六七八：六六―六八、一九九四
井上尚英、高橋成輔：サリン対策マニュアルについて、臨牀と研究七二（九）：二四七―二四九、一九九五
井上尚英：サリン曝露による自覚症状、神経内科四三（四）：三八八―三八九、一九九五
井上尚英：サリン曝露後にみられた精神症状――症例の報告、福岡医学雑誌八六（九）：三七三―三七七、一九九五
井上尚英：熱砂の中での化学戦争――イラン・イラク戦争――、日本医事新報No.三七三四：六三

一六六、一九九五
井上尚英：松本サリン事件、医学のあゆみ一七七（一一）：七二七—七二九、一九九六
井上尚英：サリン中毒の治療マニュアル、綜合臨牀四五（一）：一九一—一九三、一九九六
井上尚英、槇田裕之：ＶＸによる中毒の臨床、臨牀と研究七四（二）：一三八—一四〇、一九九七
井上尚英：化学兵器から身を守る解毒剤・予防薬の仕組み、化学五二（一一）：二六—二八、一九九七
井上尚英：サリン中毒の迅速診断、神経内科五五（二）：一九三、二〇〇一
井上尚英：大英帝国の究極の生物兵器（上・下）、臨牀と研究九六（一〇）：一二三—一二五、（一一）：一〇九—一一一、二〇一九
井上尚英：ヴルダヴァ河畔での死闘（下）、臨牀と研究九七（一）：一二二—一二六、二〇二〇
井上尚英：スヴェルドロフスク事件の真相をえぐる（上・下）、臨牀と研究九七（三）：三六八—三七〇、（四）：四九六—四九九、二〇二〇
井上尚英：ＶＸ中毒事件をめぐる日米の情報戦、臨牀と研究九七（六）：一五—一六、二〇二〇
Anthony T. Tu：猛毒「サリン」とその類似体——神経ガスの構造と毒性——、現代化学二八二（九）：一四—一九、一九九四
吉田武美：有機リン剤の毒性再考——長野県松本市毒ガス事件に関連して、衛生化学四〇

（六）：四八六—四九七、一九九四
那須民江、太田節子、翠川洋子：松本市で発生した有毒ガス中毒事故の被災状況について 一 被災者の時間的・地理的分布、日本衛生学雑誌五〇（一）：二九〇、一九九五
那須民江、太田節子、翠川洋子：松本市で発生した有毒ガス中毒事故の被災状況について 二 被災者の自覚症状、日本衛生学雑誌五〇（一）：二九一、一九九五
三浦豊彦：松本サリン事件の被災状況、労働の科学五〇（九）：二二—二三、一九九五
大生定義、西崎統、松井征男：サリン中毒対応の実状、日本内科学会雑誌八四（七）：一五二、一九九五
山口達夫、眞鍋洋一、大越貴志子他：サリン中毒患者の眼科での対応、日本の眼科六六（四）：三四三—三四九、一九九五
関島良樹、森田洋、進藤政臣他：松本サリン事件におけるサリン中毒の一重症例——一年間の臨床症状、検査所見の推移——、臨床神経学三五（一一）：一二四一—一二四五、一九九五
野崎博之、堀進悟、篠沢洋太郎他：東京地下鉄サリン事件——災害医療とサリン中毒の治療——、救急医学一九（十二）：一七四—一七六、一九九五
小林靖奈、山元俊憲、黒岩幸雄：神経剤、中毒研究九：二六一—二七五、一九九六
前川和彦：東京地下鉄〝サリン〟事件の急性期医療情報、医学のあゆみ一七七（一一）：七三一—七三五、一九九六

山村行夫、清水英佑、縣俊彦他：地下鉄サリン事件被害者の血清コリンエステラーゼ値と自覚症状の関係、中毒研究九：四五三—四五四、一九九六
中島民江：サリン中毒の後遺症——松本サリン事件の被災者に後遺症がみられるか？、医学のあゆみ一八二（一一）：八二八—八二九、一九九七
Anthony T. Tu：化学兵器の毒作用と治療、日本救急医学会雑誌八（三）：九一—一〇二、一九九七
角田紀子、瀬戸康雄：最近の神経剤分析法について、科学警察研究所報告法科学編五〇（二）：五九—八〇、一九九七
横山和仁：サリン中毒——被災者の神経、精神、行動障害をめぐって、日本職業・災害医学会会誌四九（五）：四一五—四二二、二〇〇一
Anthony T. Tu：10年目の「サリン事件」——化学の視点で振り返る、化学六〇（四）：四二—四六、二〇〇五
南條厚生：陸軍軍医学校vsバイオテロ細菌・生物兵器、學士鍋第一六四号：四七—四九、二〇一二
松村高夫：旧日本軍による細菌兵器攻撃の事実　新発見史料「金子順一論文」は731部隊による細菌戦の何を明らかにしたのか、月刊保団連No.一一〇二：一〇—一五、二〇一二
中川智正：当事者が初めて明かすサリン事件の一つの真相、現代化学No.五四八：六二—六七、二

Grob, D., Harvey, A.M.: The effects and treatment of nerve gas poisoning, *Am. J. Med.* 14 (1): 52-63, 1953.

Grob, D., Harvey, J.C.:Effects in man of the anticholinesterase compound sarin (isopropyl methyl phosphonofluoridate), *J. Clin. Invest.* 37 (3): 350-368,1958.

Kondritzer, A.A., Mayer, W.H., Zvirblis, P.: Removal of sarin from skin and eyes, *AMA Arch. Ind. Health.* 20 (1): 50-52,1959.

Sidell, F.R.: Soman and sarin: clinical manifestations and treatment of accidental poisoning by organophosphates, *Clin. Toxicol.* 7 (1): 1-17, 1974.

Burchfiel, J.L., Duffy, F.H.:Organophosphate neurotoxicity: chronic effects of sarin on the electroencephalogram of monkey and man, *Neurobehav. Toxicol. Teratol.* 4 (6): 767-778, 1982.

Rengstorff, R.H.: Accidental exposure to sarin : vision effects, *Arch. Toxicol.* 56 (3): 201-203,1985.

Crowell, J.A., Parker, R.M., Bucci, T.J. et al.: Neuropathy target esterase in hens after sarin and soman, *J. Biochem. Toxicol.* 4 (1): 15-20,1989.

Dunn, M.A., Sidell, F.R.:Progress in medical defense against nerve agents, *J.A.M.A.*

262 (5): 649-652, 1989.

Ministry of Defense: *Medical manual of defense against chemical agents,* HMSO Publ. Cent., London, 1990: pp25-36.

Munro, N.B., Watson, A.P., Ambrose, K.R. et al.: Treating exposure to chemical warfare agents: implications for health care providers and community emergency planning, *Environ. Health Perspect.* 89: 205-215, 1990.

Husain, K., Vijayaraghavan, R., Pant, S.C. et al.: Delayed neurotoxic effect of sarin in mice after repeated inhalation exposure, *J. Appl. Toxicol.* 13 (2): 143-145, 1993.

Black, R.M., Clarke, R.J., Read, R.W. et al.: Application of gas chromatography-mass spectrometry and gas chromatography-tandem mass spectrometry to the analysis of chemical warfare samples, found to contain residues of the nerve agent sarin, sulphur mustard and their degradation products, *J. Chromatography A,* 662 (2): 301-321, 1994.

Woodard, C.L., Calamaio, C.A., Kaminskis, A. et al.: Erythrocyte and plasma cholinesterase activity in male and female rhesus monkeys before and after exposure to sarin, *Fundament. Appl. Toxicol.* 23 (3): 342-347, 1994.

Suzuki, T., Morita, H., Ono, K. et al.: Sarin poisoning in Tokyo subway, *Lancet* 345

(8955): 980, 1995.

Nozaki, H., Aikawa, N., Shinozawa, Y. et al.: Sarin poisoning in Tokyo subway, *Lancet* 345 (8955): 980-981, 1995.

Nozaki, H., Aikawa, N.: Sarin poisoning in Tokyo subway, *Lancet* 345 (8962): 1446-1447, 1995.

Morita, H., Yanagisawa, N., Nakajima, T. et al.: Sarin poisoning in Matsumoto, Japan, *Lancet* 346 (8970): 290-293, 1995.

Okumura, T., Takasu, N., Ishimatsu, S. et al.: Report on 640 victims of the Tokyo subway sarin attack, *Ann. Emerg. Med.* 28 (2): 129-135, 1996.

Volans, A.P. : Sarin: guidelines on the management of victims of a nerve gas attack, *J. Accid. Emerg. Med.* 13 (3): 202-206, 1996.

Tu, A.T.: Basic information on nerve gas and the use of sarin by Aum Shinrikyo. *J. Mass Spectrom. Soc. Jpn.* 44 (3): 293-320, 1996.

Nakajima, T., Sato, S., Morita, H. et al.: Sarin poisoning of a rescue team in the Matsumoto sarin incident in Japan, *Occup. Environ. Med.* 54 (10): 697-701, 1997.

Nagao, M., Takatori, T., Matsuda, Y. et al.: Definitive evidence for the acute sarin poisoning diagnosis in the Tokyo subway, *Toxicol. Appl. Pharmacol.* 144 (1): 198-203,

1997.

Matsuda, Y., Nagao, M., Takatori, T. et al.: Detection of the sarin hydrolysis product in formalin-fixed brain tissues of victims of the Tokyo subway terrorist attack, *Toxicol. Appl. Pharmacol.* 150 (2): 310-320, 1998.

Yokoyama, K., Araki, S., Murata, K., Nishikitani, M., Okumura, T. et al.: Chronic neurobehavioral effects of Tokyo subway sarin poisoning in relation to posttraumatic stress disorder, *Arch. Environ. Health* 53 (4): 249-256, 1998.

Minami, M., Hui, D. M., Wang, Z., Katsumata, M. et al.: Biological monitoring of metabolites of sarin and its by-products in human urine samples, *J. Toxicol. Sci.* 23 (suppl.2): 250-254, 1998.

Harris, I., Levin, D.A.: The effects upon the human electrocardiogram of the introduction of calcium and potassium into the blood, *J. Physiol.* 89 (2): 153-159, 1937.

Winkler, A.W., Hoff, H.E., Smith, P.K.: Electrocardiographic changes and concentration of potassium in serum following intravenous injection of potassium chloride, *Am. J. Physiol.* 124: 478-483, 1938.

Fisch, C., Greenspan, K., Edmands, R.E.: Complete atrioventricular block due to potassium, *Circ. Res.* 19 (2): 373-377, 1966.

Surawicz, B.: The role of potassium in cardiovascular therapy, *Med. Clin. N. Amer.* 52 (5): 1103-1113, 1968.

Tanaka, K., Pettinger, W.A.: Pharmacokinetics of bolus potassium injections for cardiac arrhythmias, *Anesthesiology* 38 (6): 587-589, 1973.

Madea, B., Henssge, C., Hönig, W. et al.: References for determining the time of death by potassium in vitreous humor, *Forensic Science International* 40 (3): 231-243, 1989.

Gamero Lucas, J.J., Romero, J.L., Ramos, H.M. et al.: Precision of estimating time of death by vitreous potassium-comparison of various equations, *Forensic Science International* 56 (2): 137-145, 1992.

※

井上尚英：生物兵器と化学兵器、中公新書、二〇〇三

井上尚英：生物・化学兵器、ナツメ社、二〇〇八

井上尚英：毒ガスの夜明け、大道学館出版部、二〇一八

Tu, A., 井上尚英：化学・生物兵器概論、じほう、二〇〇一

アンソニー・トゥー：サリン事件の真実、新風舎文庫、二〇〇五

アンソニー・トゥー：サリン事件死刑囚　中川智正との対話、角川書店、二〇一八

Tu, A.：サリン事件、東京化学同人、二〇一四
Tu, A.：生物兵器、テロとその対処法、じほう、二〇〇二
Tu, A.：毒物・中毒用語辞典、化学同人、二〇〇五
江川紹子：全真相　坂本弁護士一家拉致・殺害事件、文藝春秋、一九九七
江川紹子：「オウム真理教」追跡2200日、文藝春秋、一九九五
江川紹子：「オウム真理教」裁判傍聴記①②、文藝春秋、一九九六、一九九七
江川紹子：魂の虜囚、中央公論新社、二〇〇〇
佐木隆三：慟哭　小説・林郁夫裁判、講談社文庫、二〇〇八
佐木隆三：オウム裁判を読む、岩波ブックレット、№四〇八、一九九六
佐木隆三：「オウム法廷」連続傍聴記、小学館、一九九六
佐木隆三：「オウム法廷」連続傍聴記2　麻原出廷、小学館、一九九六
永田恒治：松本サリン事件、明石書店、二〇〇一
門田隆将：オウム死刑囚　魂の遍歴、ＰＨＰ、二〇一八
林郁夫：オウムと私、文藝春秋、一九九八
福山隆：「地下鉄サリン事件」戦記、光人社、二〇〇九
下里正樹：悪魔の白い霧、ポケットブック社、一九九五
石倉俊治：オウムの生物化学兵器、読売新聞社、一九九六

奥村徹：緊急招集、河出書房新社、一九九九
上祐史浩：オウム事件 17年目の告白、扶桑社、二〇一二
磯貝陽悟：サリンが来た街、データハウス、一九九四
ウィリー・ハンセン、ジャン・フレネ：細菌と人類、中央公論新社、二〇〇四
毎日新聞社会部：裁かれる「オウムの野望」、毎日新聞社、一九九六
浦島充佳：NBCテロリズム、角川oneテーマ21、二〇〇二
一橋文哉：オウム帝国の正体、新潮社、二〇〇〇
ケン・アリベック：バイオハザード、二見書房、一九九九
三沢明彦：捜査一課秘録、光文社、二〇〇四
森村誠一：悪魔の飽食、光文社、一九八一
ルッツ・F・ハーバー：魔性の煙霧 第一次世界大戦の毒ガス攻防戦史、原書房、二〇〇一
Williams, P., Wallace, D.: *Unit 731*, The Free Press, New York, 1989.
Yang, Y-J., Tam, Y-H.: *Unit 731*, Fonthill Media, 2018.
森川哲郎：帝銀事件、三一書房、一九八〇
コーネリアス・ライアン：ヒトラー最後の戦闘（上・下）、ハヤカワ文庫、一九八二
ルドルフ・ヘス：アウシュヴィッツ収容所、サイマル出版会、一九七二
吉見義明：毒ガス戦と日本軍、岩波書店、二〇〇四

赤間剛：ヒトラーの世界、三一新書、一九七七
大澤武男：ヒトラーとユダヤ人、講談社現代新書、一九九五
ルイス・スナイダー：アドルフ・ヒトラー、角川文庫、一九七〇
藤原辰史：カブラの冬　第一次世界大戦期ドイツの飢饉と民衆、人文書院、二〇一一
Cyrulnik, B.: *Psychothérapie de Dieu*, Odile Jacob, Paris, 2017

解説

國松孝次

帚木蓬生さんの『沙林《サリン》　偽りの王国』は、一連のいわゆる「オウム真理教事件」について、この事件に関与した「医学者」の視点から、詳細に書き著した小説である。

私は、警察庁長官として、この事件の捜査に携わっていたので、本書が単行本として発刊されたとき、大いに興味を持ち、早速、書店で求めてきて一読している。

本書が文庫本化されるということになって、私に巻末の「解説」を書けという依頼が編集者から来たのには、いささか面食らい、最初は、お断りした。

そもそも、私は、文学作品を「解説」するような能力はまったく持ち合わせないし、柄でもない。それに、事件の捜査に携わった者が、その内容について、あれこれものを言うのには、「守秘義務」との関係もあって、結構面倒臭い注意が必要になる。気が進まない話であった。にもかかわらず、結局、引き受けることになってしまったのは、帚木さんとは、「剣道」を通じてまんざら知らぬ仲でもなかったという事情がある。

帚木さんは、東大剣道部で私の9年後輩に当たる。9年も年次が違えば、一緒に道場で稽古《けいこ》をすることはなかったので、彼の「剣才」については、あまりよく知らないが、彼の「文才」については、今でも記憶に残る想い出がある。

東大剣道部は、部の活動を記録しOBとの交流を図るため「赤胴《あかどう》」という機関誌を毎年発刊しており、今も続いているが、帚木さんは、この「赤胴」に、本名の森山成彬《なりあきら》名義で、中国唐代の詩人・張継の「楓橋夜泊《ふうきょうやはく》」と題する有名な漢詩――「月落烏啼霜満天　江楓漁火対愁眠　姑蘇《こそ》城外寒山寺　夜半鐘声到客船」――について「新解釈」を寄稿したことがあった。

この七言絶句の起句「月落烏啼霜満天」は、「月落ち、烏啼《からすな》きて、霜《しも》天に満つ」と読むのが通説である。それを、森山君は、『いや、そうではない。現地には、「烏啼《うてい》山《さん》」という山があり、この詩は、月が「烏啼山」の山陰に落ちていく情景を詠《うた》ったものである。ここは、「月　烏啼に落ちて」と読むのが正しい』という解釈を示した。

この解釈は、他にもそう主張する者がいるようであるが、どうやら少数意見である。

しかし、私には、「月が落ちて、烏が啼いて、霜が天に満ちる」という通説の読み方は、いかにも散文的で感興に欠ける感があり、「月が、峩々《がが》たる烏啼山の山陰に沈んでいって霜が天に満ちてくる」とする森山説のほうが、詩人・張継の旅情を慰めるその場の情景を描く表現としてより相応《ふさわ》しいように思える。「赤胴」誌上で、この森山説に接したときは、彼の該博な勉強ぶりと文才に大いに感心したことを憶《おぼ》えている。

帚木さんは、東大の文学部仏文科を卒業後、九州大学の医学部に入り直し、医学を修めて医師になった。そして、天性の文才を開花させ、医師と作家を両立させながら、出世作の『閉鎖病棟』など多くの優れた作品を生み出している。

私も、剣道にまつわるご縁もあるので、愛読者というほどではないが、彼の作品はかなり多く読んできた。中でも、彼の書いた『聖灰の暗号』という歴史ミステリー小説は、12世紀から13世紀にかけての頃、ローマ・カトリック教会がフランス南部に勢力を張っていた「カタリ派」という善悪二元論にたつキリスト教の一派を異端として大弾圧し虐殺を繰り返して歴史から抹殺したという史実を、周到な取材と豊かな筆力によって見事に描き出しており、帚木さんの最高傑作のひとつであると思っている。

さて、『沙林 偽りの王国』についてである。今まで述べてきたような経緯があって、本書の「解説」を引き受けてしまったが、私に、文芸評論家の方々などが書く作品の内容に深く迫る「解説」など書ける訳がない。精々、「読後感想文」の類に終わるであろうことは、あらかじめお断りしておかなければならない。

一連の「オウム真理教事件」は、１９８９年11月４日に発生した「坂本弁護士一家殺害事件」を始め、１９９４年６月27日発生の「松本サリン事件」、１９９５年３月20日発生の「東京・地下鉄サリン事件」など多数の事件を総称するもので、29名の死者と６０００名を超える負傷者を出し、起訴された被告人の数は１９２名、うち、死刑を宣告された者の数は13名に及ぶという前代未聞《みもん》の大事件である。これまで多くの論者が、様々な立場から、この事件について書き記し、論評を加えてきた。私も立場上、そのいくつかに眼を通しているが、内容的には、ピンからキリまでというか、玉石混交である。

そうした中で、本書は、サリンの存在と使用を最初に看破して「オウム真理教事件」についての医学的な解明と治療対策の確立を主導された井上尚英《なおひで》・九州大学医学部教授から綿密に取材したであろうところに依拠しながら、「医学者」の視点に立って、膨大な事件群を時系列的によく整理して記述・分析しており、第一級の質をもつものと高く評価できる。

帚木さんは、本件に関する警察の捜査について、「遅い」、「連携がとれていない」など、痛烈な批判を加えておられる。そのひとつひとつについて、ここで、反論や弁解をするつもりはない。確かに、例えば、「坂本弁護士一家殺害事件」の捜査がもう一歩早く進展していたら、「地下鉄サリン事件」は防げたのではないかという思いは、警察当局としても深い悔恨の念と共に共有しているところである。

ただ、本件の捜査運営の責任者であった者として、事件後に手を打ったことについて、ひとつだけ申し述べておきたいことがある。それは、「管轄《かんかつ》権」の問題である。日本の警察は、都道府県単位で動くことになっており、事件の捜査は、その事件の発生した場所を管轄する都道府県警察が担当するのが大原則である。「オウム真理教事件」の場合、1995年2月28日に「假谷《かりや》清志《きよし》・目黒公証役場事務長逮捕監禁致死事件」が発生するまでは、警視庁管内における事件の発生はなかった。この假谷さん事件の発生により始めて、全国警察の中で人員・装備の両面において最大の力量を誇る警視庁が、事件を主体的に捜査する管轄権を得ることになり、「オウム真理教」に対し組織の総力をあげて対決する態勢をとることができるようになったのである。

しかし、捜査着手のための諸準備を進めている最中の3月20日、「地下鉄サリン事件」の発生を見てしまった。

この「管轄権」の有無の問題は、「オウム真理教事件」により露呈された警察法上の最大の反省点であった。警察庁は、事件後、直ちに警察法の改正を国会に上程し、都道府県警察は、「オウム真理教事件」のような「広域組織犯罪等」が発生したときは、それを「処理するため、必要な限度において、その管轄区域外に権限を及ぼすことができる」（警察法第60条の3）ことを明確に定め、「警察庁長官は、広域組織犯罪等に対処するため必要があると認めるときは、（中略）警察の態勢に関する事項について、必要な指示をすることができる」（同法第61条の3第1項）よう法改正を行った。この警察法改正（1996年6月5日公布）により、爾後《じご》、全国の警察は、オウム真理教事件のような広域組織犯罪等が発生したときは、事件の管轄権の有無にかかわらず、警察庁長官の指示の下、オールジャパンの体制をとって臨むことが出来るようになったのである。

「オウム真理教事件」において、死刑の宣告を受けた13名の被告人達は、2018年7月6日と同月26日、時の上川《かみかわ》陽子法務大臣の英断により、一挙に死刑を執行され、刑事事件としての「オウム真理教事件」はこの時をもって終結した。

この法相の果敢な措置は、一連の大事件に一気にケリをつけたものとして高く評価される反面、「オウム真理教にまつわる諸々《もろもろ》は、もう全《すべ》て終わり」という印象を世間一般に与える効果を生んだ側面がある。このときを境に、オウム真理教事件は、急速に人々の記憶から薄れていった。

しかし、決着がついたのは、刑事事件としての「オウム真理教事件」であって、事件の背景をなす諸相の解明は、少しもついていない。何故、高度の学業を修めた知的レベルの高い者がかくも容易に麻原ごとき誇大妄想狂の言説に惑わされたのか、「宗教」というものの持つ「洗脳力」はどのように理解すべきものか、さらには、この種事件の再発を防止するために日本社会はどのような総合的対策を立てなければならないか等々、今後、全社会的に検討しなければならない重要課題は、ほぼ手付かずのまま残っていると言わざるを得ない。

帚木さんは、本書の中で、事件捜査に関する情報が、「総合的、俯瞰《ふかん》的に一元管理されておらず、組織間の横の連携がとれないまま処理されていること」を痛烈に批判しておられる。

この批判は、正鵠《せいこく》を射ていると思う。本書の中では、そうした批判は、もっぱら警察捜査に向けられているが、今後検討されなければならない課題に取り組む場合にも、同じ轍《てつ》を踏まないように心すべきことである。

これまでにも、個別の研究者が優れた調査研究を行った事例はないではない。しかし、各関係分野の専門家たちが横の連携を取りながら、事件の背景を含めた全体像に関し、「総合的・俯瞰的・横断的」な調査研究を行ったということはなかったのではないか。

今後必要になってくるのは、まさに、そういう総合力の発揮である。それがあって始めて、この「オウム真理教事件」という未曾有《みぞう》の大事件の全容が明らかにされ、その教訓を後世に残る形で示すことが出来るのだと思う。

刑事政策や刑事法の専門家だけでなく、社会心理学、精神医学、薬学、化学兵器部門など、各関係分野の専門家が横断的に連絡をとりながら、今後取るべき社会全体としての対応策を調査研究することは極めて重要である。官・民・学合同の「総合調査研究会」のようなものの設置を検討することも推奨されてよい。

その場合、調査研究のための資料の宝庫となるのは、「オウム真理教事件」に関する膨大な裁判記録である。

「オウム真理教事件」に関しては、上川法務大臣が、13名の死刑執行後の記者会見で、「通常の保管期間満了後も『刑事参考記録』に指定し、永久保存するよう指示した」ことを明らかにし、「二度とこのような事件が起きないようにするための調査研究の重要な参考資料になり得る」と述べたことが報じられた。

是非、この指示のとおりに、裁判記録の保管・管理の実務の現場が、動いていることを望むが、はたして実際はどうであろうか。最近、世間を騒がせた重大事件の裁判記録が、裁判所の事務担当者の無思慮な取扱いによって廃棄されてしまったというニュースを聞くにつけ、いささか心配になる。

増え続ける膨大な裁判記録の保管場所をどのように確保するか、資料へのアクセスを容易にする「一元的な管理」をどのように実現するかなど、現場的に解決しなければならない課題はたくさんある。

いずれにしても、裁判記録が適正に保管・管理され、それらの記録に研究者たちが必要に応じ自由にアクセスできることを制度的に保障する仕組みを作るのは大切なことである。

個人情報保護との関係で難しいことがあるのであれば、必要な立法措置を取ることも検討されるべきである。

帚木さんが、本書の中で主張し、指摘しておられる諸点は、これから、「オウム真理教事件」の全貌《ぜんぼう》を解明し、そこから得られる教訓を社会全体で生かしていく作業を進める上で、大いに参考になることを多く含んでいる。

本書の文庫本化が、そのことを世に強く認識させるきっかけになることを祈念して、本書の「解説らしきもの」の筆を擱《お》くこととしたい。

（2023年6月、元警察庁長官）

この作品は令和三年三月新潮社より刊行された。

新潮文庫最新刊

山田詠美著
血も涙もある
35歳の桃子は、当代随一の料理研究家・喜久江の助手であり、彼女の夫・太郎の恋人である——。危険な関係を描く極上の詠美文学！

帚木蓬生著
沙林　偽りの王国（上・下）
医師であり作家である著者にしか書けないサリン事件の全貌！　医師たちはいかにテロと闘ったのか。鎮魂を胸に書き上げた大作。

津村記久子著
サキの忘れ物
病院併設の喫茶店で、常連の女性が置き忘れた本を手にしたアルバイトの千春。その日から人生が動き始め……。心に染み入る九編。

彩瀬まる著
草原のサーカス
データ捏造に加担した製薬会社勤務の姉、仕事仲間に激しく依存するアクセサリー作家の妹。世間を揺るがした姉妹の、転落後の人生。

西村京太郎著
鳴門の渦潮を見ていた女
渦潮の観望施設「渦の道」で、元刑事の娘が誘拐された。解放の条件は警視総監の射殺！十津川警部が権力の闇に挑む長編ミステリー。

町田そのこ著
コンビニ兄弟3
—テンダネス門司港こがね村店—
〝推し〟の悩み、大人の友達の作り方、忘れられない痛い恋。門司港を舞台に大人たちの物語が幕を上げる。人気シリーズ第三弾。

沙林《さりん》　偽《いつわ》りの王国《おうこく》　下巻

新潮文庫　は－7－31

令和五年九月一日発行

著者　帚《はは》木《ぎ》蓬《ほう》生《せい》
発行者　佐藤隆信
発行所　株式会社新潮社
郵便番号　一六二－八七一一
東京都新宿区矢来町七一
電話　編集部(〇三)三二六六－五四四〇
　　　読者係(〇三)三二六六－五一一一
https://www.shinchosha.co.jp

価格はカバーに表示してあります。

乱丁・落丁本は、ご面倒ですが小社読者係宛ご送付ください。送料小社負担にてお取替えいたします。

印刷・大日本印刷株式会社　製本・加藤製本株式会社

ISBN978-4-10-118831-7 C0193